Die amerikanische Schriftstellerin Djuna Barnes, die 1892 in Cornwall-on-Hudson geboren wurde, war eine Pendlerin zwischen der Alten und Neuen Welt. In Greenwich Village hatte sie sich bereits mit Reportagen und Interviews, Gedichten und Einaktern einen Namen gemacht, ehe sie 1920 nach Paris ging. Sylvia Beach, Gründerin der Buchhandlung ›Shakespeare and Company‹ und Verlegerin des ›Ulysses‹ von James Joyce, schreibt in ihren Erinnerungen: »Sie war ganz entschieden eine der talentiertesten und meiner Meinung nach eine der faszinierendsten Gestalten der literarischen Welt im Paris der zwanziger Jahre.« Zu dieser literarischen Welt gehörten u. a. Gertrude Stein, Ezra Pound, T. S. Eliot und James Joyce wie auch der Kreis um die amerikanische Millionärin Natalie Barney, Vorbild für den von Djuna Barnes anonym veröffentlichten ›Ladies' Almanach‹. Im gleichen Jahr erschien der Roman ›Ryder‹ und 1935 ihr Hauptwerk, der Roman ›Nachtgewächs‹. 1940 kehrte Djuna Barnes nach New York zurück, wo sie 1982 starb.

In ihrer »biographischen Annäherung« ist es Kyra Stromberg gelungen, Djuna Barnes sowohl aus ihrer Zeit wie auch aus ihren großen Werken nachzuzeichnen. Ergänzt durch Zitate aus Briefen und aus Darstellungen von Zeitgenossen entstand so ein verdichtetes Bild von Greenwich Village in New York und dem Paris der zwanziger und dreißiger Jahre und das Porträt einer der bedeutendsten Schriftstellerinnen unseres Jahrhunderts.

Kyra Stromberg, in Moskau geboren, in Hamburg und Berlin aufgewachsen. Vielfältige Studien. Nach Kriegsende als freie Publizistin zu kulturellen und kulturkritischen Themen tätig. Eigene literarische Versuche in den fünfziger Jahren. Essays zu Kunst und Literatur. Lebt heute – nach längerem Aufenthalt in Berlin – in der Nähe von Freiburg vom Schreiben und Übersetzen.

Kyra Stromberg

Djuna Barnes

Leben und Werk einer Extravaganten

Fischer Taschenbuch Verlag

Autorin und Verlag danken der McKeldin Library der University of Maryland für die Möglichkeit, den Nachlaß von Djuna Barnes zu sichten, für Abbildungen und weitere Hilfe.
 Für die übrigen Abbildungen siehe Bildnachweis, Seite 168.

Die Umschlaginnenseite vorn zeigt Djuna Barnes um 1926, hinten etwa 1914.

Ungekürzte Ausgabe
Veröffentlicht im Fischer Taschenbuch Verlag GmbH,
Frankfurt am Main, Juni 1992

Lizenzausgabe mit freundlicher Genehmigung
des Verlags Klaus Wagenbach, Berlin

Umschlaggestaltung: Buchholz/Hinsch/Hensinger
Umschlagfoto von Bernice Abbott
Satz: Wagner GmbH, Nördlingen
Druck und Bindung: Clausen & Bosse, Leck
Printed in Germany
ISBN 3-596-10992-2

INHALT

Meinen Freunden

»Keiner von uns leidet so viel, wie er sollte, oder liebt so sehr, wie er sagt. Liebe ist die erste Lüge, Weisheit die letzte ... Das Schlechte und das Gute kennen sich nur durch die Preisgabe ihres Geheimnisses Aug' in Auge. Trifft das wahre Gute auf das wahre Schlechte ... so lernt es zum ersten Mal, wie man beides verschmäht: des einen Antlitz erzählt dem Antlitz des anderen jene Hälfte der Geschichte, die beide vergessen haben.

Völlig unschuldig zu sein, ... würde bedeuten, völlig unbekannt zu sein, vor allem gegenüber sich selbst.«

DJUNA BARNES, Nachtgewächs

VORWORT

Zumindest auf den ersten Blick handelt Djuna Barnes zuwider, wer versucht, sich ihr über ihre Biographie zu nähern, das heißt Fakten ihres Lebens und private Äußerungen heranzuziehen, um sie als Schreibende und das, was sie geschrieben hat, zu verdeutlichen oder gar zu »erklären«.

Sie wollte einzig aus ihren literarischen Arbeiten verstanden und gedeutet werden. Interviews und Fragen nach ihrer privaten Existenz lehnte sie ab. Das Geschriebene sei allemal – und in ihrem Fall besonders – verarbeiteter Lebensstoff, enthielte die eigentliche Antwort, die sie auf die Herausforderung des Lebens zu geben hätte. Auf das »Rohmaterial« zurückzugreifen, erschien ihr so müßig wie Penelopes Aufräufeln der von ihr gewebten Gewänder. Es gibt mehrfache authentische Zornesäußerungen über den Versuch solcher Rückgriffe und Rückfragen. »Why stir it all up again...?« Warum die schlafenden Hunde wekken, die in der literarischen Form gebannten Erfahrungen und schlimmen Verletzungen aus dieser – ihnen einzig angemessenen – Existenz wieder herausbrechen?

Andererseits: Djuna Barnes hat 1973 – nach einigem Zögern – ihren Nachlaß der McKeldin Library der University of Maryland übertragen und ihn damit fremden Augen und künftigen Deutungen ausgesetzt. Dieser Nachlaß, der, vor allem durch die Verluste in Paris und nach dem Zweiten Weltkrieg, Lücken aufweist, besteht zum größeren Teil nicht aus – unveröffentlichten oder bereits publizierten – Manuskripten, Werkstattnotizen und Werkvarianten, auch nicht aus kontinuierlich geführten Tagebüchern, sondern aus Korrespondenzen – einigen professionellen und überwiegend privaten –, die, oft in erstaunlicher Dichte und Kontinuität, fast durch die ganze Lebenszeit der Autorin führen.

Briefe sind ein authentisches und hervorragendes biographisches und zeitgeschichtliches Material. Djuna Barnes hat nicht verhindert, daß Spätere, Berufene und Unberufene, Einblick in sie nahmen. Aber sie war sich der Gefahr der Mißdeutung und gar der Ausbeutung ihres privaten Lebens bewußt und hat sich gelegentlich besorgt gefragt, was spätere Leser wohl daraus machen, welche Schlüsse sie ziehen würden. Ehe die Korrespondenzen, zumindest in einer sinnvollen Auswahl, sorgfältig ediert vorliegen, kann man sie nur mit großer Vorsicht zur Interpretation von Leben und Werk verwenden.

Im übrigen kann für Djuna Barnes und ihr Œuvre Goethes Erkenntnis aus dem West-östlichen Divan gelten: »... Dichter ist umsonst verschwiegen / Dichten selbst ist schon Verrat.« Sie »verrät« sich trotz ihrer Verschwiegenheit, trotz aller Verfremdung des Lebensrohstoffs in ihrer poetisch weit ausgreifenden, in alte Sprachschichten und Dichtungsformen parodistisch zurückgreifenden Sprache – der Sprache ihrer Figuren. Ihre Kindheit und Jugend – so oft das unerschöpfliche Reservoir für den Dichter, den Schriftsteller – läßt sie nicht los: frühe Erfahrungen in der Familie auf dem Lande liegen ihrem ersten Roman *»Ryder«* (englisch 1928, deutsch 1986), spätere in New York und Paris ihrem opus magnum *»Nightwood«* (englisch 1936, deutsch *»Nachtgewächs«* 1959) und vielen ihrer Erzählungen zugrunde. Ihr Alterswerk, das Drama *»The Antiphon«* (englisch 1958, deutsch 1972), verdichtet das Kernerlebnis ihrer Jugend zur Mutter-Tochter-Tragödie. Man erläge allerdings einem fatalen Irrtum, wollte man aus den Figuren und den Handlungsabläufen dieser Werke das »wirkliche Leben« der Djuna Barnes rekonstruieren. Der verfremdende und befreiende Vorgang der Dichtung ist nicht reversibel.

Es ist immer die Frage, wie mit biographischem Material umgegangen wird: ob der Biograph darauf aus ist, den Autor eines Schlechteren zu überführen, ihn »auch nur als Mensch« zu zeigen, ihm vor allem seine (Selbst)-Täuschung, sein make-believe nachzuweisen, oder ob er – der Lebensspur aufmerksam folgend und die Diskrepanz zwischen Leben und Werk wahrnehmend – davon überzeugt ist, daß das Gedichtete, so oder so, das letzte Wort haben muß. Es kann durchaus geschehen, daß bei diesem Verfahren Fragen entstehen oder offen bleiben, die auch die private Lebensnotiz nicht beantworten kann.

Ich war bei diesem Versuch einer biographischen Annäherung, der nicht den Anspruch stellt, das Leben der Djuna Barnes lückenlos auszubreiten, auf Werk und Nachlaß, auf die Äußerungen der Zeitgenossen und Sekundärliteratur angewiesen. Was die »Wiederentdecker« der »berühmtesten Unbekannten ihrer Zeit« aus unmittelbarer Kenntnis zu Djuna Barnes eingebracht und notiert haben – ihr Abbild also als sehr Alte in den sehr viel Jüngeren –, ist für die Weiterwirkung der Dichterin zweifellos ein stimulierender Beitrag. Für die Annahme ihres Werkes ist, zumindest was Inhalt und Problematik angeht, heute eine größere Bereitschaft zu erwarten: vieles was bei dessen Erscheinen noch »extravagant« war, ist heute, wenn nicht die Norm, so doch weitaus selbstverständlicher. Allerdings ist der literarische Anspruch, besonders ihrer reifen und späten Arbeiten, kaum geringer geworden.

Bei allem Bemühen um genaue Information bleibt dieser Annäherungsversuch an Djuna Barnes eine subjektive Aussage. Sie ist *auch* bestimmt durch die Zugehörigkeit der Verfasserin zu der zwischen den Kriegen aufgewachsenen Generation: durch die zeitliche Nähe, die noch nicht historische, aber Erlebnis-Distanz zum Auf- und Ausbruchsversuch der zwanziger Jahre aus den »bürgerlichen« Überhängen und Zwängen der Vorkriegszeit und der Desillusion des ersten großen Krieges. Unsere Jugend war durch das Gegenteil geprägt: den Einbruch in die »Moderne«, den Abbruch internationaler Entwicklungen im Nationalsozialismus und durch den diese Zäsur festschreibenden Zweiten Weltkrieg. Das charakterisiert gewiß Standort, Blickpunkt und Interpretation.

Ich habe mich bemüht, allen aufmerksam zuzuhören: den Freunden und Zeitgenossen der Dichterin (von den zwanziger bis in die vierziger Jahre und später), die uns gerade in neuester Zeit eine überraschende Fülle autobiographischer Mitteilungen und Erinnerungen – von allerdings unterschiedlichem Wert – beschert haben; den Analysen und Deutungen ihres Werkes. Den Beobachtungen, Erfahrungen und Darstellungen der Jüngeren. Ihr selbst vor allem.

Ich danke allen, die dazu beigetragen haben, dieser Lebens-Skizze von einer noch weithin Unbekannten authentische und glaubhafte Züge zu geben: vor allem der Leiterin der Abteilung »Manuscripts and Rare Books« in der McKeldin Library der University of Maryland, Mrs. Blanche Ebeling-Koning, und ihren Mitarbeitern, die mir bei Auswahl und Reproduktion des Nachlaßmaterials wochenlang geduldig halfen, und dem Verlag Klaus Wagenbach, der mir viele Zugänge zu der dem Thema benachbarten Literatur erleichterte.

Ausdrücklich zu danken ist an dieser Stelle auch den Übersetzern: Karin Kersten für alle im Verlag Klaus Wagenbach erschienenen journalistischen und erzählerischen Arbeiten, einschließlich »Ladies' Almanach«, Henriette Beese für den Roman »Ryder«, Wolfgang Hildesheimer für den Roman »Nachtgewächs«, Christine Koschel und Inge von Weidenbaum für das Schauspiel »Antiphon« (die letzten drei Titel erschienen im Suhrkamp Verlag). Ihre immer einfühlende, oft kongeniale Übertragung der Werke von Djuna Barnes ins Deutsche macht diesen biographischen Versuch erst sinnvoll.

Kyra Stromberg

Die im Text erscheinenden Zitate wurden – sofern sie nicht in deutscher Übersetzung vorlagen, wie, zum Beispiel, alle Stellen aus den noch unveröffentlichten Briefen – von der Verfasserin übersetzt. Wo keine Quelle angegeben ist, handelt es sich um unedierte Briefe oder Notizen aus dem Nachlaß.

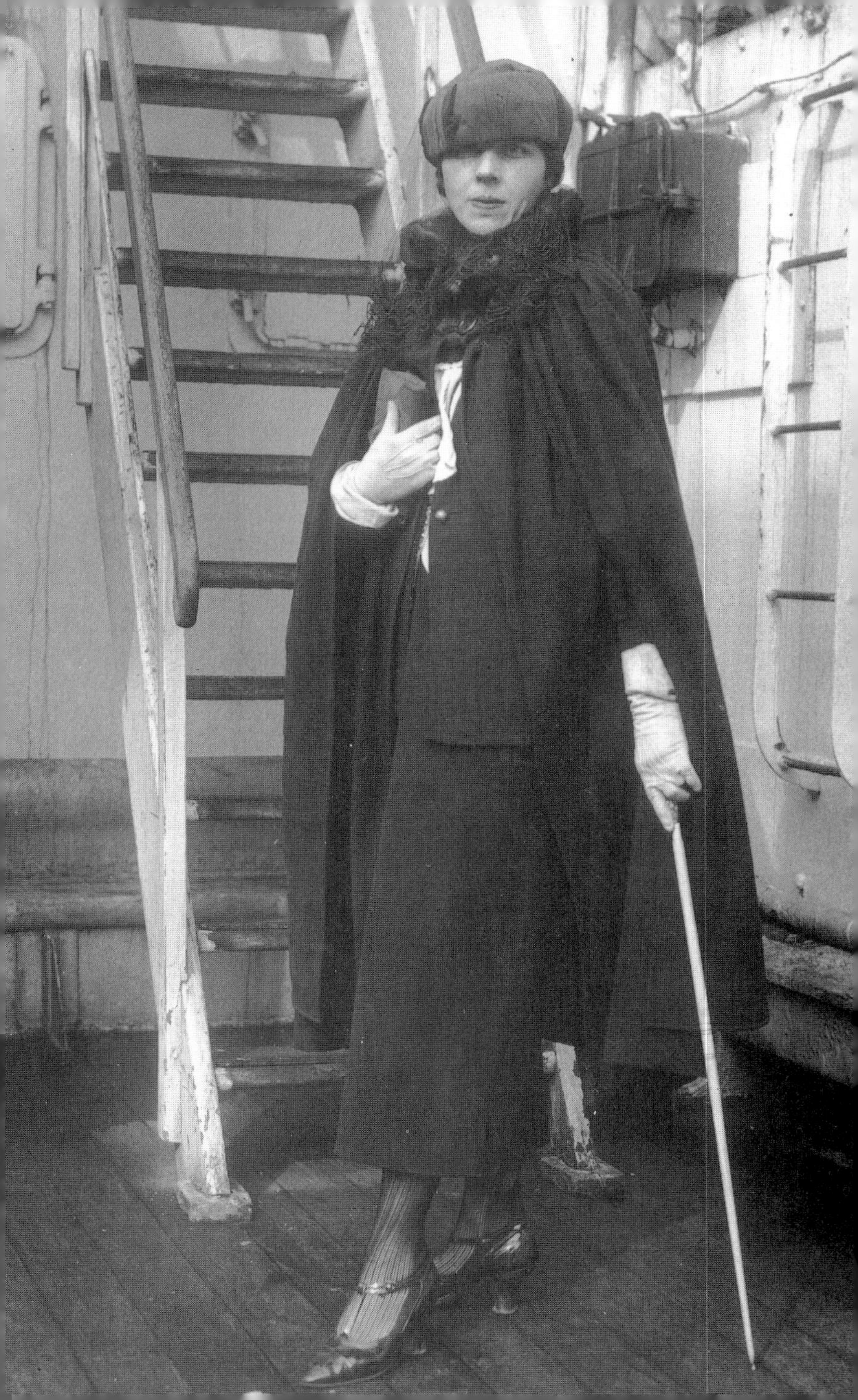

Die so reizende, so irische und so begabte Djuna Barnes kam in der ersten Hälfte der zwanziger Jahre nach Paris. Sie war ganz entschieden eine der talentiertesten und meiner Meinung nach eine der faszinierendsten Gestalten der literarischen Welt im Paris der zwanziger Jahre.« So erinnert sich die Amerikanerin Sylvia Beach[1], mutige Gründerin von »Shakespeare and Company« in Paris und erste Verlegerin des *»Ulysses«* von James Joyce, deren Buchhandlung zum Treffpunkt der Literaten und Literaturen wurde. »Djuna war hübsch anzusehen und zugleich sehr damenhaft«, meint ihr Schriftstellerkollege und enger Freund, der Verleger Robert McAlmon, und zählt sie zu den eleganten, geistreichen und schönen Frauen der damaligen Pariser Szene, die es durchaus mit den großen Bühnen- und Revuestars der Epoche aufnehmen könnten. Später mokiert er sich milde über ihre Selbstinszenierung, »ihre capeschwingenden großen Gesten«. »Unberührt, unverdorben und ungelenk« erscheint sie der literarischen »Amazone«, Natalie Barney, bei einer Lesung ihrer Arbeiten in ihrem Salon, rue Jacob 20. »... ich habe niemals zuvor eine so linkische Autorin vorgestellt, eine, die weniger fähig war, ihrer eigenen Sache zu dienen«, schreibt sie in ihren Aufzeichnungen *»Aventures de l'esprit«*[2]. Hingegen preist sie ihren Rabelais'schen Witz, ihre vollkommene Offenheit im Umgang. Auch ihre Physiognomie sei unverwechselbar: »Eine Nase wie ein scharf zugespitzter Bleistift, ein Mund, der unwiderstehlich ist, wenn er lacht; kastanienbraunes Haar, das sie in einen Hut à la Manet stopft, wie sie überhaupt eine seiner gelungensten Zeichnungen sein könnte. Man sieht ihren großen, knochigen Händen an, daß sie Pferde gelenkt haben, und niemand außer ihr – und Degas – kann Pferde besser darstellen. Sie ist groß und schlank, und ihre Kleidersäume brechen sich hart an ihren kräftigen Beinen. ... Ihre Gedanken gelangen nie bis zum eigentlichen Denken. Es sind Brocken von Empfindungen, zersprungene Spiegel der Lebensfreude, an denen man sich schneidet... Nur wenige Frauen haben mit solcher Unabhängigkeit geschrieben. Und dennoch behauptet Djuna Barnes, sie habe ›a mid-victorian heart‹ – ein altmodisch fühlendes Herz.«[3]

Djuna Barnes auf der »La Lorraine«, 1922

Sie sagte auch von sich, sie sei von Natur extrem schüchtern. Andere hielten sie für arrogant und hochfahrend. Eleganz, schneller Witz, abweisender Stolz, schweigsamer Hochmut, die bewährte Tarnung der Verletzbaren und Scheuen. Es geht – plakativ inzwischen – die Wendung um von »der berühmtesten Unbekannten ihrer Zeit«. Sie selbst hat sie in die Welt gesetzt und wie eine Beschwörungsformel wiederholt: ihrer eigenen Bedeutung bewußt, selbstironisch, voller Verachtung für eine Zeit und Zeitgenossen, die sich an kurzfristige Sensationen hielten, statt nach literarischer Qualität zu fragen. Es gibt eine Tuschzeichnung von ihr aus ihren jüngeren Jahren: ein Selbstporträt, das, uneitel bis zur Karikatur, die Charakteristika ihres Gesichts hervorhebt. Und es gibt schließlich die zahlreichen Bilder anderer von ihr: die Schnappschüsse und Zufallsfotos befreundeter Amateure und die absichtsvollen Abbilder der Professionellen, wie die von Man Ray oder seiner begabten Schülerin Berenice Abbott. Sie zeigen die Djuna Barnes der zwanziger und dreißiger Jahre: die elegante Aufmachung, die sichere Allüre, die kräftigen, langen Hände, das präzis konturierte Oval des Gesichts, die »russischen« hohen Backenknochen, die »zugespitzte« Nase, den schön gezeichneten, vollen, stark geschminkten Mund mit der Andeutung eines halb traurigen, halb mokanten Lächelns in den Winkeln, das der Blick reflektiert. Aber die Augen verraten sie: in der Verkleidung der Mondänen steckt eine, die den ganzen Schrecken des Lebens kennt. Das »alte, nun modern weltstädtisch geschminkte Gesicht der Meduse« – wie Wolfgang Koeppen es gesehen hat. Oder hatte sie vielleicht selbst tollkühn in das versteinernde Antlitz der modernen Gorgo geblickt?

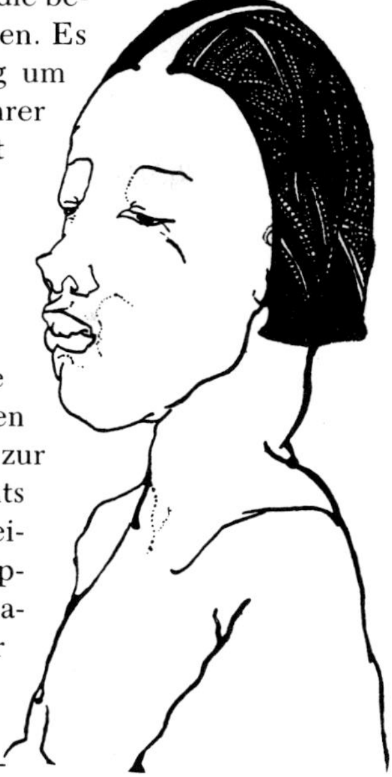

Ein – nicht eben wohlwollendes – Abbild der damals Zweiunddreißigjährigen in »The Chicago Literary Tribune« läßt beide Deutungen zu: »Ein Gesicht, dessen hohe Backenknochen wie verhüllte Fäuste unter dem wie betäubten Mitleid der großen Augen wirken. Ein Gesicht, weiß wie ein Schreckenssignal, bis auf die Qual der vollen purpurroten Lippen, die sich nie an das Leben gewöhnen konnten. Djuna Barnes' Gesicht ist von einer chinesischen Magerkeit, die den letzten Kampf der

Jugend darin unwirklich erscheinen läßt. Die vielen Kämpfe mit dem weltlichen Wissen des Westens haben es gezeichnet.«[4]

Die späten Bilder sind unbarmherzig. Wie fast alle Altersbilder verschärfen und verzerren sie die geprägten Gesichtszüge: die Augen verlieren Größe und Glanz, die einst bewegliche Skepsis gräbt sich in tiefen, von der Nase zum Mund abwärtsweisenden Falten fest. Im Au-

genwinkel verbirgt sich der Abglanz eines spöttischen Lächelns. Die hohe, nun freigelegte Stirn bietet den unumgänglichen Erkenntnissen und Widrigkeiten Trotz.

Djuna Barnes hat die Schreckensformel »alt, arm und vergessen« ausgiebig erfahren, sie mit bemerkenswerter Contenance zur Kenntnis genommen oder auch souverän ignoriert.

EINE JUGEND AUF DEM LANDE

Djuna Barnes wurde am 12. Juni 1892 in Cornwall-on-Hudson im Staat New York geboren, einem kleinen, zu der Zeit vergessenen Ferienort, wo der Vater eine Farm betrieb. Eine ländliche Kindheit also in einer Landschaft, die trotz der Nähe zu New York, trotz der um 1900 in den Städten rapide wachsenden Bevölkerung und dem gewaltigen technischen Fortschritt noch weithin so großartig, wild und unberührt gewesen sein muß, wie die Maler der Hudson-River-School sie um die vorige Jahrhundertmitte gemalt haben und wie sie – zum Erstaunen des europäischen Reisenden – gelegentlich auch heute noch anzutreffen ist: eine mühsam gezähmte Landschaft, die schon ein paar Schritte hinter dem Gartenzaun wieder zur Wildnis wird, in der die menschlichen Siedlungen verstreut wirken, die Natur das Übergewicht hat und diese Überlegenheit in überraschenden Wirbel- und Schneestürmen zu erkennen gibt. Auch vor nun fast hundert Jahren, als die europäischen Landschaften noch nicht so zahm und so schutzbedürftig waren, wie sie es heute sind, muß die Wildheit der amerikanischen Natur europamüde Einwanderer erschreckt und zugleich stimuliert haben.

In einer solchen Umwelt, in ziemlich verworrenen Familienverhältnissen und in einer für ein begabtes Kind durchaus ambivalenten Freiheit von den üblichen Kultur-Einflüssen wuchs Djuna Barnes als einziges Mädchen und als zweites von fünf Kindern auf. Sie ging nach dem strikten Wunsch des Vaters so wenig wie ihre Geschwister zur Schule, und von einem geregelten Unterricht zu Hause konnte auch nicht die Rede sein.

Ihre Mutter, Elizabeth Chappell-Barnes, war Engländerin und mit ihrem späteren Mann und dessen Mutter nach Amerika gekommen. Sie hatte 1889 dort geheiratet und hat ein von den Künstlerlaunen und der sexuellen Freizügigkeit ihres Mannes sowie einer anhaltenden finanziellen Unsicherheit bedrängtes Leben geführt. Djunas Vater, der bei seiner Heirat – aus Abneigung gegen seinen eigenen Vater – seinen Namen Henry Budington in Wald Barnes (den Mädchennamen seiner Mutter) umwandelte, kam aus einer seit längerem in Connecticut angesiedelten Familie, in der die Männer Generationen hindurch zur See fuhren, Walfang betrieben oder nach Westindien und China segelten. Die Budingtons gehörten zum gutsituierten Mittelstand, aber Vermögen und

»The Châlet«, Cornwall-on-Hudson, etwa 1900

Landbesitz waren im Unabhängigkeitskrieg zum großen Teil verlorengegangen, und die Familie, die auch Ärzte, Lehrer und – zumindest dilettierende – Schriftsteller hervorgebracht hatte, konnte sich von diesem materiellen Verlust nie ganz erholen. Der Großvater der Schriftstellerin war zuerst Lehrer, dann Versicherungsvertreter, er gründete eine Zeitung und arbeitete schließlich als Redakteur und Anzeigenwerber für ein anderes Blatt in seinem Wohnort Springfield, für das auch seine Frau Zadel, eine engagierte Frauenrechtlerin und professionelle Journalistin, Leitartikel und andere Beiträge schrieb.

Seine eigenwillige und zum Abseitigen neigende Denkweise äußerte sich in seinen spiritistischen Schriften, wo er unter anderem eine sehr merkwürdige Vererbungstheorie von hohem moralischem Anspruch entwickelte: danach pflanzen sich Laster – wie Abhängigkeit von Genuß- und Rauschmitteln und sexuelle Exzesse – auf komplizierte Weise, aber unweigerlich fort.

In der von diesem Großvater verfaßten Familienchronik[1] treten auch seine beiden Söhne auf: Justin L. Budington, der ein erfolgreicher Augenarzt wurde, baute sich an einem Hang hoch über dem Hudson ein schönes Haus, wo er »in den wenigen Mußestunden, die er den mit Arbeit angefüllten Tagen seines beruflichen Lebens abringen konnte, seiner intensiven Liebe zu Wald, Bächen und Gebirgsschluchten, zu Vögeln, Blumen, Mondschein, bestirnten Himmeln und sonnigen Tagen nachging«. Von seinem zweiten Sohn, Djunas Vater, heißt es: »Mein

Sohn Henry Budington hat sich – nach ausgedehnten Reisen in Europa und Amerika – auf einer Farm in Long Island, New York, angesiedelt, wo er und seine zahlreiche Familie Arbeit und ein gesundes Leben finden und sich physisch und intellektuell entwickeln können. Er ist Immobilienhändler, als Künstler für Musik wie Malerei befähigt, ein Agnostiker, was Religion und Politik angeht.«

Wenn diese Beschreibung nicht geschönt ist – um keinen Flecken auf die Familienehre kommen zu lassen –, so vereinfacht sie doch ganz gewiß. Wald Barnes war allem Anschein nach ein vielbegabter Mann, aber ein diffuser oder sogar fragwürdiger Charakter. Er war als Maler und auch als Musiker erfolglos und ein Exzentriker, was sich an seiner Lebensweise und der Erziehung seiner Kinder ablesen läßt. Jedenfalls war er ein höchst vitaler Liebhaber von Frauen, und eine Zeitlang lebte eine seiner Geliebten mit im ehelichen Haushalt, dem auch seine Mutter Zadel Barnes-Gustafson angehörte, wenn sie nicht auf Reisen war. Schließlich war er auch ein Kind seiner Zeit, und, wie sich vermuten läßt, von den mannigfachen – lebensreformerischen – Bemühungen um die Jahrhundertwende beeinflußt. Die Epoche zwischen 1890 und 1914 war in der Kunst janusköpfig: Décadence und Art Nouveau – der neue Jugendstil – lösten einander ab und vermischten sich. Ein Signum der Zeit war das heftige Interesse an Sexualität und Erotik und die zwischen personifiziertem Laster und Erlöserin männlicher Begierde schillernde Rolle der Frau. Wald Barnes, der sich »auf seinen ausgedehnten Reisen in Europa« längere Zeit in London aufhielt, wo seine Mutter – wie es die Familienlegende will – eine Zeitlang einen Salon unterhielt, den sogar Oscar Wilde besucht haben soll, ist zweifellos mit den zeitgenössischen europäischen Bewegungen und Tendenzen in Berührung gekommen und hat daraus womöglich die seinen Neigungen entsprechende wirre und krude Lebens»philosophie« destilliert.

Auch in der Familie seiner Mutter – die von einem der drei um 1620 in die Gegend von Boston eingewanderten Brüder Barnes herstammt – gab es spiritistische Neigungen, die möglicherweise sogar die sechzehnjährige Zadel zu einer Ehe mit Henry Aaron Budington bewogen haben. Der um sieben Jahre jüngere Schwede Axel Gustafson, den sie nach ihrer Scheidung heiratete, war gleichfalls Spiritist. Duane Barnes, ihr Vater, betätigte sich zunächst als Schullehrer, dann als Buchhändler, wobei er sich eine Art Selbstzensur auferlegte: er verkaufte kein Buch, von dem er annahm, es könnte moralischen Schaden anrichten. Und – er schrieb Gedichte.

Die Familiengeschichte bot also in dieser Mischung aus puritanischer Rechtschaffenheit und einer deutlichen Neigung zu künstlerischer

Extravaganz der jungen Djuna Barnes vieldeutige Voraussetzungen an, das engere Familienleben einen jedenfalls schwierigen Ausgangspunkt: Unordnung und frühes Leid. Daß ihr eine ihrer Intelligenz und Begabung entsprechende Schulbildung fehlte, mag die Großmutter Zadel einigermaßen wettgemacht haben, indem sie ihr unter anderem früh die Bibel und Shakespeare nahebrachte und überhaupt ihren Sprach-Sinn förderte. Außerdem waren sie, so scheint es, einander verwandt in ihrem hintersinnigen Humor.

Das Verhältnis der Enkelin zur Großmutter war eng – enger und offener wohl als das zur Mutter und ganz gewiß zum Vater. Von der kritisch-ironischen Distanz, aus der Djuna Barnes schließlich die widersprüchlichen familiären Erfahrungen in ihrem Roman *»Ryder«* verarbeitete, aber auch von der Tiefe der Verletzung, die sich in der Tragödie *»The Antiphon«* zu erkennen gibt, ist in der frühen Korrespondenz mit Mutter, Großmutter und Vater (ja selbst noch in der späterer Jahre) nichts zu spüren. Die Briefe an sie drücken Nähe und intensives Interesse an ihr aus, sind auf einen herzlichen, ja manchmal fast exaltiert gefühlvollen Ton gestimmt. Und auch ihre Antworten oder Anfragen klingen beteiligt und liebevoll. Soll man annehmen, daß in einer so entschieden unkonventionellen Familie für den schriftlichen Umgang die Regel galt, nett zueinander zu sein, daß also in den Briefen Teilnahme und Zuneigung simuliert wurden, die es in Wahrheit nicht gab? Das ist – zumindest für die frühen Jahre – wenig wahrscheinlich.

1909 – Djuna war siebzehn – muß es zu einer Familienkrise gekommen sein, die zur Trennung der Eltern und bald darauf zur neuen Heirat des Vaters führte und aus der die Tochter – immer in ihren Entscheidungen von der Großmutter bestärkt und unterstützt – schließlich noch nicht zwanzigjährig von der Farm in Long Island, wohin die Familie inzwischen gezogen war, nach New York an eine Kunstschule floh.

Aus dieser Zeit gibt es Briefe der Großmutter Zadel an sie. Sie ist immer noch als aktive Journalistin und auch als überaus geschickte Bittstellerin viel unterwegs, um das stets fehlende Geld für die Familienexistenz einzuheimsen, oder sie lebt beim Vater in Huntington. In diesen Briefen ist ausführlich die Rede von einer Liebesbeziehung Djunas, in die Zadel mit einem Brief an den Freund oder Liebhaber eingreift. Die Anreden sind von zärtlichstem Überschwang: »Meine allerliebste Djuna, Herzenskind . . .« ist das wenigste. »Fürchte dich doch bitte nicht das kleinste bißchen«, fängt ein Brief vom 18. Februar 1909 an. Und sie

Brief der Großmutter Zadel
vom 12. April 1909

April 12. '09 Tuesday.

You darling little Precious Sweetheart, Starbits, mignonette & Posies & roses & eff thing sweet & too good to eat! ✕ ✕ If you don't get hugged as never was on sea or land, when I get home to beat the band, then I don't know what elixir is swelling in my veins to be ready for the strains, of my sinews into skeins, silken skeins, as I hug my darling maid, both within & out of baid (bed!) for the lovely thing she said — thing she said! — Now I will tether my Pegasus & descend to Prose! Your little letter dear, has done for me (what that young man did for the oldwoman Oh-Oh! Har har!) a world of good! I could not help introducing this nonsense, although my meaning

bedauert, daß Djuna ihr nicht den Brief des Freundes beilegt, der sie offenbar so sehr erschreckt hat, denn dann könnte sie besser helfen. »Aber ich will versuchen mein Bestes zu tun, und zunächst möchte ich dir sagen: ›Er wird nicht!‹ Aber sogar, wenn er es tut, sei unbesorgt, es wird nicht so schlimm sein. Wenn du dich fest in der Hand hast, kannst du die Situation durchaus meistern. Du müßtest (wenn er dir wirklich ›einen Antrag‹ macht) ihm sehr freundlich mitteilen, daß du dies als die größte Ehre zu schätzen weißt, du seist aber ganz sicher, daß ihr beide noch zu jung und zu unerfahren seid, um eine Sache von solcher Tragweite jetzt schon zu entscheiden. Was dich angeht, so wüßtest du ganz sicher, daß du nicht so empfindest, wie er es sich wünsche, daß du ihn aber als Freund sehr magst und hoffst, er werde versuchen, sich damit zufriedenzugeben. Sag' ihm, daß du dich weder für eine Verlobung noch für eine Ehe reif fühlst (er *darf* deine Ansichten zu Ehe und Sex nicht erfahren, sie würden ganz sicherlich zum allgemeinen Klatsch werden!), daß du in jeder Hinsicht noch mehr über das Leben erfahren möchtest, ehe du dich auf eine solche ernsthafte Beziehung mit irgend jemand einläßt. Alles dies sollte – mit gleicher Wirkung – *gesagt, nicht* geschrieben werden.«

Der Brief scheint mir aufschlußreich zu sein für die zwischen Unabhängigkeitsdrang und ratloser Melancholie schwankende Djuna dieser frühen Jahre und ebenso für das besondere Einvernehmen mit der Großmutter. Deren Person teilt sich auch in den großen, temperamentvollen, etwas chaotischen Schriftzügen mit, wie überhaupt die Schriftbilder der Familienbriefe – nicht zuletzt der Djunas – eine unerhörte »physiognomische« Evidenz haben.

Was Großmutter Zadel in einem früheren Brief über Djuna schreibt, zeigt deren Bemühen, der Familie gerecht zu werden: »Deine Versicherung, daß du versuchst, der Sonnenschein in der Düsternis zu sein, und die Worte, mit denen du deinen Brief beschließt – ›natürlich weißt du so gut wie ich, daß du dein Bestes tust, liebste kleine Großmutter ..‹ – sind ganz einfach *von unschätzbarem Wert* für mich! (dahinter das Familiengeheimzeichen für einen Kuß ·⁝×· , K. St.), nicht nur weil sie so liebevoll sind, sondern auch weil sie eine Entfaltung von Eigenschaften in dir anzeigen, auf die ich gehofft und um die ich mit meiner ganzen Seele gebetet habe: Liebe, Einfühlung, Vertrauen. Daß du diese schönen Eigenschaften auf mich beziehst, würde mich zu jedem Kampf ermutigen und mich in jeder Krise stärken ...« Zweifellos klingt hier noch der blumenreiche Stil ihrer Generation mit, der auch ihre eigene Schriftstellerei prägt. Über das wünschenswerte menschliche Verhalten aber sind sie sich im Grunde einig. Der Enkelin fehlt allerdings der – bei

allen Widrigkeiten – schwungvolle Optimismus der Großmutter. Ihre Lebensansichten, die sie bald äußern wird, sind um einige Schattierungen skeptischer, düsterer.

Auch die Briefe von Elizabeth Barnes, die bis zu deren Tod reichen, klingen, zumindest in den frühen Jahren, offen und liebevoll. Es sind die Briefe einer Mutter an eine Tochter, die – sehr jung – aus dem Hause geht und zum ersten Mal allein lebt. Sie will wissen, wie ihr Zimmer aussieht, was sie kocht, von welcher Sinnesart ihre Vermieterin ist, »alles, womit mein liebstes kleines Mädchen zu tun hat!« »Bitte meine Süße, erzähl mir von allen deinen Erfahrungen, den fröhlichen wie den traurigen, denn natürlich machst du beide, sonst wärest du kein Mensch!« Dann wieder: »Ich frage dich nicht nach deinem Privatleben aus, aber ich möchte wissen, ob ich etwas für meine kleine Tochter tun kann.« (Brief vom 1. Juli 1910) Es wird sehr bald umgekehrt sein, und die »kleine Tochter« wird für die Mutter und die jüngeren Brüder sorgen müssen. Von Djunas Katze ist die Rede »... sie ist und bleibt die große Unbekannte(!) – sehr anmutig, sehr würdevoll...« Djunas Handschrift – in der Tat höchst ausdrucksvolle, kaum zu entziffernde Hieroglyphen – wird scherzhaft beanstandet: »Weißt du, meine Kleine, es ist ja schon recht, eine originelle Handschrift zu haben, aber wenn es darum geht, daß eine arme alte Frau sie lesen soll (sie ist zu der Zeit achtundvierzig, K. St.), dann wünscht sie die Originalität zum...« Manchmal findet sie selbst, sie klinge vielleicht »sentimental«, sie glaube nun zu wissen, »was Einsamkeit bedeutet«, fügt sie am Ende eines Briefes an. Und unter das dreifache Familienzeichen für Kuß setzt sie noch ein dreifaches »Ich liebe dich!« Sie folgt mit Interesse und viel ermunterndem Lob der journalistischen und literarischen Arbeit der Tochter, die ihre ersten beiden Bücher ihr widmete. Im ersten, *The Book of Repulsive Women* (Das Buch der abstoßenden Frauen, 1915) – eher eine kleine Broschüre mit acht Gedichten und sechs eigenhändigen Zeichnungen – findet sich die vieldeutige Widmung:

Meiner Mutter,
die mehr oder weniger war wie alle
Mütter – aber sie war meine und
so war sie mehr als alle andern.

Ist es das Bekenntnis, eine schwierige Tochter gewesen zu sein, oder sieht sie sich eher als eine Auszeichnung für die Mutter? In die wiederholten Versicherungen mütterlicher Zuneigung, Anteilnahme und Sehnsucht nach der Tochter mischen sich immer wieder halb unterdrückte Klagen über die häusliche Misere, den baren Mangel, die Schwierigkei-

July 1. '10. Friday Night not midnight yet.

My Darling: A while ago a sudden inspiration seized me & I couldn't suppress it; As you know, the air has been, all day, very oppressive & I have had a general feeling of being a flannel cake, done up to be kept warm: an idea struck me "like a flash" & it was this, why not take a cold plunge. Well it was dark & various members of this distinguished family had retired & gone to their boudoir's where they could, if they felt disposed, receive their intimate friends!! I, having no friends, determined to make myself comfortable, so I partly disrobed & tip-toed along the marble

ten mit den heranwachsenden Söhnen, die ohne regulären Schulabschluß nur schwer eine Ausbildung finden und häufig auf undurchsichtige Weise krank sind (einiges deutet auf schwere Neurosen hin). Sie äußert bescheiden, aber unüberhörbar Wünsche: Mäntel für die Knaben, einen Hut für sie selbst (das schon aus Paris). Auch in ihrer erfolgreichen Zeit als Mitarbeiterin verschiedener amerikanischer Zeitungen, Zeitschriften und Magazine, für die sie schrieb und zeichnete, war Djuna Barnes nie besonders gut mit Geld ausgestattet. Sie hat diese Bitten und Wünsche, wie aus der Korrespondenz hervorgeht, prompt und großzügig erfüllt und über Jahre zumindest auf diese Weise zum Unterhalt von Mutter, Geschwistern und einer Tante regelmäßig beigetragen. Nicht nur für den »verklärenden« Blick Elizabeth Chappell-Barnes' zeigte sich ihre generöse Natur, das was die Freunde »so very much like Djuna« nannten. Gelegentlich, findet die Mutter allerdings, sie neige dazu, für andere, die sich durchaus selbst helfen könnten, zu viel zu tun. Der Name Thelma Wood fällt in diesem Zusammenhang, später der des Londoner Freundes Peter (Samuel) Hoare. Was wußte sie wirklich über die Art und Intensität von Djunas persönlichen Beziehungen?

»Nun ja, wie immer man es nimmt, es ist eine verdrehte Welt, aber es gibt nur eine Djuna«, heißt es 1923 in einem Brief nach dem Erscheinen von *»The Book«*, dem ersten Band mit Erzählungen, Gedichten und einem Einakter, der wieder ihr gewidmet ist. Aus dem gleichen Jahr datiert ein Brief Djunas, in dem sie versucht, ihr zu sagen, daß sie sie liebt, auch wenn sie es immer schwierig finde, ihre Gefühle und ihr Verständnis für andere mitzuteilen, obgleich sie ein starkes Bedürfnis in sich spüre, es zu tun. Daß sie sich viele Gedanken mache über sie und die »kids«. Und dann folgt der Satz: »Für mich, die ich allenfalls ein wenig zur Melancholie neige, ist das Leben der größte Horror, ich kann es mir nicht als etwas ›Heiteres, Erfreuliches, Fröhliches‹ vorstellen, ›einfach am Leben zu sein‹, es erscheint mir als etwas Monströses, Obszönes, und die allerobszönste Aufgabe des Endes steht uns noch bevor…« Womit sie offenbar auf begütigende Äußerungen der Mutter reagiert. Ähnlich hatte sie Jahre zuvor bereits in einem Interview dem Kleinverleger und Galeristen Guido Bruno, einer ebenso schillernden wie unentbehrlichen Figur in Greenwich Village, auf den Vorwurf geantwortet, sie sehe zu schwarz, sei morbide. »Morbide? … Da kann ich nur lachen. Dies Leben, das ich schreibe und zeichne und porträtiere, ist das Leben wie es ist, und folglich nennen Sie es morbide. Sehen Sie

Brief der Mutter
vom 1. Juli 1910

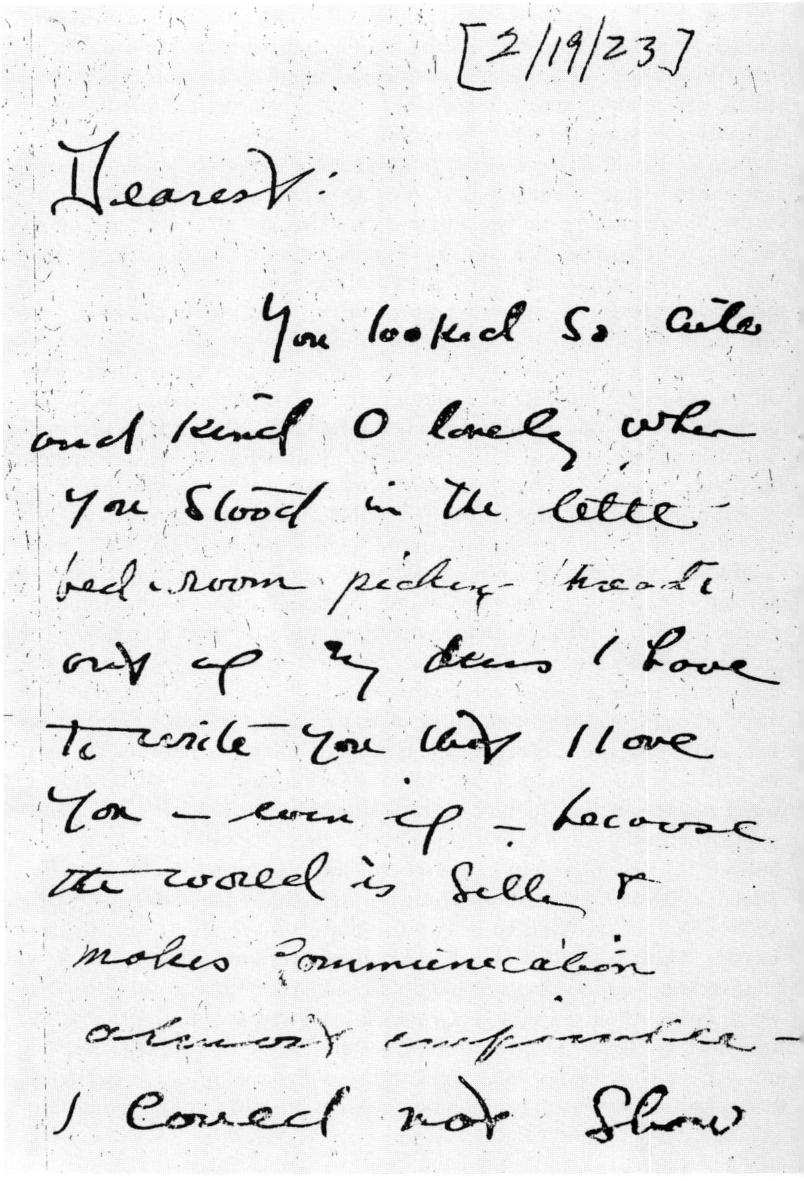
[2/19/23]

Dearest:

You looked so cute and kind & lovely when you stood in the little bed-room picking threads out of my dress I love to write you that I love you — even if — because the world is silly & makes communication almost impossible — I cannot show

Brief von Djuna Barnes
an ihre Mutter vom 19. Februar 1923

sich mein Leben doch an! Sehen Sie sich das Leben um mich herum doch an! Wo ist denn die Schönheit, die bei mir angeblich fehlt? Wo sind die hübschen Episoden, die andere schildern? Ich meine das Leben von Menschen, denen man die Masken weggenommen hat. Wo sind denn die erfreulicheren Züge? ... Ich bin das alles leid, weil ich denke: ›Was hat das denn schon für einen Sinn? Heute leben wir, morgen sind wir tot. Wir sind geboren worden und wissen nicht, warum. Wir leben und leiden und plagen uns, neidvoll und beneidet. Wir lieben, wir hassen, wir bewundern, wir verachten... Warum? Und wir sterben, und niemand wird je wissen, daß wir überhaupt geboren waren.«

»Ihre Morbidität ist keine Pose«, versichert der Interviewer. »Sie ist so aufrichtig wie sie selbst.« Und er fügt erklärend hinzu: »Eine neue Schule, die während der Kriegsjahre aus dem Boden geschossen ist. Anhänger der Dekadenz der berühmten 90er Jahre in Frankreich und England, im robusten, ehrgeizigen Amerika.«[3]

Es ist schwierig, aus dem Briefwechsel mit der Mutter ein feindseliges Verhältnis zu destillieren. Zwar wird deren Penetranz an mehreren Briefstellen deutlich – etwa in der Art, wie sie ihre Freude über Djunas Erfolge mit einer Schilderung ihrer eigenen, immer bedrängten Lage verknüpft, und gelegentlich läßt sich eine fast grausame Bosheit herausspüren: wenn sie beiläufig erwähnt, man habe den entlaufenen Hund sich selbst überlassen müssen, das Geld reiche nicht, ihn zurückzuholen, er werde wohl sicherlich vom Förster erschossen werden – »arme Kiki!« Oder wenn sie berichtet, daß sie die Kätzchen habe ertränken müssen – wohl wissend, daß sie damit eine hochempfindliche Stelle in der Tochter trifft. Ihre Urteile über die Qualitäten und die Arbeiten der Tochter – so emphatisch sie oft klingen – gehen keineswegs ganz fehl. So schreibt sie am 13. Januar 1928: »Du wirst ganz gewiß immer wieder auf deinem mühsamen Wege Tragisches erleben, und du begegnest dem mit einem solch schönen Mitgefühl. Eine ungeheure Wirklichkeit wird dir in solchen Erfahrungen erschlossen, und sie wird ihren Zoll von dir fordern, mein Liebstes, da bin ich sicher. Vielleicht fallen solche Einsichten nur den wirklich Großen zu, um sie auf die Probe zu stellen ...«

Immer wieder erwärmt sich das Verhältnis über die nun fast andauernde Distanz hinweg. Immer wieder überrascht es, wie aufrichtig und intensiv Djuna sich der Mutter zuwendet. Nachdem sie die Beziehung zu Thelma Wood, einer begabten, aber ganz haltlosen jungen Bildhauerin, ihrer »amour fou«, gelöst hatte, lebt sie in England, während der Arbeit an ihrem Roman »Nightwood« überwiegend im Landhaus ihrer Freundin Peggy Guggenheim – unschlüssig, ob sie ganz nach Paris zurückkehren oder es endgültig verlassen soll. Im Jahre 1934 unter-

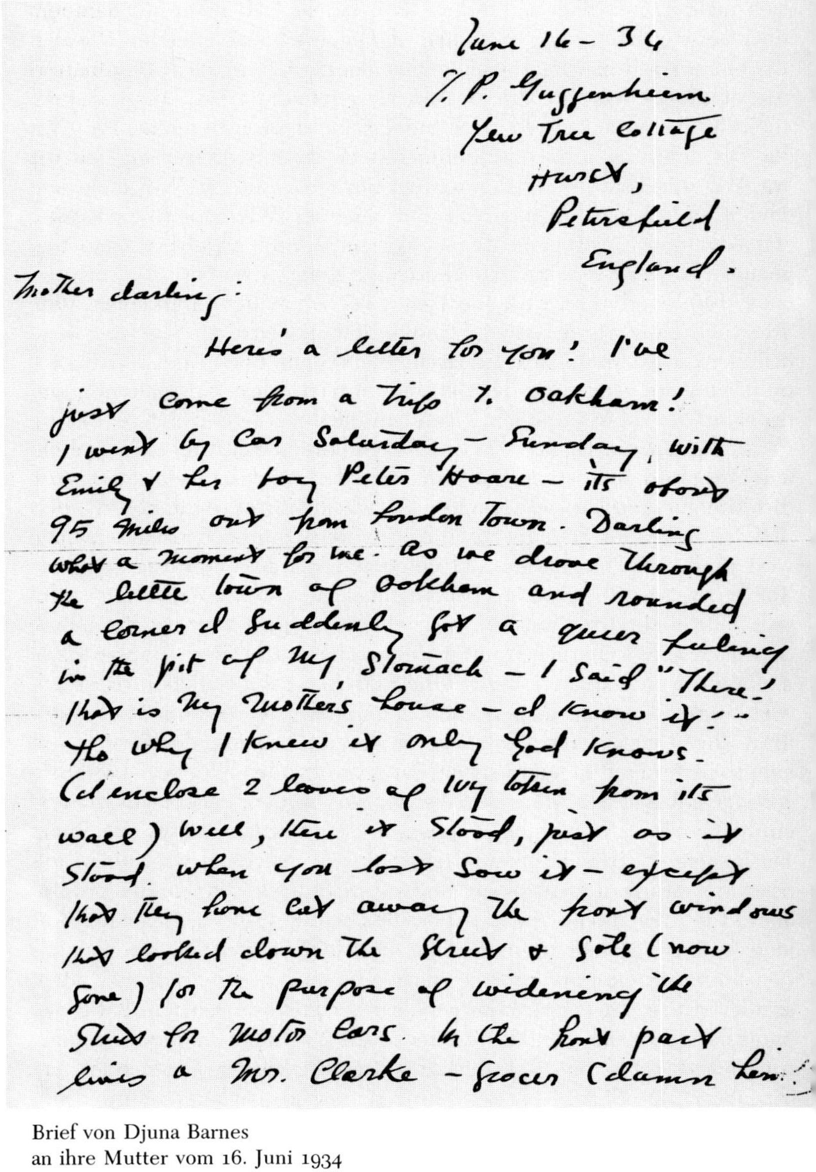

June 16 – 34
c/o P. Guggenheim
Yew Tree Cottage
Hurst,
Petersfield
England.

Mother darling:

Here's a letter for you! I've just come from a trip to Oakham! I went by car Saturday – Sunday, with Emily & her boy Peter Hoare – its about 95 miles out from London Town. Darling what a moment for me. As we drove through the little town of Oakham and rounded a corner I suddenly got a queer feeling in the pit of my stomach – I said "There! that is my mother's house – I know it!" tho why I knew it only God knows. (I enclose 2 leaves of ivy taken from its wall) Well, there it stood, just as it stood when you last saw it – except that they have cut away the front windows that looked down the street & gate (now gone) for the purpose of widening the street for motor cars. In the front part lives a Mr. Clarke – grocer (damn him!)

Brief von Djuna Barnes
an ihre Mutter vom 16. Juni 1934

nimmt sie mit ihren Freunden Emily Coleman und Peter (Sir Samuel) Hoare eine *voyage sentimentale* in die englische Vergangenheit ihrer Mutter. Sie schreibt ihr darüber und legt dem Brief zwei Efeublätter bei: »Liebste, welch ein Augenblick für mich, als wir durch die kleine Stadt Oakham fuhren und um die Ecke bogen und ich plötzlich tief in der Magengrube ein seltsames Gefühl hatte und sagte: ›Das da ist das Haus meiner Mutter!‹ und es einfach wußte – weiß Gott wieso ... Ich wurde fast ohnmächtig vor Freude – so ein sonderbares Gefühl, das alles zu sehen ... niemals zuvor in meinem Leben hat es einen solchen Tag gegeben ...« Fast beiläufig erwähnt sie noch den Abschluß des Vertrags für *»Nightwood«* mit dem englischen Verlag Faber and Faber, den T. S. Eliot vermittelt hatte. (Der Roman erschien dort 1936, die amerikanische Ausgabe bei Harcourt, Brace and Company folgte ein Jahr später.) Die Reaktion der Mutter auf *»Nightwood«* ist von geradezu prophetischem Überschwang. »Eines Tages wirst du den allmächtigen Menschen hervorbringen, der durch alle Zeiten als der Charakter gelten wird, dem der Mensch nachstreben soll. Und dann wirst du eine neue Religion gegründet haben, und nichts brauchen wir nötiger als das, seit sie, das heißt die Menschheit, Christus beiseitegefegt hat. Ich danke Gott für Emily (Coleman, die sich für *»Nightwood«* eingesetzt hatte; K. St.), sie ist eine wahre Freundin und eine große Förderin ...«

Zum Ende ihres Lebens erlischt die Korrespondenz mit der Tochter allmählich. Als Djuna Barnes Anfang der vierziger Jahre verzweifelt und mittellos nach New York zurückkehrt, zeigt sich die Mutter allem Anschein nach verständnisvoll und hilfsbereit – auch wenn sie das Verhalten der Tochter nicht ganz begreift. Am 31. Mai 1942 fragt sie: »Gibt es wirklich nichts Djuna, was ich für dich tun kann? Bist du wirklich zufrieden damit, von niemand gesehen zu werden? Warum leben wie ein Insekt, das das Licht scheut?« Und ein Jahr später heißt es: »Verzeih, Djuna, ich werde versuchen, mich daran zu erinnern ... Ich weiß ja – oder sollte es inzwischen wissen –, wie rasch und unweigerlich ich dir auf die Nerven gehe.« Reichen diese Spannungen, um eine der zweifellos schwierigsten Beziehungen, die zwischen Mutter und Tochter, in den tödlichen Haß zu treiben, der den Ausgang von »Antiphon« bestimmt? Vielleicht nicht. Aber sie genügen einem exzessiven Temperament offenbar, um unter den freundlichen Zufälligkeiten des Familienumgangs die radikalere Wahrheit zu entdecken und ans Licht zu holen.

Am schwersten deutbar ist das Verhältnis zum Vater. Sie habe ihn gehaßt, heißt es. Es läßt – soweit die brieflichen Äußerungen es spiegeln – die schlimmen Verletzungen des Mädchens Djuna (wie die drastische

Virginia Woolf, etwa 1903

Allegorie von »*Antiphon*« sie enthüllt) kaum vermuten. Auch Djuna Barnes' amerikanischer – gelegentlich eher redseliger – Biograph Andrew Field hält sich in dieser Frage zurück. »Djuna Barnes«, heißt es da etwas vage, »wurde von ihrem Vater nicht eigentlich verführt oder vergewaltigt, es wurde eher über sie – wie über eine Sklavin oder eine Tochter des Alten Testaments – ›sexuell verfügt‹.«[4] Was das bedeutet, wird nicht klar. Hat der in Liebesdingen so übereifrige wie unbedenkliche Vater ihre Defloration (durch einen anderen) – sozusagen aus »lebensphilosophischer« Überzeugung – erzwungen? Welchen Part hatte die Mutter dabei? Das Trauma einer solchen Gewalterfahrung – ob es nun tatsächlich geschehen war, als Bedrohung bestand oder »nur« imaginiert wurde – wirkte bei Djuna Barnes lebenslang nach. Weder ihre kurze Frühehe mit Courtenay Lemon, einem aus guter Familie stammenden Village-Intellektuellen, noch die gleichfalls nicht dauerhaften Beziehungen zu Männern, die ihr folgten, noch schließlich ihre passionierte Bindung an Thelma Wood haben es aufheben können.

Ganz gewiß ist die Amerikanerin Djuna Barnes von anderer seelischer Statur als die um ein Jahrzehnt ältere Engländerin Virginia Woolf[5] – auch der Zeithintergrund und das häusliche Milieu sind durchaus verschieden: einmal ist es eine wenn auch komplizierte Familie der englischen Oberschicht und die spätviktorianische Erziehung, die alles Körperliche tabuiert, das andere Mal sind es halb bohème Verhältnisse und eine Mischung aus offenkundiger Libertinage, Reformeifer und Drang zu Höherem, denen ein heranwachsendes Mädchen ausgesetzt ist. In beiden Fällen aber gab es offenbar ein traumatisches, lange nachwirkendes, sexuelles Erlebnis mit inzestuöser Einfärbung. Während Virginia Woolf sie ihrem Tagebuch oder später auch ihren Briefen (an ihre Schwester Vanessa und andere) anvertraut hat und diese Erfahrung in ihrer schriftstellerischen Arbeit nicht deutlich wird, verdichtet sie sich bei Djuna Barnes zum Grundthema.

In einem Brief von 1924 – Djuna ist zweiunddreißig und lebt in Paris – bittet die Mutter sie, sich ihrer älteren Schwester Sue gegenüber nicht allzu offen über »die Tragödie von Cornwall« zu äußern, sie (Tante Sue) komme noch aus der viktorianischen Ära, sie könne »amerikanische Blutrünstigkeit« nicht verkraften und sei »ganz unfähig«, ihr (Djunas) Leben zu begreifen. Es werde sie zutiefst erschrecken. Worauf sich die Bemerkung über die Tragödie in Cornwall bezieht, geht aus dem Brief nicht hervor, und man wird es – ehe der Briefwechsel nicht kritisch ediert vorliegt – nur mit größter Vorsicht auf jene traumatische Erfahrung beziehen dürfen.

Wald Barnes, so leichtfertig er in ökonomischen und Liebesdingen gegenüber der Familie verfuhr, war offenbar ein freundlicher Kindsvater. Im Januar 1897 – Djuna ist vier Jahre alt, ihr Bruder Thurn zwei Jahre älter – schreibt er den Kindern zärtliche, wenn auch fast identische kleine Briefe, nur in dem an Djuna notiert er, daß er sie besonders gern küßt, wenn sie gerade nicht geküßt werden will.

Auch seiner Frau gegenüber erscheint er – noch nach der Trennung – voller Wohlwollen. »Meine liebe Lizzie«, schreibt er am 14. November 1912, nachdem sie geschieden sind und er seine Geliebte geheiratet hat. »Natürlich bedarf es keines Wortes (oder sollte es keines Wortes bedürfen), daß meine Gefühle für dich – für irgendeinen von euch – sich durch nichts, was geschehen ist, auch nur irgendwie verändert haben. Alles, was wir in diesem letzten Jahr zu erdulden hatten, hast ja nicht du herbeigeführt, sondern es ist durch einen Druck von außen bewirkt worden ... Von einem geistigen (oder höheren) Standpunkt aus ist nichts anders geworden. Ich hoffe, daß du das glaubst und es dich tröstet. Ich würde dir gern freier und ausführlicher schreiben, aber mir liegt daran, deine Gefühle nicht mehr als unumgänglich zu verletzen. Es liegt mehr in deiner Hand, das zu entscheiden, das heißt: je gelassener und freundlicher du mir schreiben kannst, desto hoffnungsvoller und freier kann ich dir darauf antworten. Und ganz gewiß wünsche ich mir jetzt wie von jeher, dein bester Freund und Vertrauter zu sein.« Schnöde kann man den Ton dieses Briefes nicht nennen. Und vielleicht *meint* der Briefschreiber – in männlicher Naivität – was er sagt und ahnt nicht, was er da der »Partnerin« zuschiebt. Letztlich hat Djuna Barnes der Mutter ihre »Toleranz«, ihre Unentschiedenheit und Duldsamkeit dem eigenwilligen Vater gegenüber verübelt, sie für die unordentliche und ziellose Existenz der Brüder, die Schäden in ihrer eigenen verantwortlich gemacht. Den Vater hat sie, im Wendell des Romans *»Ryder«*, eher als Satyr, als Sexualprotz karikiert. Das »endgültige Duell« findet in *»Antiphon«* mit der Mutter statt. In den Briefen, die Wald

Barnes seiner Tochter in den New Yorker und noch in den ersten Pariser Jahren schreibt, übernimmt er ganz die Rolle des väterlichen Freundes und interessierten Beraters, der ihre Schwierigkeiten – als »Künstlerin« – aus eigener Erfahrung kennt und nachempfindet. »Ich lag wach, liebe Tochter Djuna«, fängt er einen Brief vom September 1916 an, »und überdachte dein schönes Gedicht ›Love song‹, und während ich zwischen seinen Zeilen las, meinte ich seinen Anlaß zu kennen... ich las die *Wirklichkeit* heraus. Und daher fühle ich mit dir, denn auch ich habe die Tiefen kennengelernt. Aber aus solchen Tiefen kommen die wirklichen Dinge – die Gedichte –, die zum letztgültigen Guten zählen, darum, liebes Herz, laß den Kopf nicht hängen und blick nach vorn! Aus den Tiefen kommen auch die anderen Wirklichkeiten – die Dinge, die uns teuer und die lebendig sind. Merke dir – – – LEBENDIG – – – was der Schmerz letztlich nicht ist, wenn man durch ihn über ihn hinausgewachsen ist und in die Höhe... Ich bin traurig, daß du so viel allein sein mußt, denn obwohl du da draußen in der Welt bist und dich auf deine tapfere Art durchkämpfst – trotz, möchte ich sagen, deinem ›Mittendrinsein‹ (was sagst du zu diesem Wortgebilde?) wirst du doch besser von deinem Pa und deiner Grandma verstanden als von irgend jemand sonst. Könntest du häufiger mit uns zusammensein, würde es dir besser gehen – weil wir uns in gegenseitigem Vertrauen austauschen könnten, meinst du nicht?...«

Und er spricht ihr Mut zu, sie solle gegen die traurigen Stimmungen und niederdrückenden Gedanken angehen: jeder Weg mache einmal eine Kehrtwendung, nichts dauere immer und ewig außer der wirklichen *Liebe*, und auf die könne sie – was ihn und die Großmutter angehe – zählen.

Und zu Ende des Briefes noch Ratschläge für ein gesundes Dasein – »trink Milch!« –, ein billigeres Zimmer und dafür mehr essen! und zuletzt die etwas albernen Zärtlichkeitsfloskeln, die offenbar zum Familienjargon gehören. Dazwischen aber gibt er Hinweise und Beispiele, wie sie eine gute, finanziell sichere Karriere machen kann: indem sie nämlich genau das schreibt, was das Publikum erwartet, niemals ihre eigene Individualität zum Ausdruck bringt, die Erfolgreichen genau studiert und es ihnen nachmacht. Das könnte aus seinem Mund ironisch klingen, ist aber doch wohl ernst gemeint: er wünscht die Tochter auf eigenen Füßen und »glücklich« zu sehen.

Auch Wald Barnes kommt immer wieder zu der Überzeugung, sie seien eine besonders ausgezeichnete, kreativ begabte Familie: (»Wir sind alle was wert – in künstlerischer Hinsicht wie in anderer.«) Seine Kinder aus zweiter Ehe erscheinen ihm als musikalische Genies, er selbst berichtet, daß er wieder komponiert – zwei Mazurkas, »die auf ihre Art ebensogut sind wie die Chopins ... Früher oder später wird meine Musik eine Sensation hervorrufen!« Bei allem Genialengehabe und Größenwahn ist er auch auf den schnellen und natürlich großen Erfolg aus. Immer wieder sieht er eine glückliche Wendung kommen, einen Ausweg aus der Misere.

Und er schildert dramatisch, wie sie durch all die Jahre gehungert hätten – ein Alptraum, den er immer wieder träumen müsse, seit seine Mutter vor drei Jahren gestorben sei.

»Scheine ich dir sehr ›weit weg‹?« fragt er. »Vielleicht.« Aber das scheine eben nur so. Vermutlich hat sie ihm seine Irrealität, seine ewigen Illusionen vorgehalten. Jedenfalls verteidigt er sich: »Blick zurück auf diese letzten drei Jahre und sag' mir, was du Gutes und Bleibendes durch deinen Pessimismus und deinen Agnostizismus erreicht hast. Jeder deiner Briefe zeigt mir, daß du nicht glücklich bist, nicht zufrieden. Warum nicht umkehren und GLAUBEN? Ganz besonders solltest du an das größere kommende Leben glauben, zu dem der Tod nur die Pforte ist.«

Dieser Hinweis auf das jenseitige, sichere Glück nach der irdischen Plage findet sich durchweg in den Familienbriefen – ein Rest spiritistischer Überzeugungen oder, wie bei der Mutter, eine Wirkung der »Christian Science«? Jedenfalls scheint sich der Agnostiker Wald Barnes bekehrt zu haben.

Das also ist der familiäre Hintergrund, von dem sich die blutjunge Djuna Barnes abzulösen versucht, indem sie nach New York und an Pratt's Institute geht. Sie zeichnet – zunächst noch deutlich in der Art Beardsleys – und schreibt, sehr bald schon für große Tageszeitungen – Interviews, Reportagen, Porträts. Außerdem Einakter und Gedichte. Sie erscheint in den verschiedenen kleinen Magazinen, in denen sich »das Neue« in den Künsten sammelt. »The Little Review« ist eins der wichtigsten.[6] Sehr bald ist sie eine der beachteten und charakteristischen

Zeichnung von
Djuna Barnes

Figuren von Greenwich Village, das – vor allem in den Jahren vor dem Ersten Weltkrieg – der Sammelpunkt einer unruhigen, des Neuen begierigen Intelligentia und Bohème und ihrer jeweiligen Mitläufer und Statisten war. Ihr schneller, oft beißender Witz wird gerühmt; ihre Eleganz, ihre hochmütige Allüre – nicht immer anerkennend – notiert. Dabei ist sie, wie der Vater anmerkt, vermutlich »weder glücklich noch zufrieden«. Die Frage ist, ob es das ist, was sie suchte, sein wollte – oder konnte. Sie ist jedenfalls eine begierige und aufmerksame Beobachterin ihrer äußerst buntgemischten Umwelt. Und dieser beobachtende Blick reicht, zum Beispiel in den *»Porträts«*, in verborgene Schichten der wahrgenommenen Personen, in Skurrilitäten, Manien und Abgründe, die über das im journalistischen Interview Übliche hinausgehen. Die anspruchsvollen amerikanischen Zeitungen sind häufig das literarische Übungsfeld für eine Reihe von hervorragenden amerikanischen Schriftstellern und Schriftstellerinnen gewesen. Djuna Barnes gehörte zu ihnen.

GREENWICH VILLAGE, WIE ES WAR

Der größere Teil New Yorks ist so seelenlos wie ein Warenhaus; Greenwich Village hingegen hat Erinnerungen wie Ohren, die angefüllt sind mit verstummter Musik, und Hoffnungen wie blicklose Augen, die bestrebt sind, einen Blick auf die himmlische Vision zu erhaschen«, schreibt Djuna Barnes 1916 in *Pearson's Magazine*. ... »Die Wahrheit über Washington Square und Greenwich Village – Namen, die zu Synonymen geworden sind – ist niemals zu Papier gebracht worden. Wenn man genötigt ist, die Wahrheit über einen Ort zu sagen, dann geht dieser Ort sofort in Abwehrstellung. Örtlichkeiten und Stimmungen sollten in Ruhe gelassen werden. Wieviel Restaurants gibt es nicht, die durch eine oder zwei Zeilen in einer Zeitung verdorben worden sind? Wir befinden uns in derselben Gefahr. Was wir dagegen tun können? Nichts. Das Malheur ist bereits passiert, stellen wir fest, und der Schmetterlingsflügel zerfällt bereits zu Staub.«[1] Und sie beendet ihren Streifzug als Insider durch Klubs, Cafés, Kleinstbühnen, Mansarden-Galerien und Einmann(-frau)-Redaktionen der einschlägigen kleinen Magazine mit ihren Hochbegabten und ihren Habitués, ihren zwielichtigen Gestalten und ihren Zufallsbesuchern mit einer halbironischen Mahnung an die Außenseiter, die Eindringlinge in dieses Reservat der Bohème: »Und so seid doch nicht so streng mit uns, ihr aus der Außenwelt, und vor allem untersteht euch, uns zu bemitleiden – uns rechtschaffene Menschen. Wir haben alle normalen Annehmlichkeiten, wie sie auch die übrige Welt besitzt, und wir haben noch etwas viel Wertvolleres: Männer und Frauen, in deren Augen ein neues Licht glimmt oder auf deren Stirn der Abglanz einer unsichtbaren Herrlichkeit liegt.«[2]

Nicht auf allen Stirnen lag dieser »Abglanz«, zumindest nicht anhaltend. Hinter der lässigen bis frivolen Attitüde der Bohème – wie sie der lustvoll erschrockene Bürger erwartete – verbargen sich hochfliegende Pläne bei knappsten Mitteln, verbargen sich Armut und Verzweiflung. In seinen extremen Erscheinungen entsprach das Greenwich Village um den Ersten Weltkrieg sicherlich dem Bild der »Verworfenheit«, das sich »die Außenwelt« davon machte: Alkohol in Strömen (trotz oder gerade wegen der Prohibition), Drogen (darunter Kokain, der modisch schicke »Schnee«), kurzum Zügellosigkeit, wilde Ehen, flüchtige Liebschaften, sexuelle Perversionen, Selbstmorde. Es gab viele, die in dieses Bild

Die 8. Straße, die »Einkaufsstraße« von Greenwich Village

hineinpaßten. In der extravaganten Gestalt der begabten, wilden und selbstzerstörerischen Elsa von Freytag-Loringhoven, »the Baroness« geheißen, haben Ort und Zeit ihren außerordentlichen Ausdruck gefunden. Sie war – so sagte sie – aus dem Milieu, dem ihr Name und Titel entsprach, ausgestiegen, hatte sich aus allen Konventionen gelöst, malte, dichtete und lebte in einer dürftigen Wohnung mit drei Hunden und erregte Anstoß, sobald sie, nur in eine Decke gehüllt, mit riesigen Ohrringen, klirrendem Armschmuck und sonderbarstem Kopfputz die Bannmeile des Künstlerviertels verließ. Es tut nichts zur Sache, ob die

»Baroneß« frei erfunden war – (sehr viele Künstler der Epoche ersannen sich eine »exotische« – mit Vorliebe russische! – Provenienz) sie machte sie glaubhaft. Nicht nur von ferne erinnerte sie in ihrer phantastischen Existenz an Else Lasker-Schüler.

Djuna Barnes, die vielleicht ihr – radikaleres – Spiegelbild in ihr erkannte, befreundete sich nach einigem Zögern mit ihr, schätzte nach und nach ihre Gedichte hoch, half ihr – auch finanziell – während ihrer letzten zwei Lebensjahre in Paris und kümmerte sich um ihren Nachlaß, nachdem Elsa sich – wie angekündigt – mit Gas das Leben genommen hatte. In »transition«, einem mutigen kleinen Magazin der Epoche, und in »The Little Review« erschienen Teile aus ihren an Djuna gerichteten Briefen:

»Wir müssen dem Ungeheuer, das mein Leben ist, ins Gesicht blicken. ... Djuna, ich kann es nicht mehr anders sehen: Es gibt keine Aussicht... Ich werde wahrscheinlich, ja, ja, wahrscheinlich sterben müssen. Wo kein Leben ist, muß man sterben. Das ist einfach, schrecklich einfach. Ich muß sterben, und ich bitte dich, nicht erbittert zu sein über die Verletzung, die ich dir zufügen muß. Ich kann mir eine annehmbare künstlerische Existenz nicht mehr vorstellen, und eine andere ist unmöglich... Ich bin in diese Lage geraten – alles verwirrt sich auf unbeschreibliche Weise und bringt mich in Verruf und zerstört mich schließlich – nur weil ich ich bin und keine andere. Eine andere wäre da nicht hineingeraten...«

In ihren künstlerischen Ansichten gab es Differenzen zwischen den beiden Frauen, aber in einem Punkt stimmten sie genau überein, wie Andrew Field anmerkt: in ihrer hemmungslosen Aufrichtigkeit. »... ich lüge niemals«, schreibt die Baroneß, »... nur mittelmäßige sentimentale Schriftsteller lügen... Alle, die rücksichtslos einsam sind..., müssen verrückt werden in dem üblichen Lebensgeflecht, denn: sie sind allein – einzigartig – absolut. Ich war immer so.«

Es gab vor dem großen Exodus nach dem Ersten Weltkrieg eine Reihe von bemerkenswerten Frauen in Greenwich Village. Eine von ihnen, die der jungen Djuna Barnes in Herkunft, Zielen und auch äußerer Eleganz ähnelte, ist die Lyrikerin Edna St. Vincent Millay. Sie gewann einen vergleichsweise hochdotierten Lyrik-Preis (500 Dollar), und ihre Gedichte setzten sich rasch durch. Ganz gewiß waren sie auch sonst Konkurrentinnen: die Partnerin einer kurzen lesbischen Episode in Edna Millays Leben war Thelma Wood. Und beide brachen fast gleichzeitig nach Paris auf, Edna Millay finanziell gestützt durch den Lyrik-Preis.

Dies war ein Vorgriff. Zunächst findet die land- und familienflüchtige junge Djuna Barnes ein Zimmer in der Bronx. Ihr hat sie 1919 – also zum Ende ihrer New Yorker Zeit – in der New York Tribune eine Art »Nachruf« gewidmet, der allen journalistischen Regeln handfester Berichterstattung ein Schnippchen schlägt und daraus seinen Reiz bezieht. Sie erinnert sich lauter ganz persönlicher Dinge und Erfahrungen, während sie in Gedanken durch die Bronx streift, Erfahrungen, die keineswegs typisch und genau das nicht sind, was »die Leute« über die Bronx hören wollen. Sie erinnert sich an einen Steinmetz, der mit großer handwerklicher Sorgfalt Grabsteine meißelte und so etwas wie ein weiser Mensch war. Es gibt ihn nicht mehr. Sie entsinnt sich einer Baustelle, an der mit Dynamit gearbeitet wurde, und an ihre kindliche Angst vor dem Getöse der Sprengungen. Sie begleitet eine Gruppe höchst skurril aufgemachter Insektensammler durch den Botanischen Garten und fragt sich – und ihren Auftraggeber – rein rhetorisch, ob denn das vielleicht das Richtige über die Bronx sei. Sie läßt sich empfehlen, was das Publikum erwartet – nämlich etwas über ein Tanzlokal, über das Parkhotel, wo »die Geschäftsleute Schellfisch und Avocados speisen«, über einen Mann, der von einem Müllwagen überfahren wurde.

»›Halt!‹ schrie ich entsetzt und hielt die Hände hoch.

›Erzählen Sie ihnen etwas über O'Haras Hall in der 200th Street, erzählen Sie alles, was Sie wollen, aber liefern Sie ihnen Fakten.‹

›Fakten‹, sagte ich langsam, ›meine Güte, so weit ist es also mit uns gekommen?‹«

Er schlägt ihr vor, etwas über das Theater zu schreiben, über die Ziegfeld Follies, über Klubs, Blindenheime, Irrenasyle, Banken. Sie weist alles von sich.

»›Aber dann müssen Sie wenigstens etwas über die Schulen schreiben – über die Hall of Fame.‹

›Wie käme ich dazu? Erstere habe ich nie besucht, und in letztere komme ich nie hinein.‹

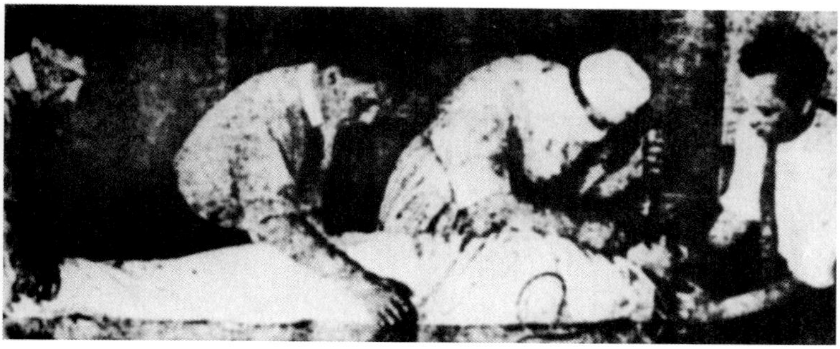

Djuna Barnes bei der Zwangsernährung, 1914

›Das allerdings‹, sagte er verachtungsvoll, ›Sie wollen also rein persönlich an die Sache herangehen?‹

›Ja, das will ich – das tut jeder, der gut schreibt.‹«[2]

Das ist ein Bekenntnis. Sie macht sich lustig über die Faktenhuberei des amerikanischen Journalismus, dessen Anforderungen und Methoden sie sich ja durchaus – und mit Gewinn – unterworfen hat: sie weiß genau Bescheid über das, von dem sie berichtet. Sie mischt sich gut informiert in Aktualitäten. Sie läßt sich – im Selbstversuch – zwangsernähren, um zu wissen, wie es den englischen Frauenrechtlerinnen, die in Hungerstreik getreten sind, ergeht. Wobei gleich anzumerken ist, daß es sich dabei weniger um eine Solidarisierung in der Frauenfrage handelte als um die spezifische Neugier, die in das vordringen will, das jenseits der Fakten ist.

Sie macht wenig Notizen. In der Tat arbeitet ihr Gedächtnis offenbar so, daß es aus einer Äußerung gleich einen Absatz macht, wie sie einmal anmerkt.

Das ist Djuna Barnes, Ende Zwanzig, kurz vor dem Absprung nach Paris: eine gefragte Journalistin, eine beachtete Figur mit sicherem, ja herausforderndem Auftreten. Die ungeheure Schüchternheit, die sie, wie sie einmal bekennt, quälte, als sie auszog, in New York das Fürchten zu lernen, und die, wie ihre Freundin Natalie Barney sich erinnert, sie bei gewissen Gelegenheiten auch später noch überfällt – scheint überwunden oder hinter der Maske der Arroganz, dem leichten Ton überlegener Ironie verschwunden zu sein.

In dem knappen New Yorker Jahrzehnt bringt sie (1915) acht ihrer – »gewagten« – Gedichte zusammen mit sechs Zeichnungen (noch sehr à la Beardsley) in *»The Book of Repulsive Women«* heraus. Sie verfaßt

Mother Jones

Alfred Stieglitz

Flo Ziegfeld inmitten der »Ziegfeld Follies«

Einakter – »Zehnminutenstücke« –, die in ihrer szenischen Verknappung kaum verstanden werden. Einige werden von den Provincetown Players, einer engagierten jungen Theatergruppe, aufgeführt, und sie selbst übernimmt gelegentlich eine Rolle. (Keins der Stücke – von unterschiedlicher Qualität – liegt bisher im Druck vor). Sie schreibt Hunderte von – zum Teil ungezeichneten und daher schwer auffindbaren – Beiträgen für Tageszeitungen und mehr oder minder bekannte Zeitschriften: Short Stories, Reportagen, Interviews. »Brotarbeit« – und mehr.

Die Interviewten – in sehr verschiedener Weise hervorragende Figuren der Epoche – reichen von der militanten Gewerkschafterin »Mother« Jones (»Ich bin einfach Mary Jones aus den USA«) bis zur Schauspielerin Helen Westley, einer hochoriginellen Person, deren Ruhm zu verblassen droht und die sie eine »mephistophelische Eidechse« nennt (»Die Geständnisse der Helen Westley«); von Flo Ziegfeld, dem »Erfinder« der »Follies«, einer unschlagbaren Revue (»Flo Ziegfeld hat es satt, Dessous einzukaufen«), bis zu Alfred Stieglitz, der lange Mittelpunkt und Förderer der jungen Künste in Amerika war (»Alfred Stieglitz über das Leben und die Bilder: Jeder muß seine eigenen Federn lassen«). In den bestgelungenen dieser Porträts dringt sie, unmerklich für die Befragten, unter die leicht ablesbare Oberfläche, den oft skurrilen Aufputz, dahin wo jenseits von Karrieredenken und bewußter Inszenierung der Kern der Person getroffen wird – ihre raison d'être. Aber sie »entlarvt« nicht – sie delektiert sich.[4]

Die Erfahrungen dieser »Lehrjahre« – die sich, abgemildert, in der Familienkorrespondenz spiegeln – schärfen die Sensibilität ihrer Beobachtung. Die Einblicke in »das Leben, wie es ist«, die sie in dieser

aus dem »New York World Magazine« vom 18.10.1914:
Djuna Barnes mit dem Gorilla Dinah

Zeitspanne gewinnt – nicht ohne eigene Federn zu lassen –, geben ihren journalistischen Arbeiten jene skeptische Distanz zu ihrem Gegenüber, aus der sie gelegentlich eine scheinbar impertinente Zwischenfrage stellt, die ihr aber auch erlaubt, »unerkannt« im Hintergrund zu bleiben, und den Interviewten, sich redend und als physische Erscheinung auszubreiten.

In diese Jahre fällt die – wie vieles bei Djuna Barnes – nicht genau datierbare Ehe mit Courtenay Lemon, dessen große »Gelehrsamkeit« die Autodidaktin anzieht. Mit ihm lebt sie in einem riesigen Dreieckszimmer einer weitläufigen Wohnung in dem verwahrlosten Haus 86 Greenwich Avenue, das Freunde ihnen vermieten. (Ob es sich um eine tatsächlich – nach strengen Regeln – geschlossene Ehe handelt oder um ein »Gewohnheitskonkubinat«, das nach dem »Common Law«[5] als Ehe galt – eine Merkwürdigkeit im puritanischen Amerika –, ist nicht auszumachen. Allerdings begab man sich mit dieser freien Interpretation der Ehe zweifellos an den Rand der »guten Gesellschaft« oder sogar über ihn hinaus.)

Der um fast zehn Jahre ältere Courtenay Lemon hatte sozialistische Neigungen, denen er in Pamphleten zur »Redefreiheit in den USA« und über ähnliche Gegenstände nachging. Er arbeitete zunächst für ein Magazin (»The New Yorker American«) und später als Lektor für die 1916 gegründete Theater Guild. Sein eigentliches Interesse galt der Philosophie, Bergson vor allem, den er Djuna – wohl vergebens – nahezubringen versuchte. Was sie zusammenführte, waren unter anderem ein ähnliches Temperament, ähnliche Vorlieben und eine geistreiche Bissigkeit. Was sie – dem Vernehmen nach – trennte, waren »geschmackliche« Differenzen: Lemon mochte die riesigen, auffälligen Ohrringe nicht, die Djuna mit Vorliebe trug. Ganz sicherlich nur ein Zeichen für andere ernsthaftere Unvereinbarkeiten. Der Grund zu ihrer Trennung war, so vermutet Andrew Field wohl zu Recht, Lemons Untreue, die Djuna Barnes so wenig ertrug wie später die Treulosigkeiten Thelma Woods. Hinter der eleganten Fassade der frivolen Extravaganten wird hier eine in der Redlichkeit ihrer Gefühle und ihrer fast hilflosen Aufrichtigkeit tief Verletzbare erkennbar. Daß die Beziehung, so kurze Zeit sie auch dauerte, für beide von einiger Bedeutung war, läßt sich aus Djunas strikter Bitte, sie nach der Trennung nicht mehr zu stören, und aus Lemons einsichtigem und verzweifeltem Brief ablesen, mit dem er sich von ihr verabschiedete.

»Vergib mir – ich kann es nicht ändern. Bitte mach dir keine Vorwürfe, es ist alles ganz einfach ein unglücklicher Zufall, für den das Schicksal eher verantwortlich ist als du. Aber schließlich, was macht da den Unterschied: ich existiere einfach nicht mehr und damit Schluß. Versuche einfach so zu tun, als sei ich von einem Bus überfahren worden. Ich würde gern mehr schreiben – aber ich kann nicht. Vergib mir also und vergiß oder behalte nur die glücklichen Augenblicke im Gedächtnis, die du mir gegeben hast, ehe ich ins Nichts zurückkehrte, in das wir alle bald eingehen werden ... Ich liebe dich und wünsche dir alles Gute und vertraue auf die Kraft deiner Intelligenz, die dich zu dem interessanten und produktiven Leben hinaufziehen wird, das dieser falsche Anfang nicht im Keim ersticken darf.«

Als sie sich – wohl im März 1919 – trennen, ist Djuna siebenundzwanzig Jahre alt. Nach dieser Enttäuschung gab es rasche Affären mit verschiedenen Männern ihres Kreises, auch interessierte sie sich mit einiger Heftigkeit für Frauen, so für Jean Heap, die Partnerin und Gefährtin Margaret Andersons, der Herausgeberin von »The Little

Margaret Anderson, 1930

Review«. Daß Margaret sie ihr »wegschnappte«, mag – außer dem ähnlich entschiedenen Temperament der beiden Frauen – dazu beigetragen haben, daß es trotz Djunas enger Mitarbeit an »The Little Review« nie zu einem engen freundschaftlichen Verhältnis zwischen ihnen kam. In ihren Erinnerungen *»My Thirty Years War«* entwirft Margaret Anderson ein durchaus kritisches Bild von der jungen Djuna Barnes: sie habe sie damals – anders als in ihrem hohen Alter – nicht eigentlich schön gefunden. Und: »Djuna wollte niemals offen reden, sie wollte nicht, daß man mit ihr offen redete. Der Grund sei, sagte sie, daß sie – was sie selbst angehe – sehr zurückhaltend sei. Sie war in Wahrheit nicht zurückhaltend, sondern ahnungslos. Das brachte sie dazu, Mythen über sich selbst zu erfinden, die zu revidieren sie nie für nötig hielt . . . Es war ihr peinlich, sich auf ein unpersönliches Gespräch über Persönliches einzulassen. So wie es uns peinlich war, eine Beziehung zu jemand herzustellen, der nicht imstande war, mit seiner eigenen Psyche umzugehen ... Ihr Geist kennt keine abstrakten Aspekte ...«[6]

Was hier als offensichtlicher Mangel kritisiert wird, ist sicherlich ein Charakteristikum der Schriftstellerin Djuna Barnes. Allerdings hatte sie durchaus eine Beziehung zu ihrer eigenen Psyche, aber sie näherte sich ihr nicht analytisch-beredt, sondern »poetisch«, das heißt in Einsichten, die zu Bildern wurden – zu Metaphern. Daß sie nicht nur über sich, sondern auch von anderen viel wußte, lassen ihre Arbeiten von Anfang an erkennen. Je mehr sie diese Erkenntnisse verschlüsselt, je weniger sie in der Darstellung ihrer Charaktere und deren Handeln realistisch-logische Konsequenzen zieht, desto weiter entfernt sie sich vom psychologischen Schreiben. Sie »verfremdet« ihre Figuren, und das kann an ihnen »befremden«. Sie scheinen häufig von nirgendwoher zu kommen und ohne erkennbares Ziel zu sein, sie treten in Kostümen auf, die der übrigen Umwelt nicht entsprechen, sie leben in einem Stück, in das sie zufällig hineingeraten sind, ihre eigene Rolle aus, die ganz unpassend erscheint. Und sie üben, wohl gerade durch ihre rätselhafte »Deplaziertheit«, eine starke Faszination aus.

Eine solche Figur unklarer Provenienz und Absicht ist Frau von Bartmann, »eine Russin«, in der Erzählung »Aller et retour«.[7] Sie unterbricht ihre Fahrt von Paris nach Nizza ohne erkennbaren Sinn und Zweck für zweieinhalb Tage in Marseille, fährt dann in Nizza mit einem Autobus an den Stadtrand und schließt dort ganz selbstverständlich »mit einem großen Eisenschlüssel ... das hohe verrostete Eisentor eines privaten Parks auf ...« Sie besucht überraschend ihre siebzehnjährige Tochter, die auf den merkwürdigen Namen »Richter« hört. Ihr Vater ist gerade gestorben. Sie erkundigt sich ohne eigentliches Interesse nach Dingen im Hause und setzt sich, ohne den Hut abzunehmen, an den Flügel: »... ihre juwelenbesetzten Finger sprühten Funken über die Tasten«. Sie befragt die Tochter – das Kind, wie sie in der Erzählung genannt wird und als das sie – klein, verschüchtert – auch erscheint, nach ihrem Leben aus. Es ist eine Art Verhör. Die Mutter wirkt im Vergleich als die Lebensvolle, die Mächtige, die Tochter als ein mattes Schattengewächs. Sie erteilt ihr Ratschläge, die sie sonderbarerweise selbst bewegen, jedenfalls »nahm sie ruhig ihr Taschentuch heraus und trocknete sich schweigend die Augen.« »Denk alles, Gutes, Schlechtes, Gleichgültiges, und *tu* alles, *alles!*« rät sie der Tochter. »›Versuch herauszufinden, was du bist, ehe du stirbst. Und ... komm als wohlgeratene Frau wieder zu mir.‹« Zum Schluß teilt das Mädchen der Mutter »ohne Umschweife« ihre Verlobung mit einem ordentlichen jungen Mann mit, der dann noch sein ganzes ordentliches Lebensprogramm vor ihr aufrollt. Die Schlußworte der abreisenden Frau von Bartmann sind: »Herrje, wie überflüssig.«

Auch eine befremdende Figur und eine Fremde im eigenen Milieu ist die Dame in der Erzählung »Löschung«[8], die in einem Berliner Café »In den Zelten« eine junge Tänzerin anspricht und sie in ihr großartiges, aber sonderbar verlassenes Haus an der Spree und in ihr eigenes Schicksal hineinlockt. Sie will sie zur Mithüterin ihres schwachsinnigen Kindes machen, eigentlich aber zu ihrem *Kind*. Die junge Tänzerin entflieht dem Sog dieser weltabgeschiedenen Existenz im letzten Augenblick. »So ergeht es einem, wenn man reist, nicht wahr Madame?« sagt sie zum Schluß. Und diese Frage ist an eine Frau gerichtet, die mit ihr in dem Berliner Café »In den Zelten« ins Gespräch gekommen ist und ihre Geschichte anhört.

In dieser und in anderen Erzählungen klingt bereits der Berlin-Aufenthalt durch, den Djuna Barnes 1922 oder '23 in ihre Pariser Zeit einschieben wird, und es ist kennzeichnend für sie, daß sie das Absurde an der Situation der Stadt wahrnimmt und umsetzt und nicht die sozialen Implikationen, wie sie McAlmon, der sich gleichzeitig mit ihr und einigen anderen aus der Pariser »Horde« hier aufhält, in seinen Erinnerungen notiert.

»Niemand wußte von einem Tag auf den anderen genau, was der Dollar in Mark bringen würde, aber jeder wußte, daß, was auch immer geschah, der Dollar zehn bis zwanzigmal so viel wert war wie irgendwo sonst ... Trotz der elenden Lage der Bevölkerung gab es ein paar schicke Kabaretts und ein futuristisches Lokal für Tanztees und nächtliche Treffs, und ansonsten Kneipen und Spelunken jeglicher Art. Und niemand wußte im voraus, wen man wo traf. Aus Rußland, aus Polen, aus den Balkanländern, aus Skandinavien, England und Frankreich, aus Nord- und Südamerika kamen die Besucher scharenweise nach Berlin ... Hirschfeld leitete sein Psychoanalytisches Institut, und einige Wesen, die sich ihres Geschlechts oder auch ihrer Hemmungen nicht sicher waren, konkurrierten darin, möglichst verrückt auszusehen ... Rauschmittel, vor allem Kokain, gab es in Hülle und Fülle in den meisten Nachtlokalen. Eine Lage »Schnee« – genug Kokain, um mehr als »high« zu sein – war etwa zwei Cents wert. Verarmte Jungen und Mädchen aus guten deutschen Familien verkauften und nahmen Koks, wenn sie sich in den trübseligen Nachtclubs der Wärme wegen versammelten, die sie auf der Straße oder zu Hause – falls sie ein Zuhause hatten – nicht fanden. Ich hatte ein riesiges Zimmer In den Zelten 18, Djuna hatte ein Zimmer im nächsten Haus. Aber Djuna arbeitete damals und beteiligte sich nicht wie die meisten anderen am Nachtleben. Nach einigen Wochen ging sie nach Freiburg, um dort Material für einen Artikel über den Dämmerschlaf zu sammeln.«[9]

Daß die Mädchen und Jungen aus guten Familien nicht nur Rauschgift verkauften und nahmen, sondern auch zu jeder Art Prostitution bereit waren, um sich und die ihren durchzubringen, notiert er desillusioniert. Als er Jahre später ein intelligentes und gut erzogenes Mädchen, mit dem er längere Zeit in Berlin zusammen gewesen war, am Arm eines wohlsituierten Geschäftsmannes wiedertrifft, grüßen sie sich nicht, und es ist ihm klar, daß »wenn sie es zu irgendeiner Art Ruhe und Sicherheit gebracht hatte, ihr gewiß nicht daran liegen würde, sich an jene verrückten, verzweifelten Tage zu erinnern, da es keine Fröhlichkeit oder Freude gab, sondern nur bodenlosen Leichtsinn«.[10] Der Vergleich mit dem Überlebenszynismus Berlins erhöht noch den Glanz von Paris, wo »das Laster« mehr oder weniger freiwillig war.

Immer wieder wird – auf sehr verschiedene Weise – die für Djuna Barnes so offenbar wichtige Beziehung zwischen Mutter und Kind, Mutter und Tochter variiert, und immer erscheint sie als nicht geglückt, als menschliches Verhältnis, das nicht glücken *kann*. Andrew Field sieht Djuna Barnes' Kinderlosigkeit sogar als ein zentrales Problem in ihrem Werk. In einem Brief aus den dreißiger Jahren an die eine Zeitlang sehr vertraute Freundin Emily Coleman gibt es die späte Klage der sonst überzeugten Einzelgängerin: »Kein Mann, kein Kind – keine Zugehörigkeit!« Und Margaret Anderson spricht an der schon erwähnten Stelle ihrer Erinnerungen von der »intensiven Mütterlichkeit« Djunas, die deren Mißtrauen und Empfindlichkeit im Umgang mit ihr für eine Weile überdeckt habe. Ein im Bild der – jungen – Djuna Barnes überraschender Zug.

Douglas Messerli, der eine umfassende Bibliographie zu Djuna Barnes zusammengestellt und sich durch Herausgaben und Einführungen in ihr Werk um sie verdient gemacht hat, meint zu ihrer frühen Prosa: »Zwar hat Djuna Barnes in ihrem ganzen Werk die Figuren als Embleme, Karikaturen und Stereotypen eingesetzt, die ihre Wurzeln in den

Djuna Barnes und Charlie Chaplin
in Berlin, Anfang der dreißiger Jahre

Charaktertypologien der Literatur des siebzehnten und achtzehnten Jahrhunderts haben, doch bei diesen frühen Zeitungstexten hat weniger die Entscheidung, auf frühe literarische Tradition zurückzugreifen, eine Rolle gespielt als die Tatsache, daß dies eine Konvention ihres Mediums war.«[11]

Die alltäglichen »Typen« allerdings (die sie auch in einer Reihe von Zeichnungen »Types Found in Odd Corners Round About Brooklyn« vorstellte), ja sogar die Stereotypen kippen bei ihr häufig um in das genaue Gegenteil: eben ins vieldeutig Überzogene, ins Unwahrscheinliche, ins Nirgendwohingehörige, ins Surrealistische. Sie scheint mir damit die »Konvention ihres Mediums«, der – als literarisches Forum durchaus beachteten – Zeitung dieser Zeit zu überschreiten: ihre aus ›faits divers‹ entwickelten Geschichten streifen das Absurde. Die Situationen und Begebnisse aus der Alltagsrealität werden unter dem decouvrierenden Blick der Verfasserin zu etwas ganz anderem: indem sie mögliche Zusammenhänge herstellt, kommen persönliche Legenden ans Licht, werden Wunsch- und Traumbilder sichtbar, enthüllen sich Nachtseiten, ohne das Bild der äußeren Hergänge zu verändern. Die Realität bleibt unabänderlich erhalten, wird von diesen inneren Erfahrungen »unterwandert« und ist einzig für die Betroffenen – meist Abweichler, Außenseiter, ins Abseits Geratene – und den Leser, der ihnen folgt, nicht mehr die gleiche.

Besonders greifbar wird dieses Erzählverfahren in der Geschichte der »Paprika Johnson«[12], einer kleinen Bankangestellten von sanfter Schönheit, die mit einer gebrechlichen Mutter im achten Stock eines Mietshauses lebt und abends mit ihrem Banjospiel auf der Feuertreppe, ohne es zu ahnen, Besucher in den Biergarten unten lockt. Um ihrer häßlichen Freundin einen Gefallen zu tun, versäumt sie ihr eigenes Glück, das heißt den Besuch eines jungen Mannes, der von ihr und ihrem Spiel fasziniert ist. Am Schluß der Geschichte sieht man sie wie immer – nur um einige Jahre älter – auf der Feuertreppe Banjo spielen, eine schlechtbezahlte »Unterhaltungskünstlerin« für den inzwischen durch sie florierenden Biergarten. Jede Erbaulichkeit wird durch den gleichmütigen Ton der Erzählerin getilgt, die im stillschweigenden Einverständnis mit »dem Leben« und seinen skurrilen Grausamkeiten zu sein scheint. Es ist eine Welt der stumm Gescheiterten, wo am Kneipentisch wortreich behaupteter Glanz erlischt, wo im Ausbruch oder Versagen der Jungen die Hoffnungen der Väter zerrinnen. Einige der Stories wirken heute – in Thema und Figuren – unglaublich zeitnah (»Die Terroristen«), andere – aus einem verschwundenen ländlichen Amerika – archaisch. Es sind unscheinbare und zugleich phantastische Tragödien,

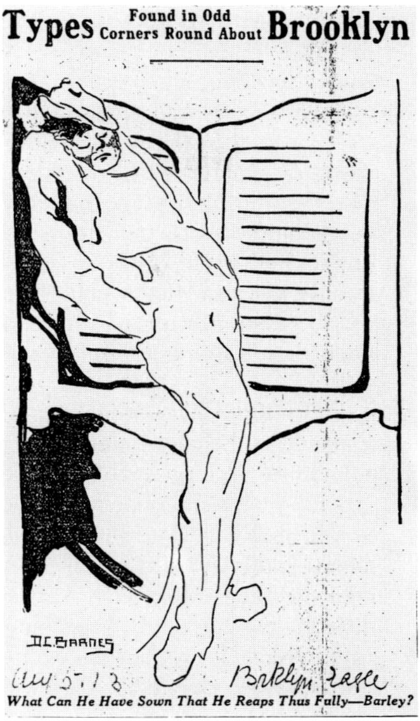

»Types Found in Odd Corners Round About Brooklyn«

die sich da in dunklen, poveren Winkeln abspielen. Fast alle Figuren scheinen im Bann einer bestimmten Vorstellung, die sie von sich oder andere von ihnen haben, zu handeln – oder auch nicht handeln zu können. »Die Tragödie ist für Djuna Barnes die Handlungsunfähigkeit...«, so Douglas Messerli im Nachwort zu den Zeitungsgeschichten.

An den Erzählungen läßt sich ablesen, wie sich Djuna Barnes im »Handwerk des Lebens« perfektioniert. Die pfiffigen oder bissigen Vorgriffe werden mit »tödlichen Verletzungen« bezahlt. Auch die meisten ihrer exzentrischen und irritierenden Figuren scheinen unheilbar verletzt – gerade noch entkommene Angehörige eines geheimen Pandämoniums. Es sind überwiegend reifere Damen, den Männern überlegen und doch ratlos, die diese Szene beherrschen: die statuarische weltenthobene Pfandleiherin Lydia Passova (in »Mutter«[13]) so gut wie die männerfreudige Nelly Grissard (»Das Haus der Wanderdrossel«), die »straffe, dünne schweigsame« und nervengestörte Mrs. Kittridge in der

»Saturnalien« benannten Titelgeschichte der deutschen Ausgabe wie die gutmütige unheilstiftende Witwe (in »Oscar«). Eine Stelle aus dieser langen Erzählung belegt die Dichte ihrer Charakterisierung: »Der Ort war schroff, öde und unzugänglich im Winter. Im Sommer war er überlaufen von Künstlern und Städtern mit Ehefrauen und Babies. Jeden Samstag fand auf der Gemeindewiese ein Markt statt, wo für ein Spottgeld Gebrauchtwaren zu finden waren und auf eine ebenso furchtbare wie flüchtige Weise geflirtet wurde. Es gab Picknicks, Bergsteigen, Reden im Rathaus über das Böse im Menschen, über Sünde und Demokratie und hin und wieder einen Vortrag über ›das, was jedermann wissen sollte‹, dem Mütter beiwohnten, deren Sprößlinge unterdessen bei Dienstboten blieben, die wiederum wußten, was niemand wissen sollte«.[14]

Das Alltägliche ist für Djuna Barnes – wie für den hochgeschätzten Freund James Joyce – der eigentliche Schauplatz. Das Besondere eines Schicksals verbirgt sich in unscheinbaren äußeren Situationen, das Drama spielt sich in Seelenrandbezirken ab. Das Unheil kündigt sich oft in den ersten Zeilen einer Erzählung an. »The Rabbit« (»Das Kaninchen«)[15], die Geschichte eines Armeniers, der nach New York verschlagen wird, beginnt so: »Die Straße war von Blättern bedeckt gewesen an dem Tag, da der kleine Schneider sein Heimatland verließ... Er verließ Armenien nicht, weil er das wollte, sondern er verließ es, weil er mußte. An Armenien war nichts, das er nicht gern auf alle Zeiten immer weiter erlebt hätte; es war die bare Notwendigkeit, man stieß ihn hinaus...« Der Leser weiß sofort: es kann nicht gutgehen, er ahnt, daß der kleine Schneider eine dieser verlorenen Existenzen sein wird, die der – angebliche – Mischkessel Amerika nicht aufnimmt. Er ist überrascht davon, wie und woran er zugrunde geht, aber es leuchtet ein, daß er einer zickigen kleinen Megäre in die Hände fällt und, um sich vor ihrer Verachtung zu schützen, etwas tut, was gegen seine Natur geht: er tötet ein Kaninchen und verliert darüber den Verstand.

Djuna Barnes versammelt in diesen Erzählungen häufig »displaced persons« – Menschen, die ihren Ort und ihren Lebenszusammenhang verloren haben – ein erstaunlich früher und scharfer Blick hinter das amerikanische Leitbild von der Freiheit für alle und in das Jahrhundert der Emigrationen.

In der kritischen Unerbittlichkeit ihres Alters hat Djuna Barnes die meisten der Erzählungen, die zwischen 1915 und 1929 – teils in Tageszeitungen, teils in Zeitschriften wie »All-Story Weekly«, »The Little Review«, »Dial«, »Transatlantic Review«, »Vanity Fair« und »Smart Set« – erschienen als »Juvenilia« abgetan. Härte gegen sich selbst ist des

Autors gutes Recht. Es ist das Recht der Nachwelt, anders zu urteilen. (Hätte Max Brod Kafkas Wunsch, seine nachgelassenen Arbeiten zu vernichten, entsprochen, wäre sein Werk – wären wir – um die vielleicht wichtigsten seiner Dichtungen ärmer.) In der Auswahl, die Djuna Barnes für die 1962 erschienenen *»Selected Works«* unter den Erzählungen getroffen und die sie unter dem Titel der einen, *»Spillway«* (Titel der deutschen Ausgabe: *»Leidenschaft«*) versammelt hat, sind immerhin drei aus *»The Book«* von 1923, einem ersten Sammelband von erzählerischer Prosa, Lyrik und Stücken, übernommen, darunter die große, zuerst in »The Little Review« veröffentlichte Erzählung »The Night among the Horses« (»Die Nacht mit den Pferden«), in der eine Dame der Gesellschaft ihren ansehnlichen Stallburschen in infamer Weise dazu treibt, sich Manieren und Verhalten der »feinen Welt« anzueignen, bis er seine Identität einbüßt: seine geliebten Pferde erkennen ihn – als er schließlich verzweifelt aus dem grellen Fest auf die Koppel stolpert – in seiner gesellschaftlichen Verkleidung nicht mehr und trampeln ihn nieder. Die Denaturierung des Menschen, seine Entfremdung von der Kreatur und deren geheime Macht ist ein Thema, das Djuna Barnes – bis in den Schluß von *»Nightwood«* – bedrängt und das sie in archaischen Bildern bewältigt.

Louis F. Kannenstine, der mit seinem umfangreichen Essay »The Art of Djuna Barnes. Duality and Damnation« die bisher gründlichste Studie zu der Dichterin geliefert hat, vergleicht die unter *»Spillway«* vereinten Erzählungen mit den *»Dubliners«* von James Joyce. »Beide befassen sich mit dem unterdrückten Leben einer bestimmten Kultur... Miss Barnes' Schauplätze wechseln zwar und sind weniger präzise umrissen, aber sie begreifen nicht weniger konkret die toten Formen ein, die im ›wüsten Land‹ des zwanzigsten Jahrhunderts übrig bleiben, nachdem alle historischen und geistigen Verbindungen abgebrochen sind und eine schreckliche unterirdische Ratlosigkeit hinterlassen haben.«[16] Das gesamte Personal ihrer Erzählungen und Theaterstücke scheint etwas »Unzeitgemäßes« – oder richtiger vielleicht »Zeitverlorenes« – zu haben, und es ist der Autorin gelegentlich vorgeworfen worden, sie und ihre Figuren könnten sich nicht aus der Décadence lösen. Zweifellos gibt es »dekadente« Züge bei einigen von ihnen: sie sind lebensuntüchtig, zerbrechlich, manieriert, launenhaft – mit einem Wort realitätsfremd, wie die hysterische kleine Russin in »La Grande Malade« oder die verblühte Prinzessin Frederica Rholinghausen und ihr Geliebter in der Erzählung »Leidenschaft«[17]. Zugleich aber sind sie – trotz ihrer merkwürdigen »Unzugehörigkeit« – durchaus auch Geschöpfe der zwanziger Jahre. Im »wüsten Land des zwanzigsten Jahrhunderts« fin-

Stck.
nur
10

Stadtbahn, Potsdam.

den sich Überhänge des neunzehnten neben Vorgriffen einer Moderne, die vor allem von kleinen avantgardistischen Gruppen getragen wird.

In Fotos aus der Zeit und in dem großartigen Film von Walter Ruttmann *»Symphonie einer Großstadt«* (1928) wird dieses Nebeneinander an der modischen Oberfläche – und noch eine Schicht darunter – sichtbar: neben Damen mit knöchellangen Röcken ist da der flinke neue Frauentyp im kniekurzen Hemdkleid. An Handwerkern, die ihre Last auf dem Rücken oder in einem Pferdekarren transportieren, flitzen Autos und Autobusse vorbei. Nicht weit von den glanzvollen Kaufhäusern und Spezialgeschäften gibt es Kellerläden für Kohlen und Kartoffeln.

Wir gehen heute zu leicht davon aus, daß seinerzeit »das Neue« in der Lebensweise wie in den Künsten sich eindeutig darstellte und von allen erwartet und begrüßt wurde. Aber so war es nicht, sonst hätte es die zahlreichen sich bekämpfenden Künstlergruppen, die einander ablösenden »Sezessionen« in der Kunstszene der Jahrzehnte um 1900 nicht gegeben. Um es abgekürzt zu sagen: Die Welt des Großbürgertums, die Proust in *»Eine Liebe von Swann«* schildert, existiert Seite an Seite mit Dada. Der noble Faubourg St. Germain und sein verblassendes Adelsmilieu grenzten unmittelbar an die Pariser Straßen, in denen die »revolutionären« Künstler und Schriftsteller wohnten. Das ist das eigentlich Aufregende dieser Epoche: wie nie zuvor forderte eine durch enorme technische Fortschritte beschleunigte, vielfach überstürzte Veränderung der Lebenswelt vorausgreifende – und radikale – Deutungen in den Künsten heraus. Die »Ungleichzeitigkeit des Gleichzeitigen« gilt gerade für sie. Konstruktivismus, Expressionismus, Kubismus, Futurismus – Kunstbewegungen aus der großen Aufbruchszeit vor 1914 – wurden von den meisten Zeitgenossen nicht als »zeitgenössisch« – als »ihre« Kunst – empfunden, sondern als befremdlich, ja als Affront. (Anders ist es auch nicht zu erklären, daß im Deutschland der dreißiger Jahre eine – bürgerliche und für Nazipropaganda nicht allzu anfällige – Majorität für die Verfemung der Moderne als »entartete Kunst« leicht zu gewinnen war.)

In diese Vieldeutigkeit Nachkriegseuropas ergoß sich der Strom der »expatriates« aus Amerika.

Szenenfotos aus Walter Ruttmanns
»Symphonie einer Großstadt«, 1928

EINE AMERIKANERIN IN PARIS

Hatte man sie des Landes verwiesen, Obrigkeitsdruck ausgeübt, ihnen die Staatsbürgerschaft aberkannt? Bestand Gefahr an Leib und Leben für sie, die »expatriates«, wie sie bis heute genannt werden, die »Ausgebürgerten«, die vor und nach dem Ersten Weltkrieg in mehreren Wellen nach Europa einströmten?

Keine der uns inzwischen nur zu geläufigen Gewaltmethoden hatte diese meist jungen Amerikaner zu »Asylsuchenden« gemacht. Es war ein anderer – innerer – Druck, der sie aus Texas und Nebraska, aus Massachusetts und Virginia nach Europa ausweichen ließ. Gewiß, es gab in den Vereinigten Staaten eine prüde Zensur, die lästig werden konnte. Es gab – seit 1917 – die »Prohibition«, das totale Alkoholverbot, das ihrer Trink-Freiheit Grenzen setzte. Aber das eine wie das andere ließ sich umgehen, und in Greenwich Village, New Yorks Bohème-Quartier, wurde beides umgangen. Es gab auch einen gewissen Druck der öffentlichen Meinung. »Die Village-Bewohner waren gezwungen, sich zu entscheiden, welche Art Rebellen sie waren: Wenn sie nur gegen den Puritanismus rebellierten, konnten sie ungefährdet in Mr. Wilsons Welt weiterexistieren. Politische Rebellen hatten keinen Platz in ihr«, schreibt Malcom Cowley, ein aufmerksamer Zeitbeobachter, Villagebewohner und einer der langjährigen »expatriates«, 1934 in seinem Rückblick *»Exile's Return«*.[1] Politisch dachten die wenigsten von denen, die auszogen, ein anderes Leben zu führen. In der Mehrzahl waren es Künstler aller Art: Maler, Bildhauer, Theaterleute, Musiker, Tänzer, Schriftsteller vor allem, und solche, die es werden wollten. Die Motive waren verschieden: Einige strebten nur fort aus puritanisch-kleinstädtischer Enge und familiärer Engstirnigkeit. Andere sahen einzig in Europa die Chance, künstlerischen Ruhm zu erringen. Gemeinsam war ihnen – mehr oder minder bewußt –, was sie ablehnten: die komfortable Flachheit des Mittelstandes (der ja diese Ausbruchsversuche seiner Verächter nicht selten finanzierte), die undifferenzierte und selbstgerechte Trennung von Gut und Böse, den herrschenden Fortschrittsoptimismus und -opportunismus, die wiederholte Versicherung, gerade der Krieg habe die Gelegenheit geschaffen, die Tradition neu zu beleben ... »Die zwanziger Jahre waren gekennzeichnet durch die Respektlosigkeit aller Tradition gegenüber und durch den dringenden Wunsch, alles zu erproben, was versprach, das Wesen des Menschen – seinen persönlichen Glauben, seine Überzeugungen, seinen Weg zum Heil – neu zu interpretieren.«[2] Kurzum: Amerika schien es in ihren Augen nicht mehr besser zu haben, nicht mehr die Aussicht auf das Neue und die größere Freiheit zu versprechen. Europa, der Kontinent, der alte – von jeher eine Pflichtübung, der »cultural finish« für die gutsituierte Bildungsschicht Neuenglands, die sich ihm am meisten verbunden fühlte, – wurde zur unwiderstehlichen Attraktion der begabten und unruhigen jungen Leute aus der tiefsten Provinz Amerikas: das prosperierende, spannungsgeladene Europa der Vorkriegsjahre, der lebenslustigen Belle Epoque, mehr noch das kriegsgeschüttelte und -zerrüttete Europa der zwanziger Jahre mit seinen gefährlich glitzernden Großstädten. London war vorzugsweise das Ziel in den ersten anderthalb Jahrzehnten des Jahrhunderts gewesen. Paris – und dann Berlin – liefen ihm nach Kriegsende den Rang ab. Kein Zweifel, daß auch der starke Dollar die Massenflucht über den Atlantik beflügelt hat. Europa war zu der Zeit leicht dafür zu haben.

Das Gold der zwanziger Jahre erweist sich bei näherer Betrachtung oft als Katzengold. Unter der dünnen glänzenden Oberfläche sah es düster und unruhig aus. Nicht nur im besiegten Deutschland und Österreich hatten Hunger und Kälte, Inflation und die unvermeidliche Korruption durch Elend die Bevölkerung im Griff. Auch die Siegerländer England und Frankreich waren vom Krieg mitgenommen und erschöpft. Einzig die Vereinigten Staaten von Amerika schienen die Gewinner zu sein. Sie hatten mit ihrem späten Eintritt in den Krieg am wenigsten unter ihm gelitten und waren als die reichste Nation aus ihm hervorgegangen. Sie hatten den wirtschaftlichen Aufschwung der Jahrhundertwende – nach den kritischen neunziger Jahren – fortsetzen, die zuvor schon eroberten Märkte halten, ja erweitern können. Ihre natürlichen Ressourcen waren unerschöpft, ihr menschliches Potential schien unerschöpflich. Die Löhne stiegen, und der Wohlstand nahm zu. Das Bildungsinteresse weitete sich aus, Schulen, Colleges und Universitäten verbesserten ihr Angebot und stellten höhere Ansprüche. Die neue Technik lief auf Hochtouren. Elektrizität, Auto und Telefon wurden Allgemeingut. Die Bevölkerung nahm – vor allem durch Immigration – rapide zu. Die Städte wuchsen ins Riesenhafte. Die Hochhäuser trieben, miteinander konkurrierend, ihre Geschoßzahl in die Höhe. 1927 überflog Lindbergh non stop den Atlantik. »Intensified Activity« hieß das Stichwort. »Nie zuvor war das Leben so interessant und so hoffnungsvoll für Millionen von Menschen gewesen. Allerdings war es auch weitaus komplexer und verwirrender geworden. Die Betonung lag auf Geld, und

Geld zu haben, war wichtiger denn je.«[3] Trotz der eigentlich schon seit der Jahrhundertwende von Reformern dringlich angesagten Revolution der Sitten und der Moral blieb der Widerspruch zwischen extremem Reichtum und extremer Armut, zwischen enggefaßter Konvention und persönlicher Freiheit bestehen.

Alles in allem – auf den ersten Blick – für befähigte junge Leute keine verzweifelte Lage, die sie außer Landes treiben mußte.

Aber selbst der rasch reüssierende Schriftsteller Scott Fitzgerald, dem das Etikett »Jazz-Age« für die Epoche eingefallen sein soll, und seine begabte und eigenwillige Frau Zelda, sein »golden girl«, die ja zunächst entschlossen waren, mit ihren Talenten den »American dream« zu verwirklichen und zu den Schönen und den Reichen in Amerika zu gehören, folgten dem Sog nach Paris und an die »Côte«, wenn auch eher als unruhige Kurzbesucher. Wie kein anderer der »expatriates« hat Scott Fitzgerald mit Zelda an seiner Seite als glänzender Darsteller der Epoche auf der Zeitszene mitgewirkt und sie zugleich auf das Genaueste in seinen Romanen reflektiert.

Kritisch denkende Intellektuelle waren auf etwas anderes aus, als ihnen das Land Amerika zu bieten schien: auf weniger Materialismus, auf eine neue Sensibilität für »menschliche Werte«. Der (1888) in St. Louis geborene Thomas Stearns Eliot gehörte zu diesen »humanistischen« Kritikern. In seiner Dichtung »The Waste Land« (»Das wüste Land«), durch die er 1922 mit einem Schlage berühmt wurde, zeichnete er ein düsteres Bild der Nachkriegswelt und machte damit seinen optimistischen Landsleuten – sofern sie ihn wahr- und ernstnahmen – einen Strich durch ihre Fortschrittsrechnung. Er gehört zu den frühen »expatriates«: 1914 verließ er Amerika und siedelte sich – bis auf gelegentliche Aufenthalte in Paris und in den Staaten – dauerhaft in London an, wo er zuerst als Bankangestellter tätig war, später dann als Lektor bei dem renommierten Verlag Faber and Faber und als Herausgeber der Zeitschrift »Criterion« – eine schon angemessener ausgepolsterte Dichterexistenz.

Die andere bestimmende Figur unter den frühen amerikanischen Aussiedlern ist der Lyriker Ezra Pound, der »Erfinder« des »Imagismus« und »Vortizismus«, machtvoller Lenker der »modernen Bewegung« in der Literatur, unermüdlicher und eigenwilliger Berater und Förderer junger Talente. (Sein wirres Ende sollte seine großen Anfänge und Wirkungen nicht überschatten.) Auch er wählte – ein paar Jahre vor Eliot – London als ersten Standort. Anfang der zwanziger Jahre zog auch er weiter nach Paris.

F. Scott Fitzgerald

T.S. Eliot

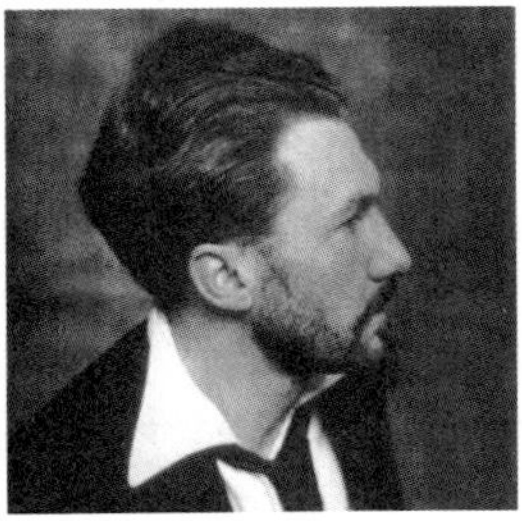

Ezra Pound

James Joyce

Dort hatte sich bereits 1903 die einstige amerikanische Medizinstudentin Gertrude Stein mit ihrem Bruder Leo in der rue de Fleurus 27 im 6. Arrondissement angesiedelt, beide entschlossen, sich den Künsten zu widmen, er als Kunstkritiker und Sammler und sie als Schriftstellerin. In den zwanziger Jahren war sie eine der beherrschenden Figuren der Kunstszene, fast schon eine »Institution«, oft eine Art delphisches Orakel, dessen teils autoritäre, teils vieldeutige Aussprüche Gehör fanden, Schrecken verbreiteten und Schicksale entschieden.

Die vierte bedeutende Säule der modernen Literatur in Paris – wohl die bedeutendste – war James Joyce. 1915 hatte er mit Nora, seiner Frau, und seinen beiden Kindern Giorgio und Lucia Triest verlassen müssen und war nach Zürich geflüchtet. Als Triest durch den Kriegsausgang italienisch geworden war, fühlte er sich dort nicht mehr heimisch: die Stadt hatte, so fand er, ihre internationale Bedeutung eingebüßt und war provinziell geworden. Es war Ezra Pound, der unermüdliche Beweger, der ihn 1920 – zunächst für einen »acte de présence« – nach Paris lockte. Joyce kam – und blieb bis kurz vor dem Ausbruch des Zweiten Weltkriegs, als Zürich noch einmal seine Zuflucht wurde. In Paris wurden die letzten Partien des *»Ulysses«* geschrieben, der in Auszügen in »The Little Review« erschien. (Auch dieses wichtige kleine Literaturmagazin war nach Paris emigriert.) Die entsprechenden Nummern wurden bei der Einfuhr in die Staaten prompt vom Zoll als »pornographisch« beschlagnahmt und vernichtet.

James Joyce, der sich in Triest mit Englischunterricht durchgebracht hatte, war in einer finanziell deplorablen Lage, als er nach Paris kam. Wäre nicht ein Kreis von Freunden und seine puritanische Gönnerin Harriet Weaver, eine »authentische Heilige«, gewesen, die seine – gelegentlich hohen – Lebensansprüche erfüllten, der »*Ulysses*« wäre kaum so rasch beendet worden. 1922 erschien er im Verlag der Buchhändlerin Sylvia Beach, die sich mit diesem tollkühnen Unterfangen menschlich und finanziell fast zugrunde richtete. Sie, die Tochter eines presbyterianischen Geistlichen in Princeton, New Jersey, war 1917 nach Paris gekommen und hatte dort mit dem Geldzuschuß ihrer verständnisvollen Mutter ihre Buchhandlung und Leihbücherei »Shakespeare and Company« für englischsprachige Literatur gegründet – genau gegenüber der französischen Buchhandlung »Les Amis des Livres« ihrer nahezu lebenslangen Freundin und Gefährtin Adrienne Monnier. Beide Buchläden – vor allem Shakespeare and Company – entwickelten sich zu Umschlagplätzen für Literatur und Literaten. Alle, die in Paris ihre ersten Zeilen aufs Papier setzten – aber auch die schon Arrivierten –, Amerikaner wie Franzosen kamen, liehen Bücher aus, lernten einander kennen und wertschätzen, verstehen oder auch verabscheuen. Es war so etwas wie ein lockerer, durch die hier verhandelte Sache Buch bestimmter moderner Salon. Ein idealer Treffpunkt neben den wirklichen Salons (die meist von Damen der älteren Generation, wie den femmes de lettres Edith Wharton und Natalie Barney, geführt wurden) und natürlich neben den einschlägigen Cafés: dem »Dôme« und der »Coupole«, der »Rotonde« und dem »Sélect« am Montparnasse, dem »Café de Flore« und »Aux deux Magots« im Quartier St. Germain des Prés.

Gewisse Pariser Arrondissements – wie das 5., das 6. und das 14. – die sich um die großen Boulevards Montparnasse und St. Germain-des-Près und bis hinunter zur Seine ausbreiten, waren durchsetzt von den Wohn- und

Nora Joyce

Sylvia Beach

Adrienne Monnier

Das »Deux Magots«

Arbeitsstätten der zugezogenen Künstler, Schriftsteller, Herausgeber der so wichtigen, so virulenten kleinen Zeitschriften und Magazine, und auch der begüterten Müßiggänger, die diese Szene abrundeten. Sie waren wie von einem unsichtbaren Netz vielfach verschlungener, kurioser, schwieriger, frivoler und tragischer Beziehungen durchzogen.

Nichts vergeht so fast spurlos wie die Lebensatmosphäre einer Epoche. Stadtquartiere, Bauten, Wohnungen können sie nicht festhalten. Von der jeweiligen Nachwelt werden sie immer neu interpretiert, selbst wenn sie – auch nur andeutend – den Stil ihrer Entstehungszeit vermitteln. Jeder Nutzer tut das Seine dazu und verfremdet sie so. Oder sie werden, sorgsam restauriert, zu Museen ihrer selbst. Örtlichkeiten wie Cafés, Restaurants und Hotels verlieren – auch wenn sie am »Image« ihrer »großen Zeit« als besonderem Touristenangebot festhalten – mit jedem neuen Eigentümer, Pächter oder Patron, mit jeder neuen Besuchergruppe oder -schicht, etwas von ihrer Originalität. Gelegentlich verschwinden sie ganz, bestenfalls zugunsten eines »nachempfundenen« Neubaus. Der Flaneur von heute, der etwa den kürzlich in einem amerikanischen Paris-Führer[4] aufgelisteten Spuren – literarischer – Behausungen der Epoche folgt, wird sie nur mit einiger Vorinformation und Vorstellungskraft wiedererkennen können.

Shakespeare and Company war während der Besatzung von den Deutschen geschlossen worden und wanderte nach dem Zweiten Weltkrieg aus der rue d'Odéon an das Seine-Ufer gegenüber von Notre Dame aus, und es fragt sich, ob der heutige Buchladen dieses Namens noch ein Umschlagplatz für neue Literatur ist oder nicht doch mehr ein nostalgisch gesuchtes Ziel für Bildungstouristen.

Unter den Behausungen der amerikanischen Literaten ist einzig die zweite Wohnung von Gertrude Stein und ihrer Gefährtin Alice B. Toklas in der rue Christine mit einer Erinnerungsplakette ausgezeichnet – nicht die der frühen und vielleicht bedeutenderen Jahre in der rue de Fleurus. Und Djuna Barnes trifft man im Geiste allenfalls noch an der Place St. Sulpice (wo im Hotel Récamier sich Partien ihres Romans *»Nightwood«* abgespielt haben könnten), nicht aber im großen Immeuble in der rue St. Romain, wo sie 1928 die Wohnung erstand, in der sie ihre intensive, wilde und quälende Zeit mit Thelma Wood verbrachte. In den einschlägigen Cafés lassen sich die mehr oder minder illustren und auffälligen Besucher, die sich damals hier drängten, kaum mehr heraufbeschwören. In den an heute verkehrslärmerfüllten, abgasreichen Boulevards günstig aber schwer erträglich gelegenen Straßencafés – den einstigen »Freiluftwohnzimmern« Frankreichs – bleiben die Touristen

Das Café »Le Dôme«

»La Coupole«

unter sich. Auch die existentialistischen fünfziger Jahre, als Sartre im »Café de Flore« und dann in den »Deux Magots« Hof hielt, sind verweht.

Djuna Barnes betrat die Pariser Szene elegant, capeschwingend, als namhafte und eigenwillige Publizistin, mit Aufträgen namhafter Zeitungen und eigenwilliger Zeitschriften ausgestattet, im Jahre 1919 oder 1920 – ihre genauen Lebensdaten sind durchweg schwer zu ermitteln. Sie sprach kaum ein Wort Französisch (und lernte es nie auch nur so geläufig sprechen, daß sie sich darin verständigen konnte). Einem On-dit zufolge lebte sie wie viele ihrer Landsleute ein gutes halbes Jahr einzig von Omelettes – bis sie hinter die komplizierteren Genüsse der französischen Speisekarte kam. Ihr Ausspruch bei der Ankunft – »Lieber Gott, da sind wir nun herübergekommen, um Kultur zu finden, und wenn das hier alles ist, kann ich gut auf ein weiteres Mal verzichten« – wird gern kolportiert und ihr als arrogante Allüre ausgelegt. Was konnte sie schon wirklich wissen? Authentisch dagegen ist ihr Ausruf: »›Das also ist Paris? Mein Gott, was habe ich getan!‹ und unmittelbar darauf: ›Großer Gott, wie mache ich das bloß!‹«[5] Vielleicht sah sie – ehe sie in der »Szene« ihren Platz einnahm – zunächst nur die Abgenutztheit und den Verfall der alten Metropole, ergriffen sie deren düstere und abgründige Seiten, erlebte sie Depressionen und Cauchemars, die Paris durchaus auch anzubieten hat.

In ihrem ersten ausführlichen Beitrag über Paris für »The Double Dealer« (von 1922) hat sie die ironische Distanz zurückgewonnen, aus der sie ihre Erfahrungen wenn nicht machte, so doch niederschrieb. Diese »Vagaries malicieuses«, (ein in seiner sprachlichen Mischung für Djuna Barnes sehr bezeichnender Titel: die englischen ›vagaries‹ müßten auf französisch ›divagations‹ heißen), diese »boshaften Streifzüge«, Extravaganzen oder auch Phantastereien, die im Ton ihrer besten New Yorker Stücke ihre Pariser Eindrücke zusammenfassen, sind alles andere als ein tourismusfördernder Hymnus auf die glanzvolle »Seinestadt«:

»Jahrelang träumt unsereiner von Paris, wieso eigentlich, weiß kein Mensch ...«, so beginnen sie. »Kein Mensch untersteht sich, eine feste Ansicht von Leben, Liebe oder Literatur zu hegen, ehe er in Paris gewesen ist... Und so geschah es, daß auch ich nach Europa kam. Es war ein Ein-Klassen-Schiff – für Menschen ohne Unterscheidungsvermögen. Die Fracht bestand hauptsächlich aus enttäuschten Lehrern aus dem Mittleren Westen, die an Deck saßen und mit höhnischer Miene Gratisobst aßen. Am Abend wechselten sie dann in den Salon, wo sie Triple sec tranken und beim Kartenspiel zu gewinnen versuchten. Ein paar dachten, sie seien festlandeuropäisch, wenn sie ausländischen Umarmungen nachgaben... Was mich anging – ich lachte, ich lachte eine Menge. Lachen ist unüblich. Nach dem ersten Lachen erging sich der gesamte Speisesaal in Mutmaßungen über mich – nach dem zweiten waren sie zu einem Schluß gekommen – nach dem dritten hatten sie mein Leben bereits in die Hand genommen ...«[6]

Sylvia Beach zählt Djuna Barnes in ihren Erinnerungen der »crowd«, der »Horde« zu, die sich um Robert McAlmon, den Schriftsteller, Verleger und Mitherausgeber der Zeitschrift »Contact« versammelte. McAlmon war eine pro-forma-Ehe mit Winifred Ellermann, genannt »Bryher«, eingegangen, einer reichen englischen Erbin und der Lebensgefährtin der »Imagistin« H. D. oder Hilda Doolittle. So locker diese Verbindung von Bryher gemeint gewesen sein mag, die dem hoch begabten McAlmon immerhin seine Existenz als Schriftsteller und seine Tätigkeit als Verleger ermöglichte, so glaubhaft behauptet er in seinen Erinnerungen »Being Geniuses together«, er habe es ernst gemeint, und sein Abbild der sicherlich eigenwilligen, aber auch autokratischen Bryher fällt nicht eben milde aus.

McAlmon hatte sich als junger Mann sein Geld mit Modellstehen in einer New Yorker Kunstschule verdient. Nebenbei schrieb er. Für ein ausschweifendes Leben in Greenwich Village blieb ihm weder Zeit noch Geld übrig. Für Alkohol, dem er schließlich erlag, reichte es.

»Seine schmalen Lippen und seine kalten eisblauen Augen mit ihrem direkten Blick ließen in seinem Gegenüber keinen Zweifel daran, daß er meinte, was er zu irgendeiner Situation sagte. Ausflüchte ließ er nicht zu. Und er sagte, was er dachte, unter allen Umständen, und bei seinem scharfen, wenn auch undisziplinierten Verstand wußte man nie, was dabei herauskam.«[7] So beschreibt ihn der Arzt und Schriftsteller William Carlos Williams, der hier als fünfte literarische Säule genannt werden muß, obgleich er nicht ständig zur Pariser Szene gehörte. Er führte neben dem Schreiben seine ärztliche Praxis in Rutherford weiter, der kleinen amerikanischen Stadt, in der er geboren wurde. Er reiste einige Male mit seiner Frau Flossie durch Europa, war ein gelegentlicher Gast in Paris, kannte alle namhaften »expatriates«, stand mit einigen von ihnen und auch mit den großen Franzosen der Epoche in enger freundschaftlicher Verbindung und wurde von den meisten hochgeschätzt: ein Mann von unauffälliger Größe und erstaunlicher Wirkung in dieser allem Europäischen so sehr zugeneigten Epoche der amerikanischen Literatur, über deren wichtige Autoren er sich mit eindringlichem Verständnis geäußert hat. Obgleich alles andere als ein Chauvinist, definierte er sich mit großer Entschiedenheit als amerikanischen Schriftsteller und Amerika als seinen eigentlichen Gegenstand. »Allein durch das nackte Interesse an der Sache selbst«, schreibt er in einem seiner Essays, »sind amerikanische Installationen, amerikanische Schuhe, amerikanische Brücken, Karteisysteme, Lokomotiven, Druckpressen, Stadtbauten, landwirtschaftliche Werkzeuge und tausend andere Dinge in der Welt bekannt geworden. Aber wir scheuen uns zu glauben, daß in den Künsten die Entdeckungen und Erfindungen den gleichen Kurs nehmen werden. Und sie werden es auch mit gutem Grund nicht tun, wenn nicht unsere Schriftsteller die gleiche erfinderische Intelligenz aufbringen wie unsere Schuhmacher und unsere Ingenieure.«[8] Sein erstes bei Boni & Liveright in New York erschienenes Buch *»In the American Grain«* (soviel wie »aus amerikanischem Stoff«) ist der Versuch, dieses »Amerikanische« – in seiner Geschichte – neu zu fassen.

»Er war Amerikaner bis auf die Knochen«, sagt er auch McAlmon nach, den er hoch schätzte und mit dem zusammen er eine Zeitlang die Zeitschrift »Contact« herausgab. Und: »McAlmon war ein zu früh geborener genialer Geist, der daran glaubte, daß gut zu schreiben viel dazu beitragen könnte, das Leben lebenswert zu machen.«[9]

Zur »Horde« um McAlmon gehörte Djuna Barnes kaum, aber sie waren enge Freunde und blieben es bis zu McAlmons Tod. Sie gehörte überhaupt zu keiner Clique oder Côterie, war aber überall an den einschlägigen Orten zu sehen: den Night-Clubs und Bars wie dem »Gypsy« und dem »Bœuf sur le toît«, dem »Sélect«, dem »Dôme«, der »Rotonde«.

Sie bevorzugte allerdings das noch nicht so stark von ihren Landsleuten frequentierte »Café de Flore« oder das »Aux deux Magots« und tauchte gelegentlich in die Kirche St. Germain des Prés ein, die sie besonders mochte. Sie war immer ein wenig für sich, eine Einzelgängerin ohne die Pose der großen Einsamen, die intensiv beobachtete und aufmerksam zuhörte. Der Ruf, sie sei unterhaltsam und witzig, lief ihr voraus oder hinterher und machte sie zu einem gesuchten Accessoire für jede Party. »Was für eine Zeitverschwendung«, hat sie rückblickend gesagt, »als ich das merkte, hab' ich damit aufgehört.«

Sie konnte – bestätigen ihre Freunde – ungemein gewinnend sein, wo sie wirklich Sympathie empfand, und ungemein schroff, wo das nicht der Fall war, sie sich verletzt fühlte, gelangweilt oder nicht in der Stimmung war. McAlmon erzählt in seinen Erinnerungen eine Begebenheit, die mir charakteristisch für sie scheint. »Eines Nachts waren Djuna und ich in der ›Gypsy Bar‹, als Sinclair Lewis mit ein paar lose flatternden Bogen Papier hereinplatzte. Er hatte einmal eine Geschichte über die »Hobohemia« (die Stadtstreicher-Bohème, K. St.) geschrieben und fürchtete offensichtlich, Djuna könnte meinen, er habe sie für eine der Figuren darin benutzt. Vielleicht hatte er auch nur ein bewunderndes Auge auf Djuna geworfen oder auch Achtung vor ihrem unzweifelhaften, wenn auch unausgeglichenen Talent. Aber Djuna hatte auch schon einiges getrunken und keine Lust zu Vertraulichkeiten. Ich erinnere mich, daß Lewis unseren Tisch mit sehnsüchtigem Ausdruck verließ, ohne daß Djuna uns bekannt gemacht hatte.«[10]

Eine Gelegenheit übrigens für McAlmon anzumerken, daß er Sinclair Lewis, den Erfinder des »Babbitt«, des beschränkten amerikanischen Kleinstädters, für einen »guten zweitklassigen Autor« hält: er entwerfe, meint er, ein Bild des Amerikaners für Handelsreisende, falschüberlegene Pseudo-Intellektuelle und Europäer, das diese gern glaubten, weil es ihre Überlegenheit bestätige. Er könne das beurteilen, er käme aus dem gleichen Milieu und kenne es. Und sicherlich war das nicht als ein Plädoyer für den Spießer gemeint, sondern als Kritik an der Undifferenziertheit von Lewis' Charakteren. (Es gibt noch schärfere Ausfälle McAlmons gegen den – wie er meint – unberechtigten Nobelpreisträger.)

Die Gesellschaft der »expatriates« in Paris war ähnlich gemischt wie die in Greenwich Village und die aller vergleichbaren »Szenen« in den Großstädten der Epoche. Nur war hier der Gehalt der Mischung vielleicht konzentrierter. Es gab die echten Talente – wie Ernest Hemingway, wie die avantgardistischen Musiker George Antheil und Virgil Thompson, wie den begabten, aber glücklosen Maler und Poeten Marsden Hartley. Und es gab die – vermutlich größere – Zahl der Möchtegern-Künstler und -Literaten, der begierigen Mitläufer und schließlich die als gesellschaftlicher Humus nicht zu unterschätzenden, mehr oder minder verständnisvollen Zuhörer und Zuschauer. Sie konnten, wenn sie noch dazu über Geld und eine große Pariser Wohnung verfügten –

Ernest Hemingway

W. C. Williams

Robert McAlmon

wie etwa Sara und Gerald Murphy, die Freunde und Gönner von Scott Fitzgerald – zu wahren Mäzenen aufblühen. Manchmal kannten die Gäste, die in Scharen herbeiströmten, zwar Namen und Adresse der Gastgeber, sie selbst aber nicht einmal von Angesicht, wie es Sylvia Beach bei einer gelungenen Riesenparty für George Gershwin beschreibt.

Zur Szene gehörten Homosexuelle und Lesbierinnen, viele, die sich weder für das eine noch das andere Geschlecht entscheiden konnten, einige, die – weil es schick war – vorübergehend die eine oder andere oder auch eine Doppelrolle übernahmen. Und es gehörte – als das lockernde, alle und alles verbindende, trügerische Medium – dazu: der Alkohol. Er floß in billigen und in kostspieligen Strömen und war die eigentliche Droge dieser Zeit, jedenfalls für die Amerikaner. (»Schnee« – Kokain – war eine seltenere Extravaganz.) Djuna Barnes erlag dem Alkohol in den Zeiten ihrer äußersten Verzweiflung, und er trug sicherlich bei zu ihren »berühmten Zusammenbrüchen«, wie sie ihre schweren Ausfälle spöttisch nannte. Andere – wie Robert McAlmon und Nancy Cunard, eine begabte Schriftstellerin und Exzentrikerin – brachte er schließlich um.

Djuna Barnes hat es – mit Recht – abgelehnt, sich in eine Kategorie einordnen zu lassen: sie sei keine Lesbierin, wie ihr in der Folge ihres leidenschaftlichen Verhältnisses zu Thelma Wood und noch mehr nach dem Erscheinen von *»Nightwood«* nachgesagt wurde, sie habe eben diesen Menschen Thelma geliebt. (Gewiß aber läßt sich keine Beziehung vorher oder nachher, ob zu einem Mann oder einer Frau mit dieser »amour passion« vergleichen.) Mit ebenso gutem Recht entzieht sie sich der Einordnung als Feministin. Sie war überhaupt keine Kämpferin für

»eine Sache«. Sie interessierte immer nur die hinter der Funktion, der Rolle – der Maske – verborgene Person. Mit allen Mitteln der Maskierung hat sie selbst ihr verletzbares Ich abgeschirmt, das sich ganz nur in der Distanz der Dichtung zu erkennen gibt. Und das gilt, obgleich sie sich in ihren Briefen vertrauten Freunden gegenüber erstaunlich offen mitteilen konnte.

Zu ihren Freundinnen in der Pariser Zeit zählt – abgesehen von der absorbierenden Beziehung zu Thelma Wood – Mina Loy, die im gleichen Hause in der rue St. Romain wohnte. Sie war eine begabte Lyrikerin, deren Gedichte McAlmon in der »Contact«-Edition verlegte, und brachte sich und ihre beiden Töchter mit kunstgewerblichen Arbeiten, hauptsächlich »collagierten« Lampenschirmen durch, die sie zeitweise in einer kleinen Boutique verkaufte. Gelegentlich half ihr Peggy Guggenheim, die exzentrische Millionärin, ein wenig weiter. Sogar in Paris, wo ja kein Mangel war an bemerkenswerten Frauen, fielen Mutter und Töchter durch ihre Schönheit auf. (Bei einem Paris-Urteil hätte Sylvia Beach, wie sie in ihren Erinnerungen notiert, allerdings der Mutter den ersten Preis zuerkannt.) Während für Mina Loy wie für Djuna Barnes die bare Existenz ein ständiger Balanceakt blieb, war die andere lebenslange, wenn auch vielleicht nicht ganz so nahe Pariser Freundin, die um fünfzehn Jahre ältere Natalie Clifford Barney, eine reiche Erbin. Der ihr befreundete Schriftsteller René de Gourmond, der Begründer der renommierten Zeitschrift »Mercure de France«, hatte sie durch seine Vertrautheit mit ihr auch für den aristokratischen Faubourg akzeptabel gemacht. In seinen Briefen apostrophiert er sie als »Amazone« – ein Titel, den sie unbedenklich annahm. Sie war eine erklärte Lesbierin, sie liebte schöne und begabte Frauen und schätzte kluge Männer. Ihr Haus in der rue Jacob 20 – ein kleines, Ninon de Lenclos zugeschriebenes Palais aus dem siebzehnten Jahrhundert mit einem Pavillon, einem Innengarten und einem Freundschaftstempelchen (letzteres heute eine Ruine) – war äußerst gastfrei. Zu denen, die bei ihren Freitagsempfängen zu Tee (nie Alkohol!), Gurkensandwiches und Schokoladenkuchen in den Pavillon kamen, sie auch sonst besuchten oder mit ihr korrespondierten, gehören Anatole France und Gabriele d'Annunzio, Marcel Proust und Rainer Maria Rilke, Paul Valéry und Max Jacob, Gertrude Stein und Colette, unter den Jüngeren Mina Loy, Djuna Barnes, Janet Flanner, Nancy Cunard und natürlich die mit der Gastgeberin gleichaltrige Malerin Romaine Brooks, ihre wohl engste und längste Liebesbeziehung. Natalie Barney veranstaltete Lesungen für noch unbekannte Schriftsteller und Schriftstellerinnen, und als besondere Attraktion traten auch einmal die schon Arrivierten auf. In ihrem Buch »Aventures de l'Esprit« führt sie die Berühmten und auch die weniger Berühmten mit einigem Stolz, aber nicht unkritisch und ohne allzu beflissenen Sammlerehrgeiz vor. Die aufmerksame Sylvia Beach fragte sich allerdings mit leisem Zweifel, »ob sie literarische Angelegenheiten je ernst nahm. Miss Barney war keine kämpferische Amazone, sondern im Gegenteil eine reizende Frau, immer ganz in Weiß, und mit ihrem blonden Teint wirkte sie höchst attraktiv. Ich glaube«, fügte sie in etwas dunkler Andeutung hinzu, »viele ihrer Geschlechtsgenossinnen empfanden das als ein Unglück.«[11]

Es gab auch eine »Académie de Femmes« und andere Veranstaltungen – wie Mondscheintänze um das Tempelchen –, zu denen nur Frauen zugelassen waren. Und natürlich rankten sich um derlei Anlässe die phantasievollsten Vermutungen. Berthe Cleyrergue allerdings, Natalie Barneys langjährige Haushälterin, dementiert sie in ihren Erinnerungen energisch: nie habe es so etwas wie Orgien in diesem Hause gegeben. Der unartige Truman Capote, der den Salon der Natalie Barney in deren späteren Jahren betrat, spricht hingegen von »einer Mischung aus Puff und Gebetshaus«.

Thelma Wood,
etwa 1920

Natalie Clifford Barney hatte allen »patriarchalischen« Einfluß ihres Vaters ein für allemal abgewehrt, indem sie ihm bereitwillig einen Mann als Verlobten vorschlug, den er nicht akzeptieren konnte. Nachdem sie so »guten Willen« gezeigt hatte, lebte sie das aus, was sie bereits in sehr jungen Jahren für Frauen empfunden und an sich erfahren hatte. Ihre kulturell rege Mutter, Alice Pike Barney, keine ganz schlechte Malerin, entzog sich durch ihre künstlerischen Neigungen einer offenbar öden Ehe, reiste mit ihren beiden Töchtern viel in Europa, lebte längere Zeit in Paris, um ihre Malstudien zu vervollkommnen, und machte schließlich den Versuch, das geistig träge Klima der Regierungszentrale Washington zu beleben, wo man sich bislang bei den obligaten Empfängen mit small talk und üppigen Buffets begnügt hatte: 1903 ließ sie in der besten Gegend Georgetowns von einem ihren Inspirationen folgenden Washingtoner Architekten ein »Studio House« bauen, das – immerhin bis 1924 – die Funktion erfüllt haben muß, die ihm die »Washington Society« nachrühmt, nämlich »Treffpunkt für Geist und Wissen, Genie und Talent zu sein«. (Was das konventionelle Washington nicht hinderte, über die Bohème-Allüren der Gastgeberin die Nase zu rümpfen.) Ihre Töchter Laura und Natalie Barney schenkten das geräumige Haus samt der originalen Innenausstattung und den Bildern – vor allem denen ihrer Mutter – 1960 der Smithonian Institution. Heute ist es eine den Geist der Erbauerin und der Epoche interessant widerspiegelnde Gedenkstätte.

Das also war der überaus günstige Hintergrund der begabten, lebensvollen und lebenstüchtigen »Amazone«. Sie war zu ihrer Zeit mit ihrer erotischen Neigung keine so seltene Ausnahme. Um 1900 hatte ein amerikanischer Gynäkologe festgestellt, daß die Repression der weiblichen Sexualität in der viktorianischen Ehe zu einer Zunahme der Homosexualität unter Frauen der Oberschicht geführt habe. Was nun die Unterdrückung alles Erotischen im 18. Jahrhundert angeht, so sei es, damit – auch für Frauen – so schlimm nicht bestellt gewesen, hat kürzlich der Kulturhistoriker Peter Gay anhand von Tagebüchern und Briefen dargelegt. Es war, wie er meint, mehr eine allgemein geltende Diskretion, die Schweigen über diesen Intimbereich breitete, als daß es an fröhlicher erotischer Praxis – auch in den Ehen – gefehlt hätte. Die reformerisch gesonnene Generation um die Jahrhundertwende wollte dieses Schweigen brechen, wollte die »wahren« Beziehungen der Geschlechter offenlegen, darüber diskutieren, sie bedichten und malen. Und sie tat es mit erheblichem Eifer und einer Vielfalt von Deutungen, die sich an der Literatur und der Malerei der Epoche – der gehobenen wie der trivialen – ablesen läßt.

»Indiskretion«, Offenlegung eben, war – von Krafft-Ebing bis

Colette

Janet Flanner

Romaine Brooks

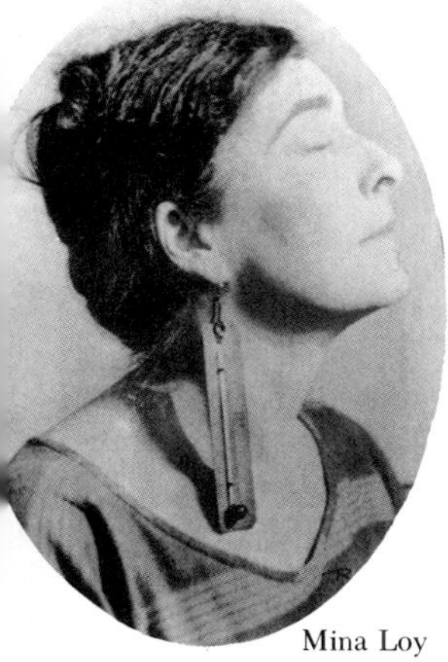

Mina Loy

Djuna Barnes und Natalie Barney, etwa 1928

Natalie Barney vor dem
»Tempel der Freundschaft«

Das Gartenhaus
in der rue Jacob 20

Sigmund Freud – die Gegentendenz im ausgehenden 19. und im beginnenden 20. Jahrhundert. Die öffentliche Anerkennung der Homosexualität – als eine Spielart menschlichen Sexualverhaltens – blieb allerdings ein noch fernes Ziel. Der leidenschaftliche Reformer, Arzt, Schriftsteller, Sexualforscher und Psychotherapeut Havelock Ellis, der in der literarischen Szene des Vorkriegs-London gelegentlich die Rolle eines Guru gespielt hat, griff eine Reihe streng tabuierter Fragen auf und wagte in einer Schrift *»The Re-evaluation of Obscenity«* (Die Neubewertung der Obzönität), ihr das Wort zu reden. Er stellte nicht nur fest, daß die Homosexualität bei Frauen ebenso häufig vorkommt wie bei Männern, auch er sah sie in den USA und in Frankreich, in Deutschland und in England »auf dem Vormarsch«. Für ihn ist sie offenbar »keine Monstrosität der Natur«, sondern eher »eine wohltätige Variante menschlichen Empfindens«, die es verdiene, »toleriert oder sogar gefördert zu werden«. (Welche Erkenntnis er allerdings in schriftlicher Form vorsichtig in eine Frage kleidete.)[12]

Was in Oscar Wildes Generation noch streng verschwiegen – und, wie man weiß, mit schweren Strafen belegt wurde –, wird in den zwanziger Jahren in »Künstlerkreisen« und unter aufgeklärten Intellektuellen selbstverständlich akzeptiert und teils lässig, teils demonstrativ gehandhabt, wobei der knabenhafte oder männliche Typ der einen Partnerin in einem lesbischen Verhältnis gern auch in der äußeren Aufmachung betont wurde: zum strengen Bubikopf ein Monokel und ein schnittiger Herrenanzug galten als schicke Herausforderung. Es gab aber auch die an ihrer »Abseitigkeit« und Isolierung leidende Lesbierin, wie die mit ihrem Roman rasch berühmt gewordene Radclyffe Hall, der ihre – unaussprechliche – Veranlagung zum »Quell der Einsamkeit« wurde. Auch sie war Gast in der rue Jacob: der düstere Gegentyp zu der in ihrer Weiblichkeit wie in ihrer Neigung zu Frauen strahlend selbstsicheren Gastgeberin Natalie Barney. Halls Roman *»Well of Loneliness«* erschien 1928. (Shakespeare and Company konnte der Nachfrage kaum gerecht werden.)

Im gleichen Jahr tauchte bei Kennern und Liebhabern in Paris ein unter dem durchsichtigen Pseudonym einer »Lady of Fashion« geschriebener und mit frechen, teils handkolorierten Zeichnungen ausgestatteter *»Ladies Almanack«* (dt. *»Ladies' Almanach«*, 1985) auf, und es war nicht allzu schwierig, in der Verfasserin Djuna Barnes wiederzuerkennen, die ihn – so heißt es – zum Teil selbst vertrieb. Sie entwirft darin das satirische Gegenbild zu der tragisch gestimmten Frauenwelt Radclyffe Halls. Ihre Satire bezieht sich, für Eingeweihte einigermaßen leicht durchschaubar, auf den lesbischen Zirkel um Natalie Barney. In einer Art Kalendarium werden, »wohltuend unanständig« und witzig, in eine üppig barockisierende Sprache gehüllt, die Besonderheiten der Damen – Zufälle, Ereignisse, Erfahrungen – abgehandelt, »ihre Sternzeichen und deren Wende, ihre Monde und Mondwechsel, die Jahreszeiten und was es mit ihnen auf sich hat; ihre Eklipsen und Äquinoktien, sowie ein vollständiger Bericht über tägliche und nächtliche Verwirrungen«.[13] So vielversprechend führt die anonyme Autorin ihren Almanach ein. In einem im gleichen verzwickten Ton geschriebenen Vorwort zu der Faksimile-Ausgabe von 1972 nennt Djuna Barnes, die sich hier offiziell als Verfasserin bekennt, dieses kleine Werk »eine milde satirische Kopfwäsche..., in einer Mußestunde geschrieben... und illustriert – nicht ohne Anleihen bei alten Volksbüchern, Flugschriften und Images Populaires...«

Lady Una Troubridge,
Gemälde von Romaine Brooks

Wie *»Ulysses«* und viele andere moralisch aufmüpfige und also »anrüchige« Publikationen, die im Pariser »Exil« erschienen, wurde der Almanach – in einer Auflage von 1050 Stück – bei Darantière in Dijon gedruckt. (Auch dieser Drucker in der französischen Provinz, der kaum Englisch sprach und sich auf den Druck des von nachträglichen – handschriftlichen! – Korrekturen wimmelnden *»Ulysses«* einließ, ist eine erstaunliche Zeitfigur.) Noch in den fünfziger Jahren gab es, dem Vernehmen nach, unverkaufte Exemplare von *»Ladies Almanack«* in – Tanger. Ob es sich dabei um eine vorzüglich gemachte Pastiche handelt, um eine amüsante Bagatelle mit tieferer Bedeutung oder um einen gewichtigen Beitrag zur feministischen Literatur – darüber gibt es in den neuen kritischen Untersuchungen verschiedene Meinungen.

Von größter Bedeutung für Djuna Barnes in ihrer Pariser Zeit war es, James Joyce zu begegnen – ihm als Person und, vielleicht mehr noch, seinem *»Ulysses«*. Der Roman begann 1922 gerade im Vorabdruck in »The Little Review« zu erscheinen, woraufhin die Zeitschrift in Amerika

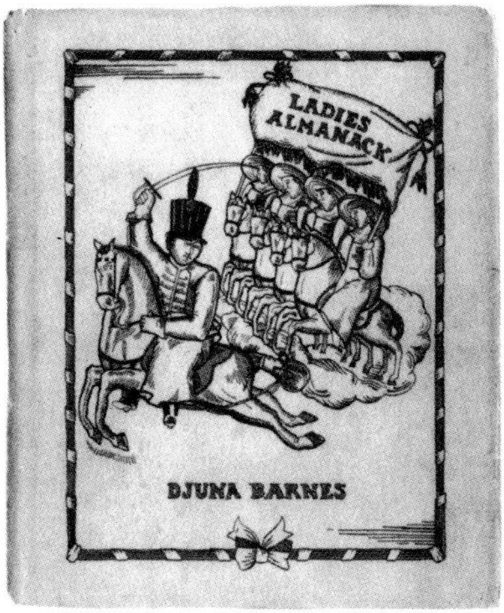

sofort verboten wurde. Djuna Barnes und James Joyce trafen sich gelegentlich in dem von beiden geschätzten Café »Aux Deux Magots« gegenüber der Kirche von St. Germain des Prés. Die junge Schriftstellerin begegnet dem großen Autor achtungsvoll, aber gleichberechtigt. Sie hört ihm aufmerksam zu und gelegentlich auch einmal weg, wenn seine Monologe, »die etwas vom trägen Wallen eines Bodennebels haben«, kein Ende finden. Sie notiert seine Ticks und Schrulligkeiten, seine etwas zu fülligen, beringten Hände, den schmalen Kopf mit den sehr blauen Augen hinter den dicken Brillengläsern, den störrischen kleinen Mund, die schlechten Zähne. Aber mit untrüglichem Ohr hat sie die große Stimme seiner Dichtung erkannt, erst in den *»Dubliners«*, dann im *»Porträt des Künstlers als junger Mann«*, schließlich im *»Ulysses«*. »Ja, damals ging mir auf, daß Joyce das Leben tatsächlich als Sänger – und zwar als ein zartbesaiteter Sänger – begonnen haben muß. Und weil keine Stimme auf die Dauer gegen die Grausamkeit des Lebens ansingen kann, ohne zu brechen, wandte er sich Feder und Papier zu, denn so konnte er, in gebotenem Schweigen, die Überfülle der Unzulänglichkeiten als Juwelenauslage arrangieren – Juwelen mit einem Hang zu Moder und Verfall.« Sie sieht ihm die traurige Müdigkeit eines Mannes an, »der sich aus freien Stücken der Schaffung einer Überfülle in der Beschränkung verschrieben hat«[14].

Die hartnäckig wiederholte Frage, in welchem Maße er sie »beeinflußt« habe, scheint mir falsch gestellt. Von Djuna Barnes wird gern der Ausspruch verbreitet, den sie nach der Lektüre des *»Ulysses«* getan haben soll: »Ich werde niemals wieder eine Zeile schreiben. Wer hätte den Mut dazu!« Sie hatte ihn, was ihre Unabhängigkeit beweist. Sicherlich hat Joyce ihre eigene Sprachlust dazu ermutigt, sich an allem zu stärken, was sie – wo auch immer – an Kraft, Farbe, Klang, Witz und Hintersinn finden konnte: bei Rabelais, bei den Elisabethanern, in der Bibel, im Kinderreim. (Übrigens ist die englische Dichterin und Exzentrikerin Edith Sitwell – ganz gewiß weltenweit entfernt von der sprachlichen Drastik des *»Ulysses«* – einen ganz ähnlichen Weg in ihren Gedichten gegangen und hat ihn in ihren Essays immer wieder als ein Kennzeichen der »Modernists«, der modernen Bewegung in der Dichtung, beschrieben und empfohlen. Ihr Gedichtzyklus *»Façades«* hat nahezu gleichzeitig mit dem *»Ulysses«* und T. S. Eliots *»The Waste Land«* die literarische Welt – und auch die nicht-literarische – in Aufruhr versetzt.)

Zu der anderen zentralen Figur des literarischen Paris, Gertrude Stein, stand Djuna Barnes in einer gespannten Beziehung. Das hatte außer literarischen Differenzen auch persönliche Gründe. Gertrude Stein war eigentlich keine Freundin von – bedeutenden – Frauen. Sie blieb gern konkurrenzlos. Bei ihren Empfängen in der inzwischen von Kunstwerken der Moderne überwucherten Wohnung in der rue de Fleurus 27 – sie hatte den jungen Picasso mitentdeckt – mußte ihre Lebensgefährtin Alice B. Toklas sich um die Ehefrauen der zugelassenen jungen Künstler und Schriftsteller kümmern und sie vom eigentlichen Gespräch mit ihr fernhalten. Selbst jüngeren Berufskolleginnen ging es nicht anders, und so mag es auch mit Djuna Barnes gewesen sein. Außerdem aber hatte die mächtige Literaturherrscherin sie erbost, weil sie ihre schönen Beine gelobt hatte, wie Andrew Field mitteilt. Was sollte das? Was hatte das mit Literatur zu tun? ereiferte sich Djuna Freunden gegenüber. Später schrieb sie ganz offen: »Ich konnte sie nicht ausstehen. Sie mußte immer der Mittelpunkt von allem sein. Ein monströses Ego ...«

Im »Klagelied auf das linke Ufer«, das sie nach dem endgültigen Verlassen von Paris anstimmt, hat sie auch dieses »monstre sacré« mit Stift und Feder porträtiert. »Sie umgab sich mit unbekannten Jungen, die literarische Ambitionen hatten«, notiert sie. »In erster Linie förderte sie sich selbst.«[15] Auch in *»Ladies' Almanach«* kommt sie vor – und nicht sehr gut weg, allerdings läuft auch die Satire dieses Stückchens etwas flach. Als »Low-Heel« – eine Anspielung auf die von Hand gefertigten Sandalen, die Gertrude Stein stets zu unförmig langen Gewändern trug – zankt sie sich mit ihrer Gefährtin Alice – »High Head« – über den Wert der Frauen. Sie seien »schwache und alberne Geschöpfe, aber doch gar zu liebe ...«, meint Low Heel, wogegen High Head ihre Qualitäten eloquent verteidigt. Immerhin räumte Djuna Barnes an anderer Stelle[16] ein: »Desungeachtet hatte sie auf einige wenige tiefgreifenden Einfluß – ganz gewiß auf Hemingway«[17], der einige Jahre eng mit ihr befreundet war, in Ungnade fiel und sich im späten Rückblick auf seine guten wie ärgerlichen Pariser Erfahrungen[18] mit ihr Luft macht: »Miss Stein belehrt« – schon der Titel sagt viel aus. Und sie belehrt ihn da weniger über ihre Ansichten zur Literatur als über Sex an sich und den Unterschied von weiblicher und männlicher Homosexualität. Sie möchte ihm auch die krude Diktion abgewöhnen, die er damals forcierte, es mache – Bilder wie Geschriebenes – »inaccrochable«, derlei lasse sich nicht »aufhängen«, nicht herzeigen. Aber eigentlich war »das einzige, wovon ich nach Miss Steins Meinung geheilt werden mußte, meine Jugend und die Liebe zu meiner Frau.«

Es waren so wenige nicht, die Gertrude Stein wichtige literarische Anstöße verdankten. Unter ihnen ist – was zunächst verblüfft – Thornton Wilder, ein nur flüchtiger Gast im Paris der zwanziger Jahre. In seinen Tagebüchern äußert er sich immer wieder ausführlich und fasziniert über sie und zitiert sie mit Kernsätzen. (Joyce gegenüber bleibt er zurückhaltend, findet, daß er – im Gegensatz zu Rabelais etwa – mit dem Obszönen nicht umgehen könne, und hält ihm seine »kloakale Besessenheit« vor.) Auch für den in seiner Kritik so entschiedenen wie maßvollen William Carlos Williams ist Gertrude Stein eine nicht zu umgehende literarische Instanz.

Sich für Gertrude Stein erklären, hieß fast immer soviel wie James Joyce ablehnen – und umgekehrt. Sie jedenfalls ließ ihn als Autor nicht gelten, fürchtete aber zugleich in ihm den großen Konkurrenten. Wer ihn vor ihr lobte, mußte alle Hoffnung, noch zu ihrem Kreis zu gehören, fahren lassen. Sie selbst hat Mitte der dreißiger Jahre in einem ihrer amerikanischen Vorträge »The Gradual Making of the Making of Americans« den Vorwurf, sie wolle »immer der Mittelpunkt von allem sein« und rede pausenlos, zu erklären und zu entkräften versucht: »Um einmal damit anzufangen: es scheint immer, als rede *ich*, wenn ich irgendwo bin, aber dennoch höre ich zu. Ich höre immer zu. Ich habe immer zugehört. Ich habe immer hingehört, auf welche Weise alle sagen, was sie zu sagen haben... Ich rede, ich gebe es zu, immer, aber Reden kann eine Art des Zuhörens sein, das heißt, wenn man das tiefe Bedürfnis hat zu hören und zu sehen, was jeder mitzuteilen hat.«[19]

Die große und enthusiastische Resonanz, die sie 1934/35 bei ihren Vorträgen in Amerika erfuhr, als sie zum ersten Mal nach dreißig Jahren Paris dorthin zurückkehrte, erwies sich als Täuschung. Das Publikum wollte *sie*, die legendäre Figur, sehen und hören, nicht ihre Bücher lesen, die ihr Verlag Random House auf den evidenten Erfolg der Vorträge hin regelmäßig herauszubringen versprach. Die Bücher verkauften sich schlecht, sie blieb trotz einiger neuer Anläufe in den fünfziger Jahren ein »Geheimtip«, bis im letzten Jahrzehnt Kritiker und – vor allem feministische – Kritikerinnen sich für sie einsetzten. Ihre vielleicht stärkste Nachwirkung hatte sie nicht auf dem Feld der Literatur, sondern in der bildenden Kunst, in der Pop Art. Worum es ihr – und offenbar auch Künstlern wie Roy Lichtenstein und Andy Warhol – ging,

Gertrude Stein und
Alice B. Toklas

Gertrude Stein vor ihrem von
Picasso gemalten Portrait

war nicht die sich erinnernde, auf ein Ziel zustrebende Erzählweise, sondern »die Jetztheit jeden Augenblicks« in der Wiederholung, der »Insistenz«, und sie versucht diese Wiederholung – »eine Rose ist eine Rose ist eine Rose« –, die ja eigentlich das Signum des Mechanistischen, der Maschine ist, mit neuer Ausdruckskraft zu füllen. Gertrude Stein ist zweifellos auch diejenige unter den Autoren ihrer Epoche, die sich mit den modernen Medien Photographie und Kino und der Bedeutung der technischen Reproduzierbarkeit für das Kunstwerk am stärksten auseinandergesetzt hat.

Entschiedene Gegnerschaft unter Künstlern, mehr vielleicht noch unter Schriftstellern und Intellektuellen, ist die Regel. Unter den Franzosen der Epoche gab es die unversöhnliche Feindschaft der Surrealisten – André Breton, Paul Eluard, Louis Aragon, Phillippe Soupault und anderer

– gegen den »rattenfängerischen Zauberer« Jean Cocteau, der Mitte der zwanziger Jahre den Gipfel seiner Wirkung erreichte und zur Mode wurde. Er war ihre »bête noir«, wie Djuna Barnes schreibt. (Übrigens soll Adrienne Monnier eine ihr aus Zürich zugeschickte Verlautbarung des dortigen Dada an Jean Paulhan weitergegeben, die Franzosen so mit dieser Bewegung bekanntgemacht und den literarischen Surrealismus in Frankreich (mit-)initiiert haben. Der Urheber des Begriffs, der 1918 an den Folgen einer Kriegsverwundung gestorbene Dichter Guillaume Apollinaire, hatte ihn ein Jahr vor seinem Tode auf Diaghilews aufsehenerregendes Ballett *»Parade«* angewendet, an dem außer Picasso und Satie auch Jean Cocteau mitwirkte.)

Es scheinen mehr die »Studierten« unter den Amerikanern gewesen zu sein, wie Matthew Josephson, der Herausgeber der literarischen Zeitschrift »Broom«, und Malcolm Cowley, die sich intensiv mit französischer Gegenwartsliteratur befaßten und die Verfasser gut kannten. Die Intensität solcher Verbindungen hing natürlich sehr von den jeweiligen Sprachkenntnissen ab. Die wenigsten »expatriates« sprachen Französisch so geläufig wie Hemingway oder Dos Passos. Und noch seltener war eine wirkliche Durchdringung beider Kulturen, wie sie Sylvia Beach gelang. Für sie kann jedenfalls gelten, was Gertrude Stein – auf sich bezogen – gesagt hat: »Amerika ist mein Land, aber Paris ist mein Zuhause.« Selbst der umsichtige und umtriebige »Contact«-Verleger McAlmon verfügte nicht über die Landessprache und kannte zu W. C. Williams' Erstaunen keine jungen französischen Autoren. Und für viele Franzosen galt umgekehrt das gleiche. Einige allerdings, wie Valéry Larbaud, der fließend Englisch sprach, wurden zu Schlüsselfiguren in diesem Austausch. Larbaud war – über die Vorabdrucke in »The Little Review« – einer der ersten französischen Leser des *»Ulysses«*. Die Lesung der von ihm übersetzten Auszüge und sein Vortrag über Joyce im Dezember 1921 bei Shakespeare and Company wurden zur Sensation. Auch Jules Romains und Jean Paulhan waren befreundete Förderer der beiden Buchhändlerinnen. Und André Gide übertrug seine frühen Sympathien für die »Amis des Livres« auf Shakespeare and Company und seine Gründerin. Als Jean Paulhan anregte, Teile aus »Ulysses« zu übersetzen und in der hochrenommierten »Nouvelle Revue Française« zu veröffentlichen, winkte Gide allerdings ab. In einem Vortrag über Dostojewski – kurz nach dem Erscheinen des *»Ulysses«* – bestritt er, daß Joyce der Erfinder des »inneren Monologs« sei. (Eine ähnliche – persönlich sympathische, aber in der Sache zögernde – Haltung nahm er später auch gegenüber Djuna Barnes' »*Nightwood*« ein.) Der große Paul Valéry schließlich gehörte zu den engen Freunden, den Habitués beider Buchhandlungen – »natürlich, freundlich, ohne jegliche Attitüde« – so beschreibt ihn Sylvia Beach. Valéry wiederum nahm die Arbeiten von Joyce nicht zur Kenntnis – sie lagen seiner literarischen Überzeugung fern.

»Einige meiner Freunde teilten meine Vorliebe für das Französische«, äußert Sylvia Beach einmal über ihre amerikanischen Landsleute, »aber den meisten anderen schien nicht bewußt zu sein, daß sie Tür an Tür mit Larbauds »*Barnabooth*« lebten und Valérys »*La Jeune Parque*« (»Die junge Parze«) sich genau gegenüber am Flußufer befand. Ich denke, sie haben viel versäumt.«

So blieben die amerikanischen Paris-Anwohner – trotz einer gewissen Vertrautheit mit den Lokalitäten der alten Metropole – häufig »unter sich«. Einige mochten sich und viele mochten sich nicht. Es gab Differenzen in der Sache und persönliche Animositäten. Alle redeten über alle – gelegentlich witzig, oft boshaft, bisweilen vernichtend. Dennoch traten sie gern in Gruppen oder »Horden« auf, wohl auf der Suche nach Rückhalt in der europäischen Fremde. Von Paris schwärmten sie gemeinsam an die Côte d'Azur aus, nach Wien, nach Berlin, dorthin, wo ein noch günstigerer Dollar-Tausch lockte. Zu Kontakten mit den russischen Emigranten in Paris – den echten Landesvertriebenen – kam es kaum, was nur zu einem Teil eine Frage sprachlicher Verständigung war. Die meisten der Rußlandflüchtlinge waren zu arm, um am Kaffeehausleben teilzunehmen. Die politischen Ereignisse, die sie nach Paris getrieben hatten, interessierten die wenigsten Amerikaner. Wie überhaupt von der politischen Realität dieser Jahre so gut wie nie die Rede ist. Man schrieb – mit wenigen Ausnahmen – gegen diese Realität an oder an ihren sichtbaren Symptomen entlang.

Auch ein gewisses Altersgefälle machte sich unter den »expatriates« bemerkbar. Da gab es die älteren »Meisterfiguren« wie Ezra Pound und den Engländer Ford Madox Ford, die schon in den anderthalb Jahrzehnten vor dem Ersten Weltkrieg sehr aktiv an der kulturellen Szene in New York oder London beteiligt gewesen waren und, wie McAlmon bemängelt, »immer erwarten, daß die Jüngeren zu ihren Füßen sitzen«. Ford gab, nachdem er sich in seinem ersten Roman »*The Good Soldier*« von seinem Kriegsschock zu befreien versucht hatte, in London die »English Review« heraus. Und er erschien mit seinen vielen Kontakten und seinem sicheren Sinn für das Neue in der Literatur als der ideale

Herausgeber für »Transatlantic Review«, eines der kleinen Kulturmagazine, die in den zwanziger Jahren in Paris erschienen. »Wie ich es sehe«, schrieb Ezra Pound, ein Experte in Sachen »kleine Literaturzeitschriften«, 1930, »wollten ›wir‹ 1910 eine Kultur in Amerika schaffen. Um 1920 hatte man eher den Wunsch, zu bewahren, was davon übrig war und da, wo es möglich schien, eine neue in Gang zu bringen. ›Transatlantic Review‹ wurde gegen die nicht-experimentierfreudige Vorsicht von ›Dial‹ und ›Criterion‹ gegründet.«[20]

Die Jüngeren waren mehr oder minder stark vom Kriegserlebnis geprägt, sie kamen häufig frisch aus dem Mittelwesten, waren illusionsärmer, zogen starken Whisky einem milderen Aperitif vor und redeten auf eine kurzangebundene, einsilbige Weise, von der man, wie ein Kritiker meint, nie wissen wird, ob Hemingways – 1926 erschienener – Roman *»The Sun also Rises« (»Fiesta«)* Sprache und Sitten einer neuen Generation spiegelt oder ob der Hemingway-Mythos später einen bestimmten Sprachstil als typisch für die »lost generation« erscheinen ließ.

»The lost generation« – einmal mehr ein griffiges bon mot Gertrude Steins, die es (Hemingway zufolge) eigentlich nur kolportierte: der wahre Erfinder sei ein solider Handwerksmeister gewesen, der aus gegebenem Anlaß bedauerte, daß die jungen Leute während des Krieges keine ordentliche Ausbildung genossen hätten, sie fielen für viele Arbeiten aus – seien eben »une génération perdue«.

Keine Generation sei ihr weniger »verloren« vorgekommen als diese begabte und auch erfolgreiche, schreibt Sylvia Beach. Im Rückblick mag es so erscheinen. Für die Angehörigen dieser Altersgruppe, zumindest für diejenigen, die den Krieg und dann den europäischen Scherbenhaufen des Nachkriegs aus der Nähe erfahren hatten, enthielt das Etikett eine Wahrheit – die zweifellos manchmal auch etwas kokett vorgetragen wurde –, daß nämlich jeder Krieg unheilbare Schäden an Leib und dauerhafter noch an Seele und Geist verursacht. Die jähen Hoffnungsaufschwünge jeweiliger Nachkriegszeiten widerlegen das nicht.

Trotzdem: Nach den Erinnerungen der meisten Zeitgenossen zu urteilen, war Paris in den zwanziger Jahren nicht nur »a moveable feast«, wie Hemingway es nostalgisch nannte, ein »Fest fürs Leben«, sondern auch ein Tag und Nacht stattfindendes Lebensfest: Cafés, Bars, Night-Clubs, Variétés – von privaten Parties in den Wohnungen der Reichen abgesehen – erscheinen als eigentliche Schauplätze. Die Nächte waren lang, der Alkoholkonsum war gewaltig. Nicht alle hielten diesen Anforderungen stand. Andrew Field hat sicherlich recht, wenn er meint, daß für viele der jungen »expatriates« puritanischer Herkunft die mondänen Freiheiten, die Paris zu bieten hatte, zu unvermittelt kamen.

Dennoch wurde von einigen auch ernsthaft gearbeitet. Oft in sehr bedrängten Wohnverhältnissen, in billigen Hotels, in ärmlichen Quartieren, unter den Dächern von Paris, mit dürftigem Komfort und fragwürdiger Hygiene. Denn Paris, die Schöne, hatte nicht nur den Glanz großer Jahrhunderte vorzuweisen, sondern auch deren Kehrseite, den Verfall: das Marais, das noble Quartier aus dem 17. Jahrhundert, verkam wie die einst eleganten Straßen um Baltards Hallen. Der moderne Komfort zögerte vor Paris, der technische Rückstand war erheblich. Es fehlte an Wohnungen (was bis weit nach dem Ende des Zweiten Weltkriegs der Fall war). So war das Café auch eine Zuflucht. Der junge Hemingway spitzte täglich seine Bleistifte in der »Closerie des Lilas«, einem stillen Ort, den er als sein Schreibrevier betrachtete und wütend gegen Eindringlinge verteidigte. Von ihm kamen 1923 erste Erzählungen und 1926 sein erster Roman *»The Sun also Rises«* heraus. Von Djuna Barnes erschien in diesem knappen Jahrzehnt *»A Book«* (1923) – ein erster Band mit Erzählungen, Gedichten und einem Einakter (bei Boni & Liveright, New York) – außer ihren journalistischen Beiträgen für verschiedene amerikanische Zeitungen und Zeitschriften, Auftragsarbeiten für »Vanity Fair« oder »McCall's Magazine«. 1928 kam der mild-satirische Damen-Almanach heraus, der in diesem liberalen bis libertinen Pariser Milieu von den »Betroffenen« ohne Groll, ja, von einigen mit großer Erheiterung aufgenommen wurde, und fast gleichzeitig der Roman *»Ryder«*, auch er eine Satire in noch barockerer Sprache und ein erster Versuch der Autorin, sich von ihrem Kindheitstrauma und von familiären Verwirrungen zu befreien. Aber alles – journalistische Pflichtarbeiten, eigene literarische Versuche, Nachtleben (dem sie sich ja nie ganz entzog) und Reisen – in die USA, nach Wien, nach Berlin – ist auf dem Hintergrund ihres Zusammenlebens mit Thelma Wood zu sehen. *Sie* ist der Angelpunkt dieser Zeit. Und auch wenn es friedliche Tage, ja, eine Art häusliches Glück mit Tafelfreuden im Freundeskreis in der rue St. Romain gegeben haben mag – Thelmas alkoholisierte Eskapaden und Treulosigkeiten, Djunas wilde Nachttouren auf der Suche nach ihr, die auch in Mengen von Alkohol endeten, müssen diese Jahre zur Qual gemacht, und sie selbst an den Rand ihrer Kräfte gebracht haben; das Gedanken- und Leidensmaterial für den Roman *»Nightwood«* lag bereit.

Was war – alles in allem – Paris wirklich für Djuna Barnes? Eine Zuflucht nach unglücklichen persönlichen Erfahrungen in New York? Eine größere Hoffnung für ihre literarische Arbeit? Eine »gute Adresse« und ein Milieu, das ihr Kontakte erleichterte und zu entscheidenden Begegnungen führte? Einfach der Ort einer finanziell etwas sorgloseren Existenz? Eine Quelle ungewöhnlichen Vergnügens, tieferer Erkenntnis, unvorhergesehener Leiden? Vermutlich alles. Als Mittlerin im Kultur- oder auch nur Literaturaustausch zwischen Amerika und Europa, wie Sylvia Beach es war und sein wollte, konnte sie sich kaum verstehen – auch wenn sie dazu beitrug. Sie war zu sehr auf sich und ihre Sache fixiert. Die »Vagaries malicieuses«, die ihre Anfänge in Paris beschreiben, übertragen bei aller ironischen Distanz auch ihre damalige Stimmung einer leisen Desillusion.

»Und so kam ich denn nach Paris, wo ich ein paar Stunden später aus meinem Fenster in der rue Jacob lehnte und all die unbekannten Kirchen in meinem Herzen bewegte, und indem ich das tat, zog ich meinen Mantel an und ging im traurigen, eben hereinbrechenden Zwielicht nach Notre Dame und lief unter den Bäumen entlang und dachte an eine andere Stadt auf verräterische Weise, bis ich auf eine alte Frau traf, die Orangen verkaufte, und mir der Gedanke kam, wie bitter und flüchtig der Duft war und wie bezaubernd es von ihnen war, so zu sein – und mit dieser Überflüssigkeit war mir genüge getan.«[21]

In ihrem »Klagelied auf das linke Ufer« hat sie, als sie endgültig Abschied nahm, die unvergleichlichen Vorzüge von Paris noch einmal evoziert.

Im Rückblick auf ihr Leben erscheint die Pariser Zeit, die zwischen diesen beiden Texten liegt, durchaus doppeldeutig: das erste Jahrzehnt hat zweifellos ihren literarischen Ruf durch drei größere Buchveröffentlichungen sicher begründet und ihr unter anderem die Freundschaft mit James Joyce eingebracht. Zu seinem Ende hin aber hat es sie menschlich, gesundheitlich und materiell erschöpft. Auch ihr Leben in Paris war ja voller Unruhe: unterbrochen durch mehrere Umzüge innerhalb des Quartiers bis zur festen, nur kurz genossenen Adresse in der rue St. Romain und von mindestens drei Reisen in die USA mit längeren Aufenthalten. Das erste Mal fährt sie 1922 im August nach New York, um das Erscheinen von *»A Book«* vorzubereiten und außerdem ihre journalistische Arbeit für »Vanity Fair«, »Charm Magazine« und andere Auftraggeber zu befestigen, die inzwischen unter dem Pseudonym Lydia Steptoe läuft. Sie kommt erst Ende des Jahres nach Paris zurück. Der Grund für die zweite Reise, von Ende 1926 bis Anfang 1927, ist die – schwierige – Vorbereitung ihres Romans *»Ryder«*. Der Verleger hält Striche für nötig, um das Buch durch die Zensur zu bringen. Djuna Barnes findet sich nur ungern damit ab und legt Wert darauf, daß die Auslassungen durch Sternchen gekennzeichnet und entsprechend in einem Vorwort erklärt werden. Der letzte Aufenthalt in New York vor ihrer endgültigen Rückkehr nach Amerika hat einen privaten Grund: 1930 reist sie Thelma Wood nach und bleibt fast ein Jahr in New York. Sie leben wieder in Greenwich Village, zuletzt am Washington Square South 62 – neben dem »House of Geniuses«, in dem Willa Cather, O. Henry und Theodore Dreiser gewohnt und geschrieben hatten. Als sie 1931 nach Paris zurückkehrt, hat sie sich endgültig von Thelma Wood gelöst.

Amerika, wie sie es bei diesem Aufenthalt vorfand, konnte ihr die Rückkehr kaum verlockender machen. Am 24. Oktober 1929, am sogenannten »Schwarzen Freitag« (der ein Donnerstag war), hatte der große Krach an der New Yorker Börse die Jahre der Depression eingeläutet. Damit begann für viele der »expatriates« in Paris eine schwierige Zeit. Einigen blieb nur die Rückkehr nach Amerika, oft in alte, durch den wirtschaftlichen Rückgang und die Enttäuschung der Daheimgebliebenen noch bedrängendere Abhängigkeiten.

Das stolze Bild des hemmungslosen Fortschritts und des Wohlergehens aller in den Vereinigten Staaten hatte erhebliche Kratzer davongetragen, ohne daß sich der von einigen immer wieder beschworene »andere Geist«, der so schmerzlich von einigen vermißte Sinn für »immaterielle Werte« damit deutlicher bemerkbar gemacht hätte.

»Fast noch schlimmer als das Elend selbst war daher der seelische Schock für das amerikanische Volk. Es sah sich zutiefst enttäuscht in seinem Vertrauen auf ein soziales und wirtschaftliches System, das es stets für die beste aller denkbaren Gesellschaftsordnungen gehalten hatte«, so zitiert Dieter Hildebrand in seinem Vorwort zu Studs Terkels *»Hard Times« (»Der große Krach«)* den Historiker Erich Angermann.[22] Dieses Vertrauen hatten allerdings die »expatriates« – sofern sie über den Rand ihrer engsten künstlerischen Interessen hinausblickten – ohnehin nicht gehabt. H. L. Mencken, der streitbare Angreifer amerikanischer Selbstzufriedenheit fand (zunächst in »Smart Set«, dann ab 1924 im neugegründeten »American Mercury«) ein wachsendes Publikum für seine scharfen Attacken. Ähnliche Töne schlugen »Harper's« und die »Saturday Review of Literature« an. Von Charles und Mary Beard erschien *»Rising of American Civilization«*. Der kritische Ansatz darin wurde deutlicher noch in einer Sammlung von Aufsätzen mit dem Titel *»Whither Mankind?« (»Menschheit – wohin?«)*, die Charles Beard mit zwei progressiven Historikern herausgab und an der etwa zwanzig Wissenschaftler und Forscher mit Beiträgen beteiligt waren. Sie enthüllten zum Ende der zwanziger und zu Beginn der dreißiger Jahre ökonomische Unsicherheit und politische Unruhe in Westeuropa wie in Sowjetrußland, in China, in Süd- und nicht zuletzt in Nordamerika. Die Kritik an den Vereinigten Staaten war massiv: sie hatten vom Ersten Weltkrieg profitiert, waren wirtschaftlich erstarkt und wollten immer mehr. »Sie hatten mit dubiosen Methoden Handel getrieben und hofften in ihrem Kinderglauben offenbar, daß Süßes immer süßer wird«, meinte Charles Beard, und: »Das Zeitalter viktorianischer Selbstgefälligkeit ist überall zu Ende; diejenigen, die jetzt fröhlich pfeifen, um sich Mut zu machen und ihre Nachbarn zu täuschen, lügen sich in die eigene Tasche.«[23]

Grund zum Optimismus hatten zunächst noch die Geschäftsleute, denen unter den Präsidenten Coolidge und Hoover versprochen wurde, daß der Wohlstand sich unendlich vermehren lasse. Optimistisch in einem anderen Sinne mögen auch noch die Intellektuellen gewesen sein, die in der aufblühenden wissenschaftlichen Psychologie und in der Psychoanalyse ein sicheres Mittel der Einsicht zu haben glaubten, das auf Erziehung, Partnerschaft, Familienleben, aber auch auf die Politik anwendbar sein und dazu beitragen könnte, das wichtigste Problem zu lösen: die Verhinderung eines weiteren Krieges, ja von Kriegen überhaupt. Zumindest sahen sie darin einen Weg, die Tabus in religiösen Überzeugungen wie im Sexualbereich aufzuheben, die nach ihrer Überzeugung einer freieren Entwicklung menschlicher Qualitäten hinderlich waren. Diese Wunschvorstellungen stießen allerdings auf eine eher konservative, traditionsgebundene Mehrheit.

Politische Aufmerksamkeit – was das eigene Land und was die Weltsituation betraf – läßt sich den meisten »expatriates«, läßt sich auch Djuna Barnes nicht nachsagen. Der Angriff auf gesellschaftliche Tabus aber kam ihrem Freiheitsbedürfnis entgegen: schon ihre Lebensweise und mehr noch das, was sie schrieben, galt ja vielen – und nicht nur engstirnigen Zensoren – als Tabuverletzung.

Djuna Barnes' Entscheidung, nach Paris zurückzukehren, hatte rein persönliche Gründe. Sie konnte nur auf ihrer journalistischen Arbeit und ihrem literarischen Erfolg beruhen und dem, was beides finanziell einbrachte, gelegentlich auch, wie sich gezeigt hatte und noch zeigen würde, auf der Hilfsbereitschaft ihrer vermögenden Freunde. In Amerika erwarteten sie allenfalls neue – familiäre – Belastungen. Der Gedanke daran, dorthin zurückzukehren, war ihr, nicht nur aus diesem Grunde, verhaßt. Sie hat ihn, solange es irgend anging, von sich weggeschoben und die Wohnung in Paris zu halten versucht.

Für sie war das Ende der zwanziger Jahre die wildeste und hoffnungsloseste Zeit in ihrer Beziehung zu Thelma Wood. Nachdem sie sich endgültig aus ihr gelöst hatte, folgte ein Interim, ein unruhiges Hin und Her zwischen Paris und Wien, Paris und England und schließlich ein kurzer Aufenthalt in Tanger. Charles Henri Ford und Paul Bowles, der Musiker und Schriftsteller, der seit längerem dort lebte, hatten sie – beide begeistert von dieser maghrebinischen Existenz – dazu überredet nachzukommen. Mit Ford, einem begabten, gutaussehenden Mann, der fast zwanzig Jahre jünger als sie und in seinen sexuellen Neigungen nicht festgelegt war (er war später jahrelang der Gefährte des russischen Malers Pavlik Tschelitschev), verband sie vor allem das Bedürfnis nach Unabhängigkeit und Freiheit. Er hatte während ihrer Rekonvaleszenz nach einer Blinddarmoperation in der rue St. Romain für sie gesorgt, er schrieb ihr Manuskript ab, und so blieben sie zusammen: zwei geübte Einzelgänger, die sich – eine Zeitlang – arrangierten, nicht ohne wärmere Gefühle von beiden Seiten.

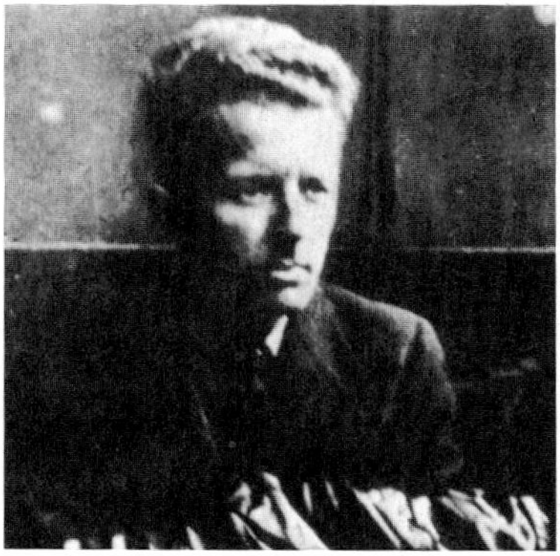

Paul Bowles

Das Tanger-Abenteuer lief für Djuna unglücklich aus: die zunächst angemietete Wohnung erwies sich als primitiv, unbequem und teuer. Eine flüchtige Affäre mit einem französischen Maler führte zu einer unerwünschten Schwangerschaft – sie war über Vierzig – und einer überstürzten Rückkehr nach Paris, um sie zu unterbrechen: Unordnung und spätes Leid und keine ermutigenden Erfahrungen für die so sehr Angeschlagene, die gerade begonnen hatte, sich in der Arbeit an einem Roman mit dem vorläufigen Titel »Bow Down« vom Alptraum der letzten Pariser Jahre zu befreien. Als sie schließlich 1932 mit einigen Freunden für längere Zeit nach England aufbrach, zu Peggy Guggenheims ländlicher Residenz in Devonshire, geschah dies mit letzter Kraft und mit dem begonnenen und ängstlich gehüteten Romanmanuskript im Koffer.

»Djuna Barnes' Entwicklung während der zwanziger Jahre scheint in zwei Richtungen zu gehen, die scharf voneinander abweichen, ja einander entgegengesetzt sind«, meint Louis F. Kannenstine[24] und bezieht

Gedichte, Essays, Illustrationen, Theater-Sketches und Kurzgeschichten ein: die eine Richtung führe ins Leben, in die Welt hinein, in der anderen entzöge sie sich ihr. Augenfälliger definiert ist dieses Jahrzehnt durch ihren Versuch, ein Thema in eine längere Form einzubinden: das geschieht in *»Ladies' Almanach«*, dessen locker aneinander gereihte Partien ich nicht – wie Kannenstine – als »Roman« lesen würde, auch wenn eine Art »Lebenslinie« vom Frühling in den Dezember führt – bis zu dem mit makabrem Humor vorweggenommenen Hinscheiden der »einige 90 Jahre alten« Dame Evangeline Musset. (Die Autorin traf vierzig Jahre im voraus nahezu genau die wirkliche Lebenszeit des Vorbilds Natalie Barney.)

»Ryder« wiederum spielt mit einer – antiquierten – Romanform, deren Prosafluß immer wieder durch gereimte balladeske Erzählungen, frivole Wiegenlieder oder »Gutenachtgeschichten« unterbrochen wird. In beiden Fällen wird das Thema kunstvoll und üppig, ja umständlich ausgebreitet und zugleich in einer barocken Sprache »verschlüsselt«. Während der Almanach unter einem Pseudonym als Privatdruck unterderhand vertrieben wurde (auch McAlmon trat als Verleger nicht mit seinem Namen in Erscheinung), erschien *»Ryder«* – kurz zuvor – bei Horace Liveright, dem Verleger der Avantgarde, in New York und hielt sich kurze Zeit auf der Bestsellerliste. Was immerhin erstaunlich ist, denn ein – moderner – Familienroman in einer altertümelnden, nur gelegentlich in einen halbwegs zeitgenössischen Wortgebrauch übergehenden Sprache war ungewöhnlich und eher sperrig für den Durchschnittsleser, der die Höhe der Auflagenziffer ja bestimmt. Dieses Hindernis konnte auch der Anreiz des »Obszönen«, das dem Zensor womöglich entgangen war, kaum wettmachen. Außerdem war die Bestsellerposition des Romans – trotz erheblicher Striche und Auslassungen im Text – immer noch bedroht von weiteren Eingriffen der Zensur. Mit dieser Nachricht dämpfte der Verleger Liveright die Hoffnung der Autorin, einmal wirklich zu Geld zu kommen, woran ihr ebensoviel liegen mußte wie daran, sich unzensiert durchzusetzen. Daß ihr am »Ruhm« nicht so viel oder überhaupt nicht gelegen war, wie sie einem Interviewer mitteilte, sondern nur am Geld, ist so wörtlich wohl nicht zu nehmen. Wie kompliziert die Situation auch für ihren amerikanischen Verleger war, geht aus der Korrespondenz vor dem Erscheinen von *»Ryder«* hervor. So schreibt ihr ein Mitarbeiter von Boni & Liveright am 9. Februar 1928 zu den mitgeschickten Korrekturfahnen: »Sie werden sehen, daß wir bei unserer ersten Durchsicht nur wenige Korrekturen vorgenommen haben, und wir hoffen, daß wir uns auch im weiteren Text mit solchen Korrekturen begnügen können, obgleich wir nicht mehr die einzigen

CARTE VALABLE

du 192

au 192

du 192

au 192

du 192

au 192

Délivrée par M. le Préfet

de ....

L ..... 3 SEPT 192[illegible]

LE PREFET,

Timbre de la Préfecture.

S/DIRECTION ADMve DU CABINET · SERVICE DES ÉTRANGERS

Zensoren unserer Texte sein dürfen – die entsprechende Behörde in New York mischt sich nun in die Sache ein. Ich sage das, weil es notwendig sein könnte, noch weitere Korrekturen vorzunehmen, obgleich ich hoffe, es wird nicht dazu kommen. Natürlich machen wir keine weiteren Änderungen, ohne Sie zu Rate zu ziehen. Aber Horace Liveright und auch ich finden, daß wir – soweit es um Amerika geht – nicht die ganze finanzielle Last allein tragen und als einzige die angegriffenen Bücher verteidigen sollten…, wir können einfach nicht Tausende von Dollars ausgeben, um uns für die von der Zensur attackierten Bücher einzusetzen, wenn uns nicht andere Verleger darin unterstützen. Und ich darf hinzufügen, daß sie es nicht tun werden – sie gehen dieser Verantwortung aus dem Wege, indem sie Büchern aus dem Wege gehen, die Schwierigkeiten verursachen könnten.«

Im weiteren notiert er einige Änderungswünsche, zum Beispiel schlägt er vor, den langen Prolog und die Geschichte Wendells in – Chaucer nachempfundenen – gereimten Versen vom Anfang ans Ende umzusetzen. »Wir erheben diesen Einwand, weil wir sicher sind, daß wenn Sie keine Möglichkeit sehen, diese Änderungen vorzunehmen, das den Verkauf der ersten Auflage des Buches ernstlich behindern kann, und wenn es nicht gelingt, die erste Auflage zu verkaufen, wird das Buch in nächster Zukunft kaum eine weitere Auflage erzielen.« Die Zeichnungen werden mit gleicher Begründung abgelehnt. Die Lektorenkritik und die Verhandlungen im Vorfeld der Veröffentlichung von *»Ryder«* machen klar, daß Djuna Barnes zu den »schwierigen« Autoren zählt, den »Risiko-Autoren« für den Verlag. Statt der 1000 Dollar Vorschuß, die Djuna Barnes gefordert hatte, soll sie nur 250 erhalten, kann dann aber wenigstens 500 durchsetzen. (Auch wenn die Kaufkraft des Dollars zu diesem Zeitpunkt erheblich höher lag als heute – ein sehr großartiges Angebot war es nicht.) Nach dem Erscheinen von *»Ryder«* versucht sie – wie ihr von der »Authors League« (dem Interessenverband der Autoren) geraten wird – 1929 den Vertrag mit Boni & Liveright mit der Begründung zu lösen, daß, da Mr. Liveright an *»Ryder«* nicht verdient habe, weder ihm noch ihr an einer Fortsetzung des Vertragsverhältnisses liegen könne. Ihr nächster amerikanischer Verleger – für *»Nightwood«* – wird Harcourt, Brace & Co sein, in England ist es ein Jahr zuvor Faber and Faber, wo T. S. Eliot als Lektor den Roman gegen anfängliche eigene Bedenken durchsetzen kann.

Im *»Almanach«* wie in *»Ryder«* tritt – so verschieden die beiden Bücher sind – die Ambivalenz der Person und der Begabung von Djuna Barnes klar zutage. Daß sich Melancholie und der Sinn für das Komische, das Groteske, ja Burleske – daß sich also Tragödie und Satyrspiel – in *einem* Charakter finden, ist vielleicht so selten und so überraschend nicht. Die eigentliche Frage ist, wie sehr – und wie lange – der Melancholiker dem Narren in sich Glauben schenkt, ihn gewähren läßt, ihn erträgt.

Djuna Barnes hatte, wie sie früh äußert, zumindest eine Neigung zur Melancholie, und so griff sie auch früh zu dem bereitliegenden Gegenmittel des Spotts, der Ironie, der Satire, um die tiefere Bedeutung des Erkannten und Gemeinten einzuhüllen. Sehr viel ist über ihre Lektüre nicht zu erfahren, allenfalls gibt es in ihrer Korrespondenz Hinweise auf ihr Interesse an apokryphen und hermetischen, auch an esoterischen Autoren und Werken, besonders auf ihre Vorliebe für das 17. Jahrhundert. Aber es ist kaum zu bezweifeln, daß des Oxforder Gelehrten Robert Burton 1621 erschienenes Lebenswerk *»Die Anatomie* *der Melancholie«*, diese auswuchernde Erforschung eines düsteren Seelen- und Geisteszustandes auf alle nur denkbaren Zusammenhänge hin, zu ihren Leib- und Lieblingsbüchern gehörte.

Die kurzschlüssige Lösung des Melancholikers für sein tiefgründiges Unbehagen an der Welt – der Selbstmord – mag ihr in den beklommensten Augenblicken ihrer Jugend vorgeschwebt haben, sie hat sie zumindest an anderen aus nächster Nähe erlebt. Vielleicht war der »Narr in ihr« stark genug, ihn zu verhindern, sogar noch in den langen illusionsresistenten Altersjahren, in denen sie ihn gelegentlich erwägt. Vielleicht aber waren es nicht so sehr seine Argumente und Einflüsterungen als vielmehr der schwierige und faszinierende Vorgang des Schreibens, der ihr die Umsetzung, die Metamorphose »hellsichtiger Unlust an der Welt« in Dichtung gelingen ließ. An dieser Faszination wie an der täglichen Übung des Schreibens hielt sie bis zuletzt fest.

Mit dem Rückgriff auf poetische Formen der Vergangenheit stellt sich Djuna Barnes – ähnlich wie James Joyce – gegen das Bestreben der meisten Autoren unter den amerikanischen »expatriates«, der Realität im zeitgenössisch-alltäglichen Sprachgebrauch möglichst nahe zu kommen. (Was nicht ausschloß, daß Hemingway sie und ihre Bücher hoch schätzte.) Aber dieser Rückgriff hat nichts mit historistischem Eklektizismus zu tun: der parodistische – oder anders verfremdende – Einsatz antiquierter Sprach- oder Dichtungsformen in *»Ryder«* unterbricht den Handlungsablauf des Romans, macht aus ihm eine vielschichtige Collage oder, wie Kannenstine es nennt, einen in einem massiven stilistischen Schaukasten verborgenen Roman, und weist die Autorin als moderne Schriftstellerin aus.

Die inhaltliche Grundstruktur in *»Ryder«* entspricht den eigenen Familienverhältnissen von Djuna Barnes. Wendell, der Vielbegabte, der wirrköpfige Freidenker, der Autokrat und Schöpfer-Vater, der hemmungslose Frauenheld, trägt unverkennbar Walds, des Vaters, Züge. Die etwas bläßliche Amelia, seine Frau, hat – wie Djunas Mutter – ihre Ausbildung zur Violinistin abgebrochen und duldet gefügig und zum Schaden der Kinder die polygamen Neigungen und anderen Extravaganzen ihres Mannes. Da ist vor allem Sophia, die kämpferische Suffragette, wortreiche Journalistin und Temperenzlerin – das Abbild der Großmutter Zadel Barnes –, die mit ihrem großen Herzen alle vereinnahmt (›nennen Sie mich Mutter!‹) und mit raffiniert geschriebenen und so unterzeichneten Bettelbriefen die Existenz der Familie über Jahre sichert.

»Auch nicht annähernd der Schatten eines unfein erworbenen Groschens ließ die Familie erraten, bis lange nach ihrem Tod, daß sie eine Bettlerin von äußerst hartnäckiger Verwegenheit war, daß sie gelogen und geweint und die reizende alte Dame gespielt hatte zum anteiligen Verderben jedes reichen Mannes im Lande sowie eines Präsidenten der Staaten... Wenn jemand sie nicht sehr klugerweise zu diesem Thema befragte, lächelte sie und sagte: ›Ich schreibe‹, und sie schrieb.«[25]

Julie ist die einzige Tochter unter den fünf Kindern von Wendell und Amelia, und die Autorin ist leicht in ihr wiederzufinden; auch ihr besonders enges Verhältnis zur Großmutter wird im Roman reflektiert: »Julie brachte sie größte Liebe entgegen; sie tat wie ein wahrer Galan alle Erfahrenheit von sich, hielt sie auf den Knien und log ihr dieses und jenes vor, in der Wahrheit ruhend, daß Realismus keine Nahrung für Kinder ist... Sophia wußte und ertrug dies Wissen tapferen Herzens, daß eines Tages, da sie nur noch Staub wäre, die Wahrheit an Julie herantreten würde, und sie sagte sich: ›Was ich ihr lügenhafterweise erzähle, wird auch bestehen und die Wahrheit umso hübscher‹, und so geschah es.«[26]

Dem Mädchen Julie bleibt »die Wahrheit«, die Realität ihrer familiären Umgebung nicht verborgen, nicht die Tatsache, daß neben der Mutter Amelia noch eine andere Frau in dem ohnehin schon engen Haus lebt: die Sorglose Kate nämlich, eine üppige, ein wenig liederliche, aber eher gutmütige Dame, die ihre eigene illegitime Familie – Wendells und ihre Kinder – um sich versammelt, was nicht gut gehen kann. Soweit das Gerüst des Romans, das der Realität folgt.

Zugleich mit der Entfaltung und Ausgestaltung dieser Realität zieht die Autorin die Essenz aus ihr, und die ist kräftiger, farbiger, drastischer, hintersinniger und phantastischer, als was »das Leben« liefern kann. Die – keineswegs frei erfundene – Konfrontation Wendells mit der Schulbehörde, die ihm die versäumte Schulpflicht seiner Kinder vorhält, stellt sich im Roman so dar: auf die Frage der Obrigkeit, was er, Wendell, mit der »Immunität« seiner Kinder – die er gerade wortreich verkündet hatte – eigentlich bezwecke, antwortet er: »Immunität... gegen die üblichen und anerkannten Zustände des Lebens, wie sie in Gemeindeschulen gelehrt werden. Sie (die Kinder, K. St.) wissen sowohl mehr als auch weniger. Ich habe meine Kinder auf den Seitenweg mitgenommen, wo die Wahrheit gemeinsam mit der Verweigerung verrottet, und sie blicken bereits aus einiger Höhe auf Sie herab.«[27]

So sehr weit von den extravaganten Äußerungen Wendells/Walds mag Djuna Barnes' eigene Vorstellung von dem, was und wie es zu lernen ist, gar nicht entfernt gewesen sein. Sie, die Kinder, wußten tatsächlich sowohl weniger als auch mehr – diese Ambivalenz konnte sie akzeptieren. Sie brach ja auf, »die üblichen und anerkannten Zustände des Lebens« zumindest für sich selbst zu ändern. Sogar die müßiggängerischen Neigungen Wendells/Walds, ». . . der nie vergnügter war, als wenn er das Leben vertrödelte und seine Nachkommen mit seiner Phantasie erstaunte«, konnte sie vielleicht noch tolerieren. Was die heranwachsende Julie im Roman (die junge Djuna in der Realität) verletzt, was sie nicht verzeiht, ist die liederliche Selbstüberschätzung des Vaters – sowohl was seine Talente als auch was seine unersättliche Manneskraft und deren Folgen angeht. In einem Gespräch mit seiner Mutter Sophia über sich selbst sagt er – nachdem er sich mächtig mit der Vielfalt seiner Verwandlungsmöglichkeiten in Szene gesetzt hat: ». . . ich stamme aus einer gefühlvollen Epoche, und dementsprechend nenne ich mich, wie ich mich befinde. Was ich sein möchte, das behaupte ich zu sein, und so werde ich es schließlich. Wozu ein Beiname wie ›Hahn im Korb‹, wenn der Beweis mit sechzehn Beinen am Tisch sitzt?«[28]

Die Frauen freilich bezahlen die Zeche dieser freischweifenden männlichen Einfallsfreudigkeit. Indem sie Wendells unbedenkliche Promiskuität persifliert, nimmt die Autorin Partei für die Frauen, läßt aber auch ihre Duldsamkeit ihm gegenüber und ihre Lethargie als Schwäche erkennen. Es ist dem zwiespältigen und daher tiefer blickenden Doktor O'Connor – einer Vorfigur des »Doktor-Matthew-Mächtig – cum grano salis – Dante O'Connor« in *»Nachtgewächs«* vorbehalten, Wendells Eifer, »sein eigenes Nichts zu vermehren«, als Angst vor dem Ausgelöschtwerden, dem Nicht-mehr-Existieren – dem Tod – zu entlarven.

Der Roman endet damit, daß Sophia stirbt und vorher noch einmal mit ihrem Sohn spricht: »›Du bist ein Liebhaber von Weibern, du vermachst ihnen Kinder, du treibst es offen und süß, wie‹, fügte sie fest hinzu, ›das Tier auf dem Felde, weil du ganz Natur bist, du ganz, und Natur ist schrecklich, wenn sie vom Gesetz gejagt wird‹.«[29] Noch im Tod ordnet Sophia alles, dringt auf eine Entscheidung Wendells zwischen der Sorglosen Kate und Amelia, bringt diese endlich einmal dazu auszusprechen, was sie weiß und immer verschwiegen hat. Und so gesteht sie, sie habe weit häufiger über ihn (Wendell) nachgedacht als über irgend etwas anderes: »Sechsundzwanzig Jahre sind es jetzt, die ich unter dir gelegen habe, alles wissend, und habe nicht verurteilt und habe nicht vergeben ... Ich sagte: ›Er ist die Natur in ihrer anderen Gestalt.‹ Ich sagte: ›Er ist eine Tat, die begangen werden muß.‹«[30]

Wendell, der große anarchische Schöpfer-Vater, der ausschweifende Rhetor schrumpft unter diesen Offenbarungen zu einem hilflosen Wesen, verstummt und stolpert hinaus auf das Feld – zu den Tieren: »Die Pferde wieherten, als er ihr Hufhaar berührte, und die Rinder wurden von den Blasebälgen ihres Atems erschüttert, und er berührte ihre frischen Hörner. Die kleinen Feldmäuse flohen um ihn her ... und die Nachtvögel murmelten oben, und er rührte sich nicht ... und er sprach nicht.«

Zuflucht bei den sprachlosen, unschuldigen Tieren (unschuldig, so heißt es einmal, weil ihre Augen so am Kopf angeordnet sind, daß nie beide das gleiche sehen), das ist eine Wendung der Dinge, die Wendell, im Sinne Djuna Barnes', fast schon für alles übrige exkulpiert. Die Szene erinnert an »Eine Nacht mit den Pferden«, der Ausgang aber ist ganz anders: dort wird der Mensch von den getäuschten Tieren zerstört. Hier dulden sie den seiner männlichen Macht Beraubten. Seine Liebe zu Tieren wie – auf seine unverantwortliche Weise – zu Kindern, die er mit dem Doktor teilt, ist kein Zeichen von Männlichkeit, ist eher ein mütterlicher, ein weiblicher Zug in beiden. (Kannenstine weist in diesem Zusammenhang auf Djuna Barnes' Vorstellung eines »androgynen Adam« hin.)

Ein Mensch aber, der sich die Unschuld der Tiere anmaßt – das verlorene Paradies also –, verliert den Verstand oder wird »bestialisch«, zur abartig bösen Karikatur des Animalischen. Er gerät in den unlösbaren Konflikt zwischen dem menschlichen Gesetz und der Natur, »... und Natur ist schrecklich, wenn sie vom Gesetz gejagt wird«, sagt Sophia.

Die andere Publikation des gleichen Jahres, *»Ladies Almanack«*, dieses Ergebnis einer Mußestunde – wie Djuna Barnes aus großer Entfernung rückblickend untertreibt – hat weit ausschließlicher als *»Ryder«* die weibliche Existenz in allen ihren Aspekten zum Gegenstand. Wie in »Ryder« nennt die Autorin das Kind nicht nur beim Namen – sie zeigt es auch in den beigefügten gleichermaßen »altertümelnden« Zeichnungen vor. Djuna Barnes verkleidet ihre Mitteilungen über den lesbischen Zirkel um Natalie Barney in eine Art Heiligenlegende, und es ist die sinnenfrohe Dame Evangeline Musset, die hier heiliggesprochen wird – für manche Leser Grund genug, das Buch zu verurteilen. Wie in *»Ryder«* ist auch dieses Kalendarium – trotz der chronologischen Abfolge der Monate – aus der wirklichen Zeit ausgespart. Was berichtet wird, spielt sich in einer imaginären Gegenwart mit realem, wenn auch kostümierten Personal ab.

Unter dem Monat März treten »zwei Britinnen« auf: Lady-Buck-and-Balk und »schlicht« Tilly Tweed-in-Blood, in denen Lady Una Troubridge und ihre Gefährtin, die durch ihren lesbischen Roman berühmt gewordene Radclyffe Hall zu erkennen sind, beide militante Kämpferinnen für ihre Neigung zum weiblichen Geschlecht. Sie tragen Dame Musset ihre Vorschläge vor, wie sich diese – ihre – neue Art, zu lieben und zusammenzuleben, legalisieren ließe: »›Deshalb wollen wir die Sache der Aufmerksamkeit unserer Richter anempfehlen und sie vors Oberhaus bringen. Denn wenn ein Mädchen verliebt ist, in was auch immer, dann sollte es wohl einen gewissen Schutz genießen gegen das Risiko, das doch stets mit dem einhergeht, was illegal ist. Und für den Fall, daß die eine oder andere fehltreten sollte, müßte es da nicht ein Gesetz geben, das sie bindet wie jeden anderen in dem Sinne, daß Alimente fällig werden und jeder Fehltritt schon im Keim erstickt wird?‹«[31] Die ein wenig süffisante Art, mit der Dame Musset auf diese Anfrage reagiert, läßt in diesem Punkt eine gewisse Solidarität der Autorin mit ihr vermuten. Auf ihren Gegenvorschlag, solche Zwistigkeiten durch ein Duell auszutragen, antwortet Lady Buck-and-Balk abwehrend: »›Nein, wir brächten es niemals zum Mord, denn die Frauen haben nun einmal nicht wie die brutalen Männer ... zwischen sich den Tod, sondern nur Mitleid und stets neu erwachendes Verlangen! Gleich und gleich spießt sich nicht auf, und Ähnlichkeit sitzt nicht zu Gericht über Ähnlichkeit!‹ ›Ich wäre dazu mit der verblüffendsten Leichtigkeit imstande‹, sagte Dame Musset, ›doch ich habe ja keinerlei Marinehelferinnenblut in mir oder irgendwelche Zaghaftigkeit.‹«[32] (Wobei die Marinehelferinnen eine Anspielung auf das militärische oder karitative Engagement einiger »Schwestern« während des Ersten Weltkriegs sind.)

Maisie Tuck-and-Frill, die als Lucie Delarue-Mardrus zu deuten ist, eine der frühesten Eroberungen Natalie Barneys, war – so will es der Almanach – früher Hebamme und ist nun folgerichtig leider beschäftigungslos. Sie hegt aber immer noch die Hoffnung, daß die einander zugeneigten Damen »ein kleines Liebchen werfen würden«. »Denn«, so sagt sie, »die Schöpfung war für uns von jeher viel zu wunderbar, als daß wir Zweifel an ihr haben dürfen, und wenn das mittelalterliche Verfahren (männlicher Zeugung, K. St.) auch immer noch als zureichend erachtet wird, was soll ein modernes Mädchen eigentlich hindern, sich von der Couch eines ebenso modernen zu erheben und dabei etwas Neues im Sinn zu haben?«[33] (Hier wird scheinbar leichthin ein Thema abgehandelt, das auch eine traurige Variante hat: die Unmöglichkeit für Liebesbeziehungen zwischen Frauen, ein Kind hervorzubringen. Die Puppe als unzureichender und verzweifelter Ersatz spielt eine wichtige Rolle in »*Nightwood*«.)

Maisie Tuck-and-Frill singt denn auch alsbald ein beschwörendes Wiegenlied (das im Buch mit Text und Noten abgebildet ist) und teilt dann ihre nachdenklichen Einsichten mit: »Die Frauen befinden sich ein wenig diesseits der Besonnenheit, ihre Liebe besitzt die Heftigkeit aller unwiederbringlichen Spannung. Die Männer sind zu früh dran, die Frauen im Verzug, und die Religion kommt zu spät für die Religion ... Beim Mann ist die Liebe Angst vor der Angst. Bei Frauen ist die Liebe Hoffnung ohne Hoffnung. Die Liebe eines Mannes ist dazu gemacht, der Natur zu entsprechen. Die Liebe einer Frau ist ein Kuß im Spiegel.«[34]

Auf Dame Mussets entzückte und vereinnahmende Feststellung, »sie spräche mit der Stimme einer, die eine von uns sein sollte«, antwortet Maisie: »Ich spreche mit der Stimme, die von jeher jenen zugestanden worden ist, die weder hierher gehen noch dorthin: die Stimme der Propheten.«

Im August-Kapitel ist diese Unzugehörigkeit deutlicher ausgedrückt. Für viele gelte, »daß sie eigentlich zwischen zwei Zuständen hin- und herschwingen, wie der Klöppel einer Glocke, von dem man niemals behaupten kann, er befinde sich irgendwo, sei's in der Mitte, sei's an der Seite, denn was ständig in Bewegung ist, befindet sich noch lange nicht in einem Ruhezustand, als daß man es entweder verdammen oder verklären könnte. Das ist es vielleicht, was sie zu wohl für die Hölle und zu flüchtig für den Himmel hat geraten lassen.«[35]

(Für die deutschen Leser sei hier einmal angemerkt, daß sie in der dem Original in nichts nachstehenden Übersetzung Karin Kerstens ein einzigartiges Lesevergnügen erwartet, zu dem Brigitte Siebrasse mit dem glänzend informierten und informierenden Nachwort beiträgt, indem sie den exakten Schlüssel zu jeder der wohlverhüllten – nur für damalige Insider durchsichtigen – Originalfiguren liefert.)

»Alles was Djuna Barnes geschrieben hat, kann als Kritik an der Stellung der Frau in der westlichen Gesellschaft gelesen werden«, schreibt Shari Benstock in ihrer umfassenden Studie »*Women of the Left Bank*«[36], aber bis vor kurzem sei ihr Werk stets im Zusammenhang mit der modernen literarischen Tradition gesehen worden, was zu fahrlässigen Mißdeutungen geführt habe.

Ganz gewiß kann man Djuna Barnes im vorgeschlagenen Sinne lesen, aber man engt damit, scheint mir, ihre dichterische Kapazität, ihre Bedeutung und auch ihre Absichten ein.

Shari Benstock besteht darauf, Djuna Barnes unter die lesbischen Frauen und Schriftstellerinnen der Epoche zu zählen, und führt die frühen Gedichte (in *»The Book of Repulsive Women«*) ebenso dafür ins Feld wie *»The Antiphon«*. Djuna Barnes hat diesem Dictum mehrfach, aber zunächst ohne besonderen Nachdruck widersprochen. Sie brauchte diese Zuordnung aus gesellschaftlichen Gründen nicht zu scheuen (wie die Verfasserin der Studie meint) und hat – im Gegensatz zu Gertrude Stein – wenig getan, um sie zu widerlegen oder ihre jeweiligen Neigungen zu cachieren. Wenn sie wiederholt darauf verweist, daß sie über Privates nicht gern spräche, so ist das glaubhaft, so glaubhaft wie ihr Widerstand gegen jede Einfügung in irgend eine Kategorie, davon war schon die Rede. Sie war sowohl in heterosexuellen wie in »gemischten« Kreisen und im lesbischen Zirkel um Natalie Barney »zu Hause«, und es fiel ihr auch deshalb nicht schwer »zuzugeben«, daß »ihre lesbische Schriftstellerei mit ihrer praktizierten Sexualität übereinstimmte«, wie Shari Benstock es formuliert, weil es so eindeutig eben nicht war. Aber daß sie mit ihren Texten zwei Herren diente oder, richtiger, zwei voneinander geschiedene Arten von Publikum bediente, um hier wie dort »präsent« zu sein, würde eine geschickte Manipulation ihres Schreibens bedeuten, die ihr Verhalten im allgemeinen und auch ihr oft störrischer Umgang mit ihren Verlegern nicht vermuten läßt.

»Ladies Almanack« war zweifellos vor allem für den Kreis um Natalie Barney gemeint, und auch einige der frühen Gedichte in *»The Book of Repulsive Women«* sind an eine Frau gerichtet. Aber *»Nightwood«* als einen lesbischen Roman lesen, heißt seine Aussage und seine Bedeutung reduzieren. Ganz gewiß hat die Frau als Elementarfigur – und auch ihre Rolle in der Gesellschaft der eigenen Gegenwart – Djuna Barnes anhaltend beschäftigt, aber weder unter einem soziologischen Aspekt noch im streng frauenrechtlerischen Sinn. Und sie sieht die Frau auch nicht nur als »Opfer auf dem patriarchalischen Altar«. Sie tut einen unerschrockenen und entsetzten Blick in die aus den Fugen geratene Zeit, in der – wie Shari Benstock selbst in einem späteren Kapitel ihrer Studie einräumt – die männliche Identität mindestens so sehr in Frage gestellt ist wie die weibliche. Wenn die Verfasserin – die hier wohl die Summe aus der radikal feministischen Annäherung an Djuna Barnes zieht – nun zu dem Schluß kommt: »Das Lesen (männlicher Kritiker von Djuna Barnes; K. St.) wird zur Vergewaltigung, zur Unterwerfung des Textes (der Frau; K. St.) unter patriarchalische Voraussetzungen«[37], so verallgemeinert sie damit unzulässig: Fehlinterpretationen ihrer Texte hat es nicht nur bei männlichen Kritikern gegeben, aber umgekehrt sehr wohl enthusiastische Zustimmung von Männern.

Was Djuna Barnes im Grunde bewegt, ist die Entzweiung des Menschen in ein antagonistisches Verhältnis von Mann und Frau, ist der – platonische – Wunsch nach Vereinigung der »beiden Hälften«, oder, anders gesagt: die Möglichkeit des Menschlichen im Mann wie in der Frau über die wie auch immer interpretierte Geschlechterrolle hinaus oder, wieder anders: eine Mischung von Männlichem und Weiblichem in beiden, was etwa auf ihre Vorstellung eines »androgynen Adam« hinausläuft.

Wenn Shari Benstock sagt: »Style is code« – der Stil ist eine Geheimschrift, die nur Eingeweihte entziffern können – so trifft das zuallererst auf *»Ladies Almanack«* zu. In der Folge »verschlüsselt« Djuna Barnes nicht nur dem Zensor Mißliebiges, also von ihm für »obszön« Gehaltenes, sondern jede radikale Erkenntnis: »Sagt es niemand nur den Weisen...« In *»Nightwood«* wird sie sich nicht mehr des gleichen Codes sprachlicher Verfremdung bedienen wie in *»Ryder«*. Der Roman entsteht vor dem veränderten persönlichen und zeitgeschichtlichen Hintergrund der dreißiger Jahre.

Vielleicht das Erstaunlichste an den zwanziger Jahren der Amerikaner in Paris ist – von heute her gesehen – ihr um die politische Realität unbekümmerter Kulturenthusiasmus: Leben und Kunst machen, leben und schreiben, gegen die Engstirnigkeit eines muffigen Puritanismus wie gegen einen zynischen Materialismus sich durchsetzen mit einer freien, in bisher unbekannte Bereiche der Psyche vordringenden Auffassung vom Menschenmöglichen – »being geniuses together« (alle miteinander Genies sein) – das war es, was die meisten befeuert hatte, die in der Folge des Ersten Weltkriegs Amerika verließen und nach Paris zogen. Schreiben und Gedrucktwerden war an sich schon auszeichnend. Die Überzeugung, daß der Schriftsteller, der Künstler sich grundsätzlich vom Nicht-Künstler unterscheide, war verbreitet. Den Kritischen unter den jungen Intellektuellen kam allerdings schon der Gedanke, es werde zu viel geschrieben, im Geschriebenen seien zu viel flüchtige Gefühle, zu viel Egozentrik, die Gedanken seien zu sprunghaft, das Ganze sei ohne künstlerische Konsequenz. Auch die Divergenz solcher Ansichten ist zeittypisch.

1931 setzte unter der Wirkung des wirtschaftlichen Desasters von 1929 der Rückzug all derer ein, die sich bis dahin noch in Paris hatten halten können. Der Schriftsteller Edmund Wilson, in seinen Tagebüchern der zwanziger und dreißiger Jahre ein minutiöser Chronist amerikanischer Entwicklungen, sprach von den »American jitters«, dem großen Zittern Amerikas in der Dekade nach 1929, später nannte er diese tiefe Ängste auslösenden Ereignisse noch entschiedener »the American Earthquake«, das amerikanische Erdbeben. Es zeigte sich bald, daß es kein auf Amerika begrenztes Beben war, sondern die ganze Welt erschütterte und sie in entgegengesetzte – politische – Ideologien polarisierte: in Links und Rechts, in Kommunismus und Faschismus. Der reale Einbruch in das – von den »expatriates« ja scharf attackierte – Wohlstandsdenken durch den »großen Krach« stellte allerdings auch ihr Selbstverständnis in Frage: der literarische Text sollte nun nicht mehr »für sich« allein nach ästhetischen Kriterien bewertet werden, nach dem »neuen Ton«, der sprachlichen Originalität, der Offenheit und Tiefe der Aussage, der Kühnheit des Experiments, sondern nach seiner politischen und sozialen Relevanz. Eine Gewichtsverlagerung von littérature pure zu littérature engagée fand statt, ohne eindeutig neue literarische Kategorien zu schaffen. Hemingway und Dos Passos, William Carlos Williams und Steinbeck hatten in ihrer Prosa der zwanziger Jahre durchaus die gesellschaftliche »Realität« gemeint, aber auch eine neue Art, etwas über sie auszusagen. Sie zerschnitten den roten Faden des chronologischen Erzählens, sie ersetzten den Blickpunkt des einen allwissenden Autors durch wechselnde Erzählperspektiven, sie verknappten den Dialog. Zwar erschienen wichtige experimentelle Werke der »modernists« – *»Finnegan's Wake«* von James Joyce, *»The Waves«* von Virginia Woolf, *»Nightwood«* von Djuna Barnes – in den dreißiger Jahren, aber Literatur dieser Art zu publizieren wurde zunehmend schwieriger, nicht nur in Amerika. 1929 waren in den USA 100% mehr neue Romane (60% mehr neue Titel insgesamt) erschienen als 1920. Zwischen 1929 und 1933 ging die Buchproduktion um nahezu die Hälfte zurück. Die Bereitwilligkeit der Verlage, für ein erkennbar »unpopuläres« Buch zu kämpfen, ohnehin schon auf wenige Avantgardeverleger begrenzt, wurde weiter gedämpft. Die Leser verlangten nicht nur billigere Bücher – das Taschenbuch sprang da erfolgreich in die Bresche –, sondern auch leichter lesbare und »aufbauende«. Gut gearbeitete historische Romane, die regionale oder Nord-Süd-Probleme der Staaten aufgriffen und große Emotionen versprachen, wie Margaret Mitchells berühmtes Epos *»Gone with the Wind«* (1936), hatten auch in diesen wirtschaftlich knappen Jahren Bestsellerchancen.

Die »Epochenstimmung« war verändert: zu Wort meldeten sich die um ein gutes Jahrzehnt jüngeren Brüder (und Schwestern) der vom ersten Krieg und Nachkrieg geprägten Autoren, also die nach 1900 bis 1910 Geborenen – die Generation, die »zwischen den Kriegen« erwachsen war und die man in Amerika die »Auden-Generation« genannt hat (man könnte sie auch die »Isherwood-Generation« nennen). Sie war, was die Männer anging, in England stärker noch als in Amerika, gekennzeichnet durch Schuldgefühle gegenüber den »Old Boys«, die im Krieg umgekommen waren oder aber ihn als »Helden« bestanden hatten. Sie waren gequält von der Frage, ob sie selbst diese »Probe auf ihre Männlichkeit« bestehen würden – und von der Angst davor, d.h. vor einem neuen Krieg. Im Spanischen Bürgerkrieg bot sich ihnen die Gelegenheit, diese gefürchtete Grenze zum Bedrohlichen, Unbekannten des Krieges zu überschreiten und zugleich eine politische Position zu beziehen.

Ein neuer Trend zur »Männlichkeit«, zur Verherrlichung »männlicher Tugenden« kündigte sich an, der in Deutschland nach 1933 zum harten Programm wurde. (Übrigens sollen die Eliteschulen Hitlers – die »Napola« – den englischen Public Schools mit ihrer strikten Männergemeinschaft nachgebildet gewesen sein. Wenn man bedenkt, daß sich aus diesen Schulen in England der Kreis der – intellektuellen – Homosexuellen stark rekrutierte, und mit welcher Härte diese im Naziregime verfolgt wurden, hat man eines der Paradoxa der Epoche.)

Das Vordringen der Frauen in die Öffentlichkeit, wie es nach 1900 und dann in den zwanziger Jahren zu beobachten war, verzögerte sich, um das Mindeste zu sagen. Es war dann eine – von den Machthabern ungewollte – Wirkung des Zweiten Weltkriegs, daß er die Emanzipation der Frauen förderte, indem er sie auf die von Männern leer gelassenen Arbeitsplätze holte.

Die »Krise der Literatur« wurde auf beiden Seiten erfahren – links wie rechts –, und auch ihre Symptome waren hier wie dort ähnlich: im Mittelpunkt stand die Frage, in welchem Maß das Schreiben von Büchern imstande wäre, eine reale Situation – wie die jetzt bestehende Depression – zu verändern. Von beiden Standpunkten aus wurde die Nachkriegsepoche mit ihrer literarischen Experimentierlust als unrealistisch und »dekadent« abgewertet. Nicht Experiment – Aktion war mehr und mehr gefragt und eine eindeutige Position. (André Gides Eintritt in die Kommunistische Partei war eine solche Entscheidung, und sie hatte Vorbildwirkung bei den intellektuellen jungen Franzosen.)

Die dreißiger Jahre zeigten zudem, daß es auch bei den frühen »Modernen« politisch-ideologische Fixierungen gab: sie legten faschistische Neigungen bei Ezra Pound frei, reaktionäre Züge bei T.S. Eliot und antisemitische bei Gertrude Stein (die selbst Jüdin war). Auch die liberale Amerikanerin in Paris, Natalie Barney, entdeckte ihr Verständnis für den »großen Mann« Mussolini und ließ ihrem bis dahin verborgenen Antisemitismus freien Lauf – eine erstaunliche Metamorphose. Umgekehrt verbarg sich hinter dem sichtbaren und politisch sehr verschiedenartigen Engagement eines Malraux, Saint-Exupéry, Céline, Aragon,

Silone, Graham Greene oder Paul Claudel der private Drang zum Abenteuer oder zur religiösen Erleuchtung und Erlösung, während Wyston H. Auden, Christopher Isherwood und Stephen Spender ihre homosexuellen Neigungen mit dem Etikett des Kommunismus zu verdecken suchten. »Wenn die revolutionären literarischen Experimente der zwanziger Jahre sich mit konservativen oder gar reaktionären politischen Überzeugungen verbanden, so stellten sich die politischen revolutionären Konzepte in den dreißiger Jahren in einer herkömmlichen Schreibweise dar. Wenn die frühe Moderne in der Literatur das Vermögen der Sprache entdeckt hatte, Chaos, Ungewißheit und Sinnlosigkeit der modernen Existenz wiederzugeben, so entdeckten die dreißiger Jahre in der Sprache eine machtvolle politische Waffe.«[38] Eins läßt sich vielleicht erst jetzt, aus dem – historischen – Abstand zu der Epoche zwischen den Kriegen, ganz erkennen: daß diese Zeitspanne auch nicht im entferntesten genügt hat, das erste desaströse Ereignis Krieg und seine zerstörerischen Folgen »aufzuarbeiten«, sich von ihm zu »erholen«, zu »befreien«, es gar zu vergessen. Die Ansätze zu einer modernen Lebensweise, wie sie sich am augenfälligsten in der Architektur der zwanziger Jahre anbot, konnten sich in der Breite nicht ausbilden: zwischen dem Notstand der Inflation und dem Notstand der Depression liegen knappe fünf Jahre, zwischen dem Ende des Ersten und dem Anfang des Zweiten Weltkriegs gerade einundzwanzig – noch keine volle Generation. Und im Bewußtsein der jungen Zeitgenossen dieses Jahrzehnts verkürzte sich der Abstand noch bedrohlich.

»Bedrängt von der Vorstellung ›Krieg‹ reagierte die Literatur der zwanziger Jahre auf den, dessen Zeuge sie war, und registrierte seine Wirkungen auf das moderne Leben; die Literatur der dreißiger Jahre nahm den – unvermeidlichen – Krieg vorweg und erging sich in der Darstellung von Kampfphantasien und geheimen Missionen.«[39]

Die Veränderung läßt sich abgekürzt noch anders ausdrücken: die frühe Moderne machte das Private öffentlich, erkundete – unter dem Einfluß der Psychoanalyse – die Seelentiefen und das Unbewußte, Traum und Alptraum. In den dreißiger Jahren gelten solche Erkundungen mehr und mehr als egozentrisch und »realitätsfremd«, und die private Lebenswelt weitet sich in der Literatur zur Arena für soziale und politische Belange.

Die Unruhe dieses Jahrzehnts mit seinen einschneidenden politischen Ereignissen beeinflußt indirekt auch das Leben von Djuna Barnes, obgleich von aktueller Politik in ihren Arbeiten nie und in ihrer Korrespondenz kaum je die Rede ist und das »Private« ganz im Vordergrund zu stehen scheint.

MELANCHOLIE FÜR FORTGESCHRITTENE

Der Roman *»Nightwood«*, der in den Jahren nach 1931 entsteht und 1936 zuerst in England, dann ein Jahr später in Amerika erscheint, ist eine Zusammenfassung ihrer menschlichen Erfahrungen und Ausdruck ihrer dichterischen Möglichkeiten: er ist tief eingetaucht in die Farben des ersten Nachkriegsjahrzehnts, und er trifft auf die veränderte Lesererwartung der dreißiger Jahre.

Sieht man sich die Lebensdaten von Djuna Barnes in diesem Jahrzehnt genauer an, so bleibt es rätselhaft, wie sie den Impakt des Schreibens – des Schreibens gerade *dieses* Buches – ertragen und es überhaupt zu Ende gebracht hat. Sie ist eigentlich dauernd unterwegs – teils aus äußeren Anlässen, teils aus innerer Unruhe. Sie ist nicht nur ohne Geld, sondern auch verschuldet. Unsicherheit, richtiger: Ungesichertheit – das Signum ihres Lebens – droht die weltläufige Selbstbehauptung aufzuzehren. Sie bewegt sich am Rand ihrer Kräfte und bricht immer wieder ein. Die Versuche, an ihre journalistische Arbeit in New York anzuknüpfen und sich damit ein halbwegs regelmäßiges Einkommen zu verschaffen, schlagen fehl: die Auftraggeber sind andere, deren wirtschaftliche Situation ist prekär. Entscheidender noch: was für sie den Reiz dieser Arbeit ausgemacht hat, ist ausgeschöpft, ist in ihre literarischen Texte eingegangen. Auch die »leichte Hand« für ein Erfolgsstück, zu dem ihr Freunde raten, hat sie, wie sie feststellt, nicht.

Eine Zuflucht ist immer wieder Hayford Hall, in der Nähe des Dartmoor in Devonshire, Peggy Guggenheims Sommerresidenz über Jahre. Aber von einem ruhigen Retiro zum Schreiben eines so schwierigen Buches wie *»Nachtgewächs«* kann da eigentlich auch kaum die Rede sein. »Es war ein großes graues Steingebäude von anspruchsvoller Architektur aus dem beginnenden 19. Jahrhundert«, notiert Peggy Guggenheim in ihren Erinnerungen.[1] »Eine geräumige Halle mit einem mächtigen Kamin bildete das Zentrum. Darum herum lagen die übrigen Zimmer ... Außer den elf Schlafzimmern benutzten wir keine der sonst noch vorhandenen Räume und Kammern, mit Ausnahme eines bedrükkenden Speisesaals, wo wir unsere Mahlzeiten einnahmen und nie länger blieben, als es zum Essen notwendig war. Danach zogen wir uns immer möglichst bald in die Halle zurück. Ich glaube, so viel Unterhaltung und Leben wie zur Zeit unseres Aufenthalts hat es dort nie gegeben

– weder vorher noch später … Ein einziges Zimmer war eigenartig in einer Art Rokokostil eingerichtet«, fährt sie fort, nachdem sie die spartanischen Betten der Schlafzimmer geschildert hat. »Der Raum schien wie gemacht für unsere Freundin Djuna Barnes, die mit uns gekommen war, und so wurde er ihr zugeteilt. Im Bett dieses Zimmers liegend hat sie den größten Teil von *»Nachtgewächs«* geschrieben.«

Djuna Barnes war, was die geschmackliche Eigenart des ihr zugedachten Zimmers anging, wohl nicht ganz der Meinung ihrer Gastgeberin. Immerhin: sie hatte ein Dach über dem Kopf und war versorgt, und ihr Bedürfnis, sich zurückzuziehen, wurde respektiert. Aber sie nahm auch teil an den Zusammenkünften der Mitbewohner, vor allem an den seltsamen Gesellschaftsspielen, die sie allabendlich versammelten. Peggy Guggenheim hatte gerade die Scheidung von ihrem ersten Ehemann, Laurence Vail, hinter sich und lebte zu der Zeit mit John Holms zusammen, einem Mann, dessen Geist und Persönlichkeit von denen, die ihn gut kannten, hochgeschätzt wurde. Er schrieb auch, hinterließ aber, als er 1934 an den Folgen eines falsch behandelten Reitunfalls starb, außer einigen Gedichten und Essays nur Briefe. An deren Herausgabe waren viele seiner Freunde – auch Djuna Barnes, wie aus ihrer Korrespondenz hervorgeht – über Jahre beteiligt, aber zu einer Publikation kam es nie. Der Schriftsteller und Kritiker Edwin Muir bekannte in seinem Vorwort zu der beabsichtigten Brief-Ausgabe: »Holms vermittelte mir so stark den Eindruck eines Genies wie kein anderer Mensch, dem ich begegnet bin … Sein Geist war von einer großartigen Klarheit und Ordnung, und wenn er sich irgendeiner Sache zuwandte, so nahmen die Dinge wie durch Zauber ihre wahre Gestalt an und zeigten sich als das, was sie waren, und in der ursprünglichen Beziehung zueinander, wie am ersten Schöpfungstag.«[2] Djuna Barnes' Verhältnis zu Holms scheint zwiespältig gewesen zu sein, obgleich ihre Neigungen in die gleiche Richtung gingen: beide hatten eine starke Beziehung zu Tieren und zum Tod. Vielleicht war es die Adoration seiner Freunde, die in ihm einen Guru oder eine Art Heiligen sahen, auf die sie skeptisch reagierte. Es sei mit ihm ein bißchen so, äußerte sie einer Freundin gegenüber, als »habe sich Gott für ein Weekend herabgelassen«. Dennoch hat sie ihm und Peggy Guggenheim *»Nightwood«* gewidmet – auch wohl um eine Dankesschuld abzutragen.

Ein anderer ständiger Gast – außer den zahlreichen Kurzbesuchern in Hayford Hall – war Emily Coleman, die längere Zeit als Sekretärin der großen Anarchistin Emma Goldman gearbeitet hatte und Gedichte und Romane schrieb. Sie war – auch ihre Briefe zeigen es – von einer unermüdlichen Intensität und Eloquenz, die Djuna gelegentlich gern

In Hayfold Hall, 1932:
John Holms, Djuna Barnes, Antonia White, Peggy Guggenheim

durch ein leichtes Sedativum gedämpft hätte. Dennoch verband beide in dieser letzten Zeit in Europa und auch danach noch eine enge Freundschaft, die sich in einer umfangreichen Korrespondenz oft sehr persönlichen Inhalts niederschlug. Emily hatte zunächst gedroht, das Manuskript von *»Nightwood«* (anfangs noch »Bow down«) zu vernichten, sollte es irgendwelche für sie prekären Einzelheiten aus ihrem Leben enthalten. Statt dessen hat sie es, nachdem sie es gründlich gelesen hatte, begeistert gefördert – allerdings nicht ohne die Autorin mit Änderungsvorschlägen zu bedrängen. Ihre Hartnäckigkeit war es auch, die T. S. Eliot dazu brachte, seine Vorbehalte zu überwinden und den Roman bei Faber and Faber durchzusetzen. Außerdem schrieb sie einen Essay von rund 25 Seiten zu *»Nightwood«*, der nie publiziert wurde. (Er ist – abgesehen davon, daß die Schreiberin darin deutlich zum Ausdruck kommt – auch insofern interessant, als er knappe Anmerkungen von Djuna Barnes' Hand enthält, die Widersprüche in deren Äußerungen aufspießen.)

Als Eliot immer noch zu zögern scheint, schreibt Emily Coleman im April 1934 an Djuna Barnes (die zu der Zeit in New York ist): »Wenn E. dein Buch ablehnt und ich ihm je wieder begegne, wird er etwas zu hören bekommen, das er in seinem ganzen Leben noch nicht gehört hat ... Ich treffe Vorbereitungen (zusammen mit Peggy – zumindest), um es privat drucken zu lassen, wenn es nirgends angenommen wird. Das beste, was ich tun kann, ist, wenn ich's mir überlege, möglichst mein eigenes Buch bei Chatto & Windus – einem Verleger zweiter Wahl in London – zu veröffentlichen und dann zu sehen, ob ich meinen Einfluß dort nutzen kann – falls Eliot dich ablehnt ...« Das ist Emily Coleman, wie sie sich in der ganzen Korrespondenz zeigt: engagiert und enragiert für ihre Freunde und dann doch darauf bedacht, ihr eigenes Licht nicht unter den Scheffel zu stellen. Ihre Briefe füllen oft zehn und mehr dicht beschriebene Seiten mit handschriftlichen Zusätzen an den Rändern und schweifen von ganz persönlichen Erfahrungen ab und aus zu Gott und der Welt. Häufig geht es um »the real thing« – das »Eigentliche« –, das zu haben oder zu verstehen sie sich und Djuna, John Holms und auch dem aufmerksamen und klugen Freund Edwin Muir – aber sonst kaum jemand – zugesteht.

Djuna Barnes hat mit *»Nightwood«* einen Schritt über eine Grenze getan, der nicht rückgängig zu machen ist: dieser Roman voller Zeit- und Gedankensprünge und irrealer Orte trifft den »Zeitgeist« an seinen empfindlichsten und verborgensten Stellen. Die Intensität der Sprache und die unerhörte Kühnheit ihrer Metaphorik, »die das einleuchtend sich anbietende Bild nicht kennt« (Hildesheimer), macht ihn zur Dichtung. Das ist es wohl, was T. S. Eliot meint, wenn er in seiner Einführung von 1937 schreibt: »Die Feststellung, daß *›Nightwood‹* vor allem bei Lesern von Lyrik Anklang finden würde, bedeutet nicht, daß es kein Roman ist, sondern daß es ein sehr guter Roman ist und nur eine an Lyrik geschulte Sensibilität das Buch völlig würdigen kann.« Um ja nicht mißverstanden zu werden, erklärt er, er wolle damit nicht sagen, daß Djuna Barnes' Stil lyrische Prosa sei, ihre Prosa habe den echten Prosarhythmus und ihre musikalische Struktur sei nicht die Struktur des Verses.

Wenn Wolfgang Hildesheimer, der wahrhaft kongeniale Übersetzer dieses Textes, in seinem Nachwort von 1971 meint, Eliots 1937 noch notwendige, »etwas umständliche Apologie«[3] erübrige sich heute, so gilt das sicherlich für »den fortgeschrittenen Leser«, auf den ein solches Buch, wie sich in der jüngsten Resonanz gezeigt hat, rechnen darf. Es wäre aber bare Irreführung, wollte man dieses verschlungene Sprachgewächs als bequeme, allen zugängliche Lektüre empfehlen.

»›Nachtgewächs‹ ist vor allem ein Liebesroman«, stellt Katharina Kaever in ihrem ausgezeichneten Essay *»Die Nachtwachen der Djuna Barnes«*[4] fest, und sie zitiert ergänzend Wolfgang Hildesheimer: »Nach *›Nightwood‹*, dessen Figuren ›bis in die Knochen zerfressen von Liebe‹ sind, gehört der ›Liebesroman‹ der Trivialliteratur an.« Es sei denn, ließe sich mit Vorsicht ergänzen, er begänne wie dieser da, wo die Märchen mit ihrem unverbindlichen happy end aufhören.

Daß es sich hier um die Erzählung einer Liebe handelt, nicht nur um die Darstellung einer sexuellen Beziehung zwischen zwei Frauen, ist wichtig zu sagen. Man wird in diesem Roman vergeblich suchen, was sich heute fast unumgänglich in jedem Buch findet: eine Bettszene. Und dennoch ist klar, daß dieses Verhältnis alles umfaßt: Leidenschaft und Leiden, Zärtlichkeit und Eifersucht. Die Qual des unauflösbaren Mißverständnisses und die Unerreichbarkeit des Anderen. Leib und Seele.

Das erste Kapitel hat den Titel, den zunächst der ganze Roman haben sollte: »Bow down«/Unterwerfung. Es greift hinter die eigentliche Zeit des Romans zurück und beginnt mit der Geburt eines Kindes, das später den Platz einer wichtigen Randfigur einnehmen wird. Es ist das Kind eines Juden italienischer Abstammung und einer kraftvollen Wienerin »von soldatischer Schönheit«, und es ist eine Waise vom ersten Atemzug an: der Vater, Guido Volkbein, ausgezeichnet mit einem fragwürdigen Adelstitel, ist ein halbes Jahr zuvor verstorben, die Mutter stirbt kurz nach seiner Geburt im Kindbett. Guido Baron Volkbein ist besessen von der Wahnidee – der sehr österreichischen übrigens –, daß er sich etwas »Höherem«, dem »Adel schlechthin« unterwerfen, zugleich aber ihm, wenn auch auf unglaubhafte, obskure Weise, angehören müsse. In ihm sind alle Kränkungen seines Volkes versammelt, er bleibt Ahasver, der rastlos Getriebene, auch wenn er in einer Wohnung der üppigsten Gründerjahre – »eine Flucht von Rokokosälen, schwindlig von Plüsch und Schnörkelgold« – Schutz und Halt sucht und sich in drittrangigen Bildern vergessener Schauspieler seine »Ahnen« an die Wand hängt.

Der verwaiste Sohn Felix taucht nach vierzig Jahren auf »mit diesen Tatsachen, den beiden Bildnissen und sonst nichts«[5]: er hat Geld und beherrscht sieben Sprachen, und niemand weiß, woher er gerade kommt oder wohin er geht – ». . . denn der Schritt des Wandernden Juden liegt in jedem Sohn«.[6] Den Spleen des Vaters hat er geerbt und nennt ihn »das alte Europa«, er kennt sich aus in Geschichte und Geschichten der Herrscherhäuser, in Schlössern und Kirchen, in bedeutenden Namen und Titeln. Und in Verehrung des Prunks »echter« Könige und Königinnen gerät er in den Kulissenzauber von Zirkus und Theater. In ihrer milieubedingten Vortäuschung falscher Tatsachen findet er eine Art friedlichen Behagens. Mit der Zirkusakrobatin, der herzhaft-muskulären Frau Mann (alias Herzogin von Breitenrück) an seiner Seite, trifft Felix bei einem italienischen »Grafen« – als dessen ungebetene Gäste sie, wie sich zeigt, erschienen sind – den »Doktor«, den Geburtshelfer und -verhinderer, die zentrale Figur des Buches, zugleich Shakespearescher Narr und ausschweifend sich mitteilender antiker Chor des Dramas. Auch Nora, die unglückliche Heldin, tritt auf und macht hier – als Werbeagentin für den Zirkus, wie sie sich vorstellt – eine eher verlegen-nebensächliche Figur. Der Hintergrund, nur angedeutet, ist Berlin bei Nacht. Auch wenn der Roman nur wenige Anhaltspunkte für Ort und Zeit gibt – die europäischen Metropolen sind mit ihrer besonderen Aura da: das nonchalant alle und alles tolerierende Paris, das kulturbeflissene und desperate Berlin, das indolent-korrupte und vergangenheitslüsterne Wien.

Die nächste Szene ist Paris, »nahe der Kirche St. Sulpice«, und sie ist präzise und wirklichkeitstreu beschrieben. Hier etwa ist das Revier des Doktor Matthew O'Connor, in dessen engen Nebenstraßen er seine absonderlichen Einkäufe tätigt, ehe er, spät nachts, sich in seinem Stammcafé einfindet, dem »Café de la Mairie du VIe«. Hierher bringt er den Baron Felix, der gleichermaßen nach Paris gekommen ist, angezogen auch von diesem Doktor, den er für einen großen, aber »wertvollen Lügner« hält. In die Unterhaltung der beiden trifft die Nachricht des »chasseurs« aus dem nahen Hotel Récamier, den der Doktor »viel zu gut kannte«, daß »auf neunundzwanzig eine Dame in Ohnmacht gefallen sei, und man sie nicht wieder zu sich bringe«[7]. Der Doktor bricht sofort auf, den Baron mitziehend.

»Auf dem Bett, umgeben von einer Unordnung aus Topfpflanzen, exotischen Palmen und Schnittblumen, ... die Stütze der Kissen halb abgeworfen, von denen sie in einem Augenblick bedrohten Bewußtseins ihren Kopf abgewandt hatte, lag die junge Frau, schwer und aufgelöst ... Wie gemalt vom Douanier Rousseau, schien sie in einem Urwald zu liegen, in einer Falle im Salon (vor dessen Schrecklichkeit die Wände geflohen sind), fleischfressenden Pflanzen hingeworfen ...«[8]

»Um ihren Kopf war ein Schimmer wie von Phosphor, ... als sei ihr Leben durch sie hindurchgelegt in linkisch-leuchtenden Entartungen; die quälende Struktur der geborenen Schlafwandlerin, die in zwei Welten lebt – Zusammentreffen von Kind und Desperado«.[9] Ein Stichwort ist gefallen.

Der Doktor bespritzt die Patientin mit Wasser, bedrängt von der steten Angst, mit dem Gesetz in Konflikt zu geraten (er besitzt keine Genehmigung zum Praktizieren). Der Baron, der aus Taktgefühl hinter die Palmen getreten ist, kann, peinlich berührt, beobachten, wie der Doktor mit Parfümflaschen hantiert, die Puderquaste über sein schwarzglänzendes Stoppelkinn führt und einen einsamen Hundertfrancsschein in seine Tasche versenkt – eine ziemlich vollständige Auskunft über ihn. Die junge Frau, widerwillig zu Bewußtsein gekommen, schließt die Augen wieder, »und Felix, der sich in sie vertieft hatte, in ihr geheimnisvolles und anstößiges Blau, konnte ihnen, verschwimmend aber klar und zeitlos, hinter die Lider folgen – die lange rückhaltlose Weite in der Iris wilder Tiere, die den Brennpunkt nicht eingedämmt haben, um dem menschlichen Auge zu begegnen.

Die Frau, die sich dem Beschauer wie ein für immer angeordnetes ›Gemälde‹ präsentiert, bringt für das kontemplative Gemüt die größte Gefahr ...«.[10]

Felix erliegt ihr. Der Doktor – auch die Rolle des Kupplers gehört zu seinem Repertoire – redet zu: Felix will Robin Vote als Mutter eines Sohnes, den er mit Ehrfurcht für die »große Vergangenheit« zu beladen gedenkt. Er trägt ihr ganz bürgerlich die Ehe an, und sie sagt – unerwartet – ja, »... als enthalte Robins Leben keinen Willen zur Ablehnung«.[11] Beglückt eilt er mit ihr durch Wiener Schlösser und Museen. Während er ihr zu Hause von Herrschern spricht – und selbst unter der Last ihrer Schicksale zu leiden beginnt –, schläft sie ein, entzieht sich ihm, unerreichbar.

Dieses »Mädchen mit dem Körper eines Knaben«, das aus einer Zeit vor der Geschichte zu stammen scheint, bemüht sich, seinen Vorstellungen zu folgen, sie wird katholisch, sie verbringt die meiste Zeit in Kirchen. Umsonst. »Eines verlorenen Lands in sich auf seltsame Weise bewußt, verfiel sie dem Umherstreunen, streifte durch Ortschaften, fuhr mit dem Zug in andere Städte, allein und versunken.«[12]

Die Geburt des Kindes stürzt sie in Wut und Entsetzen. Das Kind ist klein, jämmerlich und auf freundliche Weise schwachsinnig. Nach ein paar Wochen des Herumstreunens verläßt sie Mann und Kind. »Als man sie wieder im Viertel sah, war es mit Nora Flood.« Der Doktor weiß, daß sie »in Amerika war, dort wo Nora lebt. Ich habe sie in die Welt gebracht, und ich sollte es wissen.«[13] Das ist eine Vorwegnahme. Erst im nächsten – vergleichsweise kurzen – Abschnitt »Nachtwache« findet die schicksalsträchtige Zufallsbegegnung statt. In ihm drängt sich der ganze Ablauf dieser Liebesgeschichte zusammen.

Zunächst aber wird Nora in ihrer amerikanischen Umgebung vorgestellt: in einem abgelegenen Haus auf dem Lande, wo sich im »seltsamsten Salon in Amerika« die »Armen« versammeln, die »détraqués« – die Abseitigen und »Ausgeflippten«: »Dichter, Radikale, Künstler und Liebesleute; Katholiken, Protestanten, Brahmanen, Dilettanten in schwarzer Magie und Medizin«.[14] Abgehoben von allen sitzt Nora aufrecht vor dem Kaminfeuer, »die Hand auf dem Hund«, und hört ihnen zu. »Das Gleichgewicht ihrer Natur, wild und veredelt, verlieh ihrem gezügelten Schädel einen Ausdruck von Mitleid ...«, heißt es da. »Ihrer Veranlagung nach war Nora eine Frühchristin ... Nora hatte das Gesicht derer, die das Volk lieben.« Und: »Leute, die alles lieben, werden von allem verachtet.«[15]

Nein, Nora ist kein Selbstbildnis der Autorin, auch wenn es übereinstimmende Züge gibt, eher ihr alter ego, eine, die sie womöglich geworden wäre, hätte sie nicht schreiben müssen. Eine archaische Figur. »Bei diesen unglaublichen Zusammenkünften spürte man frühe amerikanische Geschichte, neu in Szene gesetzt.«[16]

Nora ist eine Einzelgängerin, »ihrem Schicksal nach einer jener Menschen, die unversorgt geboren werden und ausschließlich auf eigene Sorge angewiesen sind«.[17] Und sie ist ständig in der Gefahr, sich zu verausgaben. »Ihr zu ›beichten‹ war eine geheimere Handlung als der vom Priester gewährte Vollzug. In ihr gab es keinen Raum für Bosheit. Sie registrierte ohne Vorwurf und Anklage, denn sie hatte Selbstvorwurf und Selbstanklage abgestreift.«[18]

Sie erscheint als ein Mensch, der durch Erfahrung mit sich selbst gefestigt ist, nahezu als Idealfigur. »Dann begegnete sie Robin.«[19] Incipid tragoedia.

Im Kapitel »Geh' hin, Matthäus«, in dem der Kulminationspunkt des Romans bereits überschritten ist, wird sie dem Doktor bekennen: »Es steckt etwas Schlechtes in mir, das liebt Bosheit und Verkommenheit, der Reinheit schwarze Kehrseite.« Und noch zwingender: »Alles, was wir in dieser Welt nicht ertragen können, finden wir eines Tages in einer einzigen Person vereint, und sofort lieben wir alles!«[20]

Nora und Robin sitzen im Zirkus nebeneinander, und die Tiere machen ihre übliche Schlußrunde nach dem Dressurakt. »Zwar schienen sie das Mädchen nicht zu sehen, doch als ihre staubigen Augen es streiften, war es, als falle die Bahn ihres Lichts auf diese Erscheinung.« Und als die Löwin ihre mächtigen Tatzen durch die Gitterstäbe stößt – »ihre Augen flossen in Tränen, die niemals die Oberfläche erreichten« – steht das Mädchen »steil« auf. »Gehen wir hinaus«, sagt sie. Das »Wir« ist hergestellt, ehe die Namen fallen. Einer der nächsten Sätze heißt: »Sie wohnte bei Nora bis zum Mitwinter ...«[21] Dann findet man beide wieder in Paris. Das kurze Glück der vollkommenen Übereinstimmung spiegelt sich in der gemeinsamen Wohnung mit ihrem merkwürdigen Gemisch aus europäischem Geschichtströdel und Jahrmarkt-bric à brac: religiöse Utensilien, venezianische Spiegel, Karussellpferde.

Robins Sehnsucht nach Behaustheit entspricht ihrem Unvermögen dazu. Sie fängt wieder an zu streunen, vor allem nachts, während Nora wartet und wacht und nichts in der Wohnung zu ändern wagt – »Ergebnis einer vernunftwidrigen Furcht ..., irgendeine Unordnung ... könnte sie die Spur nach Hause verlieren lassen«[22].

Es beginnen Noras schreckliche nächtliche Wanderungen durch die Stadt auf der Suche nach Robin, wobei sie die Orte meidet, »wo die

Kellner, die Leute auf den Terrassen an ihren eigenen Bewegungen erkennen könnten, daß sie an Robins Leben teilhatte«.[23] Robin bewohnt nicht nur ihre wachen Gedanken, sie ist auch in ihren Angstträumen. Und schließlich verwirklicht sich der schreckliche Traum: neben der Brunnenfigur im Hof des Hauses sieht sie zwei Schatten – Robin in der Umarmung einer anderen.

Wieder holt das nächste Kapitel ausführlich nach, was der Blick Noras als tödlichen fait accompli vorausgenommen hat: die Beschreibung des »Eindringlings« Jenny Petherbridge. Später wird man sie und die Vorgänge dieser Nacht noch einmal aus dem Blickpunkt des Doktors beschrieben finden.

Unter den kritischen Einwänden gegen den Roman ist auch der, er sei nicht durchstrukturiert, sei eine lose Folge von Szenen ohne Entwicklung und Zusammenhang.

Davon aber kann nicht die Rede sein: er hat eine kompliziert verschränkte, aber durchaus erkennbare Struktur, die aus kurzer Vorwegnahme am Ende eines Kapitels und ausführlichem Rückgriff besteht, aus knapp mitgeteilter vollendeter Tatsache und nachgeholter Ausbreitung des Vorgangs. Katharina Kaever hat auf die Bilderflut hingewiesen, auf das Tableauhafte der Szenen, und sie der bildenden Künstlerin in Djuna Barnes zugeschrieben.[24] Und ganz zweifellos ist ihre Wahrnehmung durch den komprimierenden und zugleich minime Details notierenden Blick der Zeichnerin und Malerin bestimmt. Es ist hier aber auch die Dramatikerin am Werk: zu ihren frühen Arbeiten gehören die Einakter und Kurzdramen, die sie in New York, unter anderem für die Provincetown-Players, schrieb, ihr letztes – bislang bekanntes – bedeutendes Werk ist das Versdrama *»The Antiphon«*. Noch eine andere aufmerksame Beobachtung verdanken wir Katharina Kaever: die Kapitel oder Abschnitte des Romans enden immer mit einer »Fallszene«, einem inneren, in eine äußere Geste transkribierten Absturz von verschiedenem Gewicht. Auch diese variierte Wiederholung einer solchen Bewegung ist ein »inszenatorisches« Element.

Nach dem vierten Kapitel geht die sich bis dahin steigernde Handlung unter in einer Flut von Rede und Gegenrede. Tatsächlich ist ihr nach dem vierten, ja eigentlich schon nach dem dritten Kapitel nichts mehr hinzuzufügen. Zu dessen Schluß weiß man, was die Glocke geschlagen hat. »Der Eindringling« ist der ins einzelne gehende Beleg für die darin angedeutete Erkenntnis.

Von da ab bleibt nur noch die qualvoll immer um das gleiche rotierende Frage: Warum? Und es gibt einen Adressaten für sie: den gewaltigen »Doktor Matthew – Mighty – cum grano salis – Dante-O'Connor«, den hemmungslosen Redner und bis zur eigenen Erschöpfung mitleidenden Zuhörer, der die Wahrheit in die Lüge verpackt, der – in seiner Perversion – die Natur beleidigt, deren Vertrauter er doch ist. Seinen Höhepunkt hat er in dem Kapitel »Wächter, was spricht die Nacht?«, als Nora ihn um drei Uhr früh in seiner decouvrierenden Schreckenskammer unter dem Dach überrascht. In einer ungeheuren Suada macht er sie mit den Wesen der Nacht bekannt, »an die sie überhaupt nie als Leben gedacht« hat. Er erklärt ihr das Unheimliche des Schlafs, in dem die Nacht herrscht. Er fordert sie auf, darüber nachzudenken: »Denn die Nacht gibt es schon lange« ... »Wir sind Schläfer im Staub der Vorwürfe gegen uns selbst«[25], sagt er und: »Wir werden Linderung nicht finden, bevor die Nacht nicht schmilzt, bevor die Furie der Nacht nicht ihr Feuer löscht.«[26] Und er zählt die auf, welche den Tag zur Nacht machen: »Die Junge, die Rauschgiftsüchtige, die Lasterbeladene, die Trinkerin und die Unglücklichste von allen: die Liebende ... sie alle können niemals mehr das Leben des Tages leben«.[27]

Es ist nicht Trost, was der Doktor ihr vermittelt, sondern, eingehüllt in Bilder von unglaublicher Schönheit und Schrecklichkeit, erbarmungslose Erkenntnis, die auch ihr die Zunge löst. In einem der weiteren Kapitel, »Geh hin, Matthäus!«, in dem der Doktor Nora aufsucht und in der gleichen Besessenheit antrifft, fragt er sie schließlich, ob sie wisse, was ihn »zum größten Lügner diesseits des Mondes« gemacht habe. »Mich, der ich Leuten wie dir meine Geschichten erzähle, um sie von der Todesangst zu befreien, die ihnen in den Eingeweiden sitzt. Um sie zu halten, wenn sie sich am Boden krümmen, die Füße hochziehen und schreien. Wenn die Augen über das Handgelenk stieren, voller Qual, die sie abzuwehren suchen! Sie schreien: ›Sag doch etwas, Doktor, um Gottes willen!‹, und ich rede darauf los, wie ein Irrer – siehst du, das und sonst nichts hat mich zum Lügner gemacht, der ich bin.«[28] Mit diesem Geständnis nähert er sich der Grenze seiner Beredsamkeit. Nora, diese besessene Fragerin, hat ihn erschöpft. Er verläßt sie abrupt, wankt in sein Stammcafé, betrinkt sich zur Gänze. »Unter schluchzendem Lachen brüllte er: ›Auf mich einreden, alle von ihnen – auf mir sitzen, wie auf einem Lastpferd – reden und reden! ... Jetzt‹ – sagte er – ›– das Ende – denkt daran – jetzt nichts als Wut und Weinen!‹«[29] Das ist des Doktors »Fall«. Wie alles an ihm ist er gewaltig.

T. S. Eliot hätte als Lektor des Romans das Schlußkapitel »Die Besessenen« am liebsten weggelassen. Aber es darf nicht fehlen. Es erfüllt sich darin des Doktors Prophezeiung, daß »ein und derselbe Hund sie beide finden wird«. Und mehr als das.

Die Szene ist wieder das ländliche Amerika. Die streunende Robin hat sich in immer engeren Kreisen Nora genähert. Schließlich ist sie in die verwahrloste kleine Kirche eingedrungen, die zu Noras Besitz gehört. In dem Augenblick, »als Noras Körper gegen das Holz schlug, begann Robin niederzugehen. Sie glitt hinab, immer tiefer hinab ...«[30], bis sie zu einem »Unwesen« wird, das keiner natürlichen Spezies mehr zugehört – »abstoßend und ergreifend«. Dem Hund sträubt sich vor Entsetzen das Fell, er läuft neben der Kriechenden her, die bellt, grinst und heult, bis sie aufgibt, zusammenbricht, und der Hund auch.

Wie man diese Szene als sodomistische Kopulation hat ausdeuten können, ist mir unbegreiflich. Sie ist grauenvoll, aber sie meint etwas ganz anderes, etwas, das sich in *»Ryder«* weitaus schwächer angedeutet hat: die Rückkehr zur Unschuld der Tiere ist dem Menschen versagt. Er hat sie immer wieder verspielt. Das Paradies ist verriegelt. Nach Kleist gelangen wir nur »durch die Hintertür« wieder hinein.

Nora ist aus dieser Szene ausgeschlossen, sie verschmilzt mit der Autorin zur Beobachterin. Der Schluß des Romans läßt alles offen.

Djuna Barnes hat die Beziehung zu Thelma Wood 1931 beendet. Es gab noch einen seltenen, aber nicht unfreundlichen Briefwechsel bis in die späten Jahre. Aus dem Knabenmädchen Thelma wurde eine schwerfällige, kränkelnde Matrone.

Der knapp 190 Seiten zählende, ungemein dichte Roman *»Nachtgewächs«* ist voller metaphorischer Mitteilungen und geheimer Botschaften, die häufig vom breiten Redestrom des Doktors herangeführt und fortgetragen werden. Sie wollen entdeckt und entschlüsselt sein. Eine solche »Entdeckung« ist das »Medusische« an Nora.

Katharina Kaever leitet es vor allem aus der Beschreibung ihres Blicks ab. Sie zitiert: »Wo immer man sie traf, in der Oper, im Theater, wo sie allein und abseits saß, das Programm auf den Knien nach unten aufgeschlagen, konnte man in ihren Augen, groß, rund und klar, jenen spiegellosen Blick polierter Metalle entdecken, die weniger über die Sache als über die Bewegung einer Sache aussagen. Wie die Oberfläche eines Gewehrlaufs in der Reflexion einer Szene dem Bild eine drohende Vorbedeutung hinzufügt, so zogen sich ihre Augen zusammen und bekräftigten das Stück vor ihr nach ihren eigenen unbewußten Bedingungen«.[31] »Eine merkwürdige Dialektik liegt in dieser Beschreibung. Zwar gibt der Blick etwas zurück, aber nicht als Spiegelung, sondern als Reflexion, als Brechung also. Die Spiegelung an sich ist leer. Noras Blick dagegen, ›der über die Bewegung einer Sache‹ etwas aussagt, hat die Fähigkeit, dem Gesehenen eine Vorbedeutung, und zwar eine drohende, zu geben. Das ist nur möglich, wenn dieser Blick die Bewegung bricht, unterbricht und ein Bild festhält, das die vergangene und zukünftige Bewegung mit einschließt.«[32] Die Rede ist von Noras Medusenblick.

Ihr Blick ist dem Robins genau entgegengesetzt: er konzentriert sich im Focus eines bestimmten Augenblicks, hält die Zeit an. Robins Blick verschwimmt, hat »die rückhaltlose Weite in der Iris wilder Tiere, die den Brennpunkt nicht eingedämmt haben, um dem menschlichen Auge zu begegnen«.[33] »Die Liebe zwischen beiden stellt eine fragile Balance her, weil beide Bewegungen sich ergänzen und gleichzeitig widersprechen ... Die Anziehung, die beide aufeinander ausüben, erschöpft sich in einer zwanghaften Wiederholung.«[34]

Noras Blick ist nicht beobachtend nach außen gerichtet, sondern nach innen gekehrt, nimmt aber genau wahr, nimmt das Unheil voraus, will den – glücklichen – Augenblick festhalten. Und Nora weiß, daß dies – mit Robin, der »ewig Momentanen« – nur im Tod, der endgültigen Erstarrung dieses Moments, möglich ist.

Auch Wolfgang Koeppen hat (in seiner Rezension zum deutschen Erscheinen des Romans 1960) in Djuna Barnes und ihrer Figur Nora »das uralte, nun modern weltstädtisch geschminkte Gesicht der Meduse« gesehen. Und ich gebe zu, dieses Bild ist bestechend. Vielleicht aber ist das »Medusische« hier nicht so zu deuten, daß der Autorin wie ihrem Geschöpf dieser bannende Blick eignet, sondern daß sie den Blick ins Entsetzliche wagen: in die Welt als Gorgo, als Ungeheuer, deren versteinerndem Anblick sie standhalten und von dem sie Kunde geben.

Eine andere im Text verstreute Mitteilung bezieht sich auf das Kind, das Kindhafte in Robin oder auch auf das Mütterliche in Nora. Sehr früh schon, in dem Kapitel »La Somnambule«, wird Robin als Mischung aus »Kind und Desperado« bezeichnet. Robin ist ambivalent: nicht nur als Mädchen, das ein Knabe hätte sein sollen, sondern als Geliebte, die auch Kind ist. In ihrem großen Lamento beklagt Nora, daß »andere mit meiner Geliebten und meinem Kind geschlafen hatten«.[35]

Sie bekennt: »Ich sah in ihr immer ein großes Kind, den Kinderkleidern entwachsen, das laufen konnte und Schutz und Sicherheit brauchte«.[36] Noras Gefühle sind, wenn sie nächstens auf Robin wartet, – neben der Eifersucht einer getäuschten Liebenden – mütterliche Ängste: es könnte ihr etwas zustoßen. Das Kind der »unmöglichen Beziehung« zwischen zwei Frauen ist eine Puppe. »Wenn eine Frau sie einer

Frau schenkt, so bedeutet sie das Leben, das sie zusammen nicht führen können: es ist ihr Kind, heilig und profan.«[37] Als Nora in Jennys Wohnung eindringt, sieht sie eine Puppe auf dem Bett sitzen: »Da wußte ich denn, bevor ich fragte, ob dies das rechte Haus sei ... an der Wand hing die Photographie von Robin als kleines Kind (mir hatte sie gesagt, sie sei verlorengegangen).«[38]

»Manchmal war sie am Abend schon betrunken«, berichtet Nora dem Doktor, »dann fand ich sie, wie sie in Knabenkleidern inmitten des Zimmers stand, von einem Fuß auf den andern wippte und dabei die Puppe, die sie uns geschenkt hatte – ›unser Kind‹ – hoch über dem Kopf hielt, als sei sie dabei, sie zu zerschmettern, ihr Blick verzerrt vor Wut. Und eines Nachts, als sie gegen drei Uhr morgens heimkam, war sie zornig, weil ich ausnahmsweise nicht die ganze Zeit zu Hause geblieben war, um auf sie zu warten. Sie nahm die Puppe und schleuderte sie zu Boden, setzte ihren Fuß auf sie und zerstampfte sie mit dem Absatz.«[39] Des Doktors Antwort ist: »Die letzte Puppe, dem Erwachsenen geschenkt, ist das Mädchen, das ein Knabe hätte sein sollen, und der Knabe, der ein Mädchen hätte sein sollen ... Die Puppe und der ungereifte Mensch haben etwas Gültiges in sich: die Puppe, weil sie dem Leben ähnlich ist, es aber nicht enthält, und das dritte Geschlecht, weil es das Leben enthält, aber der Puppe ähnlich ist.«[40]

»Du, die du tausend Kinder hättest haben sollen«, sagt der Doktor zu Nora, »und Robin, die jedes einzelne davon hätte sein sollen.«[41]

Nora notiert einmal lächelnd zu ihm: »Sie sind genau wie ein Kind«, und an anderer Stelle heißt es von ihm: »... der Doktor hegte Kindern gegenüber die Verehrung einer Mutter«.

Ein kurzer Gedankensprung sei erlaubt: In den zwanziger Jahren lebt – gleichzeitig mit Djuna Barnes – eine tatsächlich mit allen Konsequenzen »expatriierte« russische Dichterin in Paris: Marina Zwetajewa. 1932 verfaßt sie einen fiktiven Brief, den sie *»Mein weiblicher Bruder«* überschreibt, an Natalie Barney, die »Amazone«, und weist ihr eine Lücke in ihren Äußerungen nach. »Eine einzige, unermeßliche – ist es eine absichtliche oder nicht? Ich glaube nicht an Absichtslosigkeit von denkenden Wesen, noch weniger an eine solche von schreibenden Wesen, und ganz und gar nicht an Absichtslosigkeit einer schreibenden Frau ... Diese Lücke, diese weiße Aussparung, dieses schwarze Leck ist das Kind. Sie kommen unablässig auf es zurück, Sie geben ihm an Häufigkeit, was Sie ihm an Wichtigkeit schuldig wären ... Diesen Schrei, haben Sie ihn denn nie – und sei es auch nur gehört? Wenn ich ein Kind haben könnte von dir? ...«[42] Marina Zwetajewa hatte drei Kinder von einem Mann, den sie liebte, und sie liebte Veratschka, eine russische Schauspielerin, die starb, als sie in der Emigration war.

Die Vielfalt der Liebesmöglichkeiten, der Verzichte und Versagungen lag – könnte man sagen – in der verwirrenden Luft der zwanziger Jahre. Djuna Barnes ist in *»Ladies' Almanach«* – in der Gestalt von Masie Tuck-and-Frill – sanft ironisch auf sie eingegangen. Im *»Nachtgewächs«* mischt sich Mütterlichkeit in die leidenschaftliche Liebe Noras zu Robin. In *»Antiphon«* läßt sie die Mutter, Augustua, allen Nachwuchs verdammen.

Was die beiden Frauen und Dichterinnen, die sich vermutlich nicht gekannt haben, verbindet, sind nicht ihre lesbischen Neigungen, es ist ihre dringliche Suche nach dem vollständigen, dem androgynen Menschen.

Vielleicht das gelassenste Fazit, das Nora – wie Djuna Barnes – aus ihrer Liebeserfahrung zieht, hört sich so an: »Man weiß nicht, welchen Weg man gehen soll. Ein Mann ist eine andere Person – eine Frau ist man selbst, gefangen in dem Moment, da die Panik beginnt. Auf ihrem Mund küßt man den eigenen. Wird sie einem genommen, so weint man, weil man seiner selbst beraubt wurde.«[43]

DER LANGE ABSCHIED VON EUROPA

»Nightwood‹ ist das Produkt der höchsten Art künstlerischer Imagination – eine poetische Tragödie. Aber es ist ganz und gar aus der Essenz des Weiblichen entstanden – aus Geist und Herz«, schreibt Emily Coleman in ihrem unveröffentlichten Essay. »Die Schönheit der Sprache ist so verführerisch, daß man blind wird gegen das Schreckliche, das diese Geschichte enthält.«

Ein zugleich emphatischer und kritischer Brief, den sie im August 1935 an Djuna Barnes richtet, ist die Antwort auf das endgültige Manuskript von *»Nightwood«*, das diese um 15 000 Wörter gekürzt hat: »Ich habe das Buch da unten bei Peggy sehr sorgfältig gelesen und ihr eine Menge daraus laut vorgelesen. Sie war von einigem hingerissen ... Künstlerisch ist es, finde ich, viel besser als die frühere Fassung. Aber es ist nicht – und kann niemals das sein –, was es sein sollte. Es hätte ein dramatisches Gedicht werden sollen. Aber da du dich nicht auf die Tragödie von Robin und Nora konzentrierst, sondern das Gefühlszentrum von Felix am Anfang auf den Doktor, auf Robin, auf Nora, auf Felix (Guido) und wieder auf den Doktor und noch einmal auf Nora verlagerst, geht die wahre Wirkung des Buches verloren. Das habe ich dir schon gesagt ... Dein Buch, das künstlerisch gesehen ein Fehlschlag ist, ... enthält dennoch das Beste, was in unserer Zeit geschrieben worden ist – – es ist besser geschrieben als Joyce oder Lawrence (oder Hemingway oder Faulkner) – – das Beste, was ein Amerikaner je geschrieben hat ... das Beste, was je von einer Frau geschrieben wurde – mit Ausnahme von Emily Brontë (es sind menschliche ›moderne‹ Wahrheiten darin, die sie nicht kannte) ...« Dann wieder wirft sie ihr vor, sie habe sich nicht entscheiden können, ob das Leben tragisch sei oder einfach ein furchtbares Durcheinander, aus dem man das Beste machen muß. Sie habe die tiefste Intuition, aber sie könne deren Funde nicht zu einer Philosophie korrelieren. Ein paar Zeilen weiter erklärt sie, was sie unter »Philosophie« versteht: das nämlich, was ein Schriftsteller über das Leben denkt, das er beschreibt. Sie behauptet, Djuna Barnes halte sich noch mit dem zurück, was sie wirklich über das Leben wisse. Und dann: »Djuna, ich liebe dich! Weil du der einzige lebende Mensch bist ..., der die tiefen Dinge kennt, sie liebt. Du bist die einzige außer John

(Holms) …, und ich achte dich wie kein anderes menschliches Wesen – du bist auf einer anderen Ebene. Du *weißt*, was das Leben ist.«

Emily Coleman war zweifellos eine intuitive Person, und einige ihrer Urteile treffen ins Schwarze. Mit andern schießt sie – in ihrer permanenten Exaltation – über das Ziel einer für den Autor annehmbaren Kritik hinaus. Es gibt prophetische Übertreibungen, die an die Äußerungen von Elizabeth Chappell, Djunas Mutter, denken lassen. Hinzu kommen schier endlose Detail-Anmerkungen. Aber welcher Freund – noch dazu einer, der selbst schreibt – macht sich die Mühe, so genau wie sie auf die Arbeit eines anderen einzugehen?

Die meisten ihrer Freunde waren von Djuna Barnes' *»Nightwood«* hin- und hergerissen zwischen jubelndem Lob und Befremden. Edwin Muir aber, der so sensible wie entschiedene Kritiker und Verfasser einer Geschichte der modernen Literatur nach 1914, schrieb nach dem Erscheinen von *»Nightwood«*: »Miss Barnes' Prosa ist die einzige Prosa eines heute lebenden Autors, die sich mit der von Joyce vergleichen läßt, und in einem Punkt ist sie seiner überlegen: in ihrem Reichtum an genauen und lebendigen Bildern, denen ganz und gar die gewisse Geziertheit fehlt, die sich so leicht in den irischen Stil einschleicht. In ihrer Sprache findet sich nicht – wie bei Joyce – auch nur der schwächste Hinweis darauf, daß es einen Unterschied zwischen der beschriebenen Sache und der Art, wie sie beschrieben ist, geben könnte, fehlt das Gefühl, daß man es auch hätte anders sagen können, wenn man gewollt hätte. Ein Stil, der zugleich unausweichlich und erfindungsreich ist, ist der kraftvollste aller Stile, denn er hebt unseren Widerstand gegen ihn auf und nimmt uns durch das Neue in ihm gefangen. Miss Barnes hat die Gabe eines solchen Stils.«[1]

Trotz des ermutigenden Enthusiasmus weniger – der Lyriker Dylan Thomas gehörte zu ihnen – hatte *»Nightwood«* einen schwierigen Start. Erst ein Jahr nach der bei Faber and Faber erkämpften englischen Ausgabe (1936) gelang es, die amerikanische bei Harcourt, Brace & Co. durchzusetzen. Davor und dazwischen lagen viele mühsame und vergebliche Versuche, das Buch anzubringen. Auch die Wirkung des Romans war – wohl auch durch die nur sehr gedämpfte Werbung des Verlags – schwächer als die Autorin gehofft hatte. Die englischen Kritiken in den Wochenzeitungen und Zeitschriften waren zum Teil überschwenglich. Die Tageszeitungen und Sonntagsbeilagen hingegen nahmen keine Notiz von der Neuerscheinung. In Amerika war die Reaktion der Presse überwiegend negativ: beanstandet wurde, zum Beispiel, daß

Djuna Barnes,
Mitte der dreißiger Jahre

hier eine kleine Insider-Gruppe von Intellektuellen zur Sprache käme, deren Dekadenz und Perversion »alle wahren Werte« zerstöre.

Das finanzielle Ergebnis war entsprechend bescheiden. André Gide für ein Vorwort zu der französischen Ausgabe von *»Nightwood«* zu gewinnen, mißlang. »Ich glaube nicht, daß es sich lohnt, auf Gide zu hoffen«, schreibt Eliot und fügt bissig hinzu: »Sehr wahrscheinlich wird Gide, sobald das Buch Anklang gefunden hat, aufkreuzen und die Welt wissen lassen, daß er der erste war, der seinen Wert erkannt hat.« An Djuna Barnes selbst schreibt Gide gewunden: »Non, je ne puis songer à écrire une préface; c'est un genre littéraire où je me sens trop maladroit et pourtant je vous ai lu avec un intérêt très vif.« (Ich kann nicht einmal im Traum daran denken, ein Vorwort zu schreiben. Dies ist ein literarisches Genre, für das ich nicht geeignet bin, und dennoch habe ich Sie mit einem sehr lebhaften Interesse gelesen.) Aus der Öffentlichkeit kam wenig Ermutigung auf sie zu. Die schwierige Lebensbalance mußte weiter gehalten werden.

Alle Versuche, besonders von Eliots Seite, Djuna Barnes zu einer neuen Prosaarbeit anzuregen – zum Beispiel zu der längst geplanten Herausgabe der Schriften ihrer toten Freundin, der »Baroneß« Elsa von Freytag-Loringhoven – schlugen fehl. Sie war mit Gedichten beschäftigt. Sie malte. Ihre alte Menschenscheu machte sie unzugänglich. Sie hatte persönlichen Kummer.

In einem Brief vom Januar 1938 – Eliots Korrespondenz mit ihr war inzwischen von »My dear Miss Barnes« zu »Darling Djuna« gediehen – entfährt ihm ein: »Now then, Djuna – don't be a Goose« – »Sei keine Gans, Djuna ... und hör auf, dir über die Baroneß Gedanken zu machen. *Ich* meine, der größte Nutzen, den sie haben könnte, wäre, *dich* in Gang zu setzen, und wenn das Ergebnis sehr wenig von der Baroneß enthält und das meiste von dir ist, nun, so würde uns das am besten gefallen. Hab' also keine Skrupel, was historische Genauigkeit angeht, sondern *benutze* sie einfach. Sie würde dem zustimmen, da bin ich ganz sicher.«

Die Jahre nach der Entstehung und der Publikation von *»Nightwood«* werden zu einer Art midlife crisis. Djuna Barnes' physische und psychische Verfassung ist schlecht. »Melancholia, Melancholia reitet mich wie ein bockendes Pferd«, notiert sie in einem Brief. Noch ergibt eine ärztliche Untersuchung keinen organischen Befund. »Immer sind es die Nerven«, teilt sie Emily Coleman im Mai 1938 mit. Sie »trinkt wie ein Fisch« und »raucht wie ein Schornstein«, mag aber dem Rat ihrer Ärztin, sich hypnotisieren zu lassen oder auf eine Droge »umzusteigen«, um sich beides abzugewöhnen, nicht folgen. »Alles symptomatisch für meine Lebensschwierigkeiten – verdammt, ich dachte, ich wäre damit fertig, und nun zeigt sich, daß es keineswegs so ist ... *Wie* ist es nur so weit mit mir gekommen?«

Das Schlimmste für sie ist ihre Unfähigkeit zu schreiben, wozu die schwache Wirkung von *»Nightwood«* – das, wie Andrew Field richtig meint, ein »Schlüsselwerk der Epoche« hätte sein sollen – zweifellos beitrug. Die Zeit der »berühmtesten Unbekannten« scheint sich anzukündigen.

1937 siedelt sie sich für einige Zeit in London an. Es entwickelt sich eine starke Beziehung zu dem um einige Jahre jüngeren Silas Glossop – dem »Si« ihrer Briefe an Emily Coleman –, der sie sehr bewundert und »mehr liebt als irgend jemand sonst« und dessen Zuneigung sie offenbar erwidert. Aber das enge Verhältnis geht bald schon – mehr auf seinen als auf ihren Wunsch – in eine Freundschaft über, die bis in ihre zurückgezogenen Jahre in New York und lange über seine späte Heirat hinaus dauert. Daß sie von diesem neuen Verzicht auf Bindung und Nähe getroffen ist, zeigen ihre Briefe, vor allem die an Emily Coleman, die sich zur gleichen Zeit aus einer Beziehung zu Peter Hoare (später Sir Samuel Hoare) zu lösen versucht.

Beide Frauen sind keine bequemen Partnerinnen, wie sich denken läßt: beide sind eigenwillig, von sinnlichem und leidenschaftlichem Temperament, geistig intensiv und anspruchsvoll. Djuna mag sich außerdem der schwindenden Jugend – sie ist Mitte vierzig – bewußt geworden sein und dies auch geäußert haben. Das alles konnte einschüchternd auf einen um einiges jüngeren Mann wirken. Hinzu kommt, daß sowohl Silas Glossop wie der zum Freundeskreis gehörende Peter Hoare gestandene und schwierige Einzelgänger waren (Glossop hatte noch dazu eine starke Mutterbindung) und daß sie sich in Männerfreundschaften offenbar wohler befanden als in einer Bindung an eine komplizierte Frau. Es fällt einmal die Bemerkung von einer verkappten Homosexualität, die nie praktiziert wird, und es ist die Rede von puritanischen Schuldgefühlen in einem sehr nahen Verhältnis zu einer Frau. Silas jedenfalls begründet seine Distanzierung von Djuna damit, daß sie ihm nah sei »wie eine Schwester« und er ihr gegenüber inzestuöse Gefühle habe. Die beiden Männer Silas Glossop und Peter Hoare verbindet sehr bald eine beide stimulierende enge Freundschaft. Der empfindsame Einzelgänger, der hochkultivierte »Schwierige« ist eine sehr englische Figur der Epoche, wenn sie auch durchaus bei uns zu finden ist. (Einer der frühen und vortrefflichen Romane Muriel Sparks, *»Junggesellen«/ The Bachelors* [1960], trifft Typus und Verhalten sehr genau.)

In einem Brief an Emily Coleman vom 30. November 1937 schreibt Djuna Barnes: »Ich kann dir genauso gut auch sagen, was mit mir und S. los ist. Er sei sexuell immer nur eine gewisse Zeit – etwa sechs Monate lang – interessiert, sagt er, dann überkomme ihn das, was ihm seine schottische Mutter und die frühe Erziehung in der Schule eingebrockt haben, dieser Puritanismus – er habe dann das Gefühl, daß Sex etwas Böses sei und daß er sich mit niemandem einlassen sollte, *ganz besonders* nicht, wenn er die Betreffende liebe. Und so muß ich also sagen, er liebt mich – *unglücklicherweise.*« Dann wieder genießt sie seine Fürsorglichkeit, er sei so gut und liebevoll und ihr gegenüber ganz aufrichtig, »noch nie habe er sich einem Menschen so ganz anvertraut . . ., ich hätte ja immer die Wahrheit hören wollen . . ., also muß ich sie jetzt wohl mit Fassung ertragen und vorgeben, daß ich's so gewollt habe«. Sie fragt sich, wie sie je *»Nightwood«* habe schreiben können, und der Brief schließt selbstironisch: »Würde irgend jemand glauben, daß wir auch nur über einen Funken Verstand verfügen?« In einem anderen Brief bekennt sie: »Ich bin natürlich sehr unglücklich, er (Silas) ist der einzige Mensch, der mir noch ganz nahe steht.«

Es geht in diesen Briefen auch um Literatur, um das Schreiben und nicht Schreibenkönnen, um Lektüre – Tolstoi, auch Esoterisches –, um Freunde, aber im Vordergrund stehen diese sehr persönlichen Erfahrungen, die in einer für die sonst so zurückhaltende Djuna Barnes seltenen Offenheit mitgeteilt werden. Hinzu kommt noch die Sorge um den jüngeren Bruder Saxon, ihren Lieblingsbruder (obgleich er in New York so scheußlich zu ihr gewesen sei). Er scheint einen Zusammenbruch gehabt zu haben und muß in einer Nervenklinik behandelt werden. Zu der Angst um ihn, an den sie eine »seltsame und starke Bindung« hat, kommt seine und ihre finanzielle Misere, die Notwendigkeit, ihre Gönnerin Peggy Guggenheim um das Geld zu bitten (das diese ihr für eine Reise oder eine eigene Behandlung zugesagt hatte), die Wahrscheinlichkeit, sich eine Abfuhr zu holen. Keine großen zum Schreiben stimulierenden Leidenschaften, sondern ein stetiger, zäher Lebenskampf und Liebesentzug. Alles dies bringt sie an den Rand eines Kollaps und in eine »suizidale« Verfassung.

Dazu gehört, daß Djuna Barnes ihre Pariser Wohnung auflösen muß. Das beschließt ihre kontinentale Zeit endgültig. Als Gegenstück zu ihren in den »Vagaries malicieuses« gesammelten frühen Impressionen stimmt sie abschiednehmend das »Klagelied auf das Linke Ufer«[2] an. Kein Widerruf, auch keine Verklärung jugendlicher Erlebnisse und ihrer Stätten durch eine nicht mehr ganz junge Schriftstellerin, die ihre Zeit dahingehen sieht – eher ihr Destillat: das, was an Unverwechselbarem übrig und im Gedächtnis bleibt, wenn die verwirrend und auch widrig erlebte Gegenwart zur Vergangenheit abgeklungen ist. Nicht so sehr das Großartige und Überragende, eher Augenblicke, Bagatellen, Gerüche, Geräusche – Alltägliches. Sie entsinnt sich der Exzesse und schrecklichen Hang-over, der in Bars und Nachtclubs ertränkten schwarzen Verzweiflung, der genossenen und entgangenen Vergnügungen. Der Unvergleichlichkeit dieser Stadt. »Während ich jetzt schreibe, erscheinen alle diese Zustände gleichermaßen begehrenswert. Was kam es schon darauf an, solange Paris da war? Das Schreckliche ist ja nicht, daß alle diese Dinge geschehen konnten, sondern daß sie alle vorbei sind.«[3]

Das Jahr 1938 steigert mit dem »Anschluß« Österreichs an Deutschland und der Annektion des zur Tschechoslowakei gehörenden Sudetenlandes durch Hitler im Herbst des gleichen Jahres die allgemeine latente Kriegsangst. Auch Chamberlains Friedensversuch und das Münchner Abkommen konnten sie nicht dämpfen.

Von Politik ist, wie schon gesagt, in Djuna Barnes' Korrespondenz nicht viel die Rede, vermutlich auch im persönlichen Umgang der Freunde nicht. Fast die einzige der Pariser »expatriates«, die sich in den dreißiger Jahren zu einer Kennerin der europäischen Politik entwickelte, war Janet Flanner, die 1925, mit der ersten Nummer des »New Yorker«, anfing, ihre »Briefe aus Paris« zu schreiben, leichthändige Berichte zunächst über *das* kulturelle Paris, das die meisten ihrer Landsleute – als flüchtige Touristen oder auch Langzeitanwohner der Metropole – nicht kannten. Mit Beginn der dreißiger Jahre dehnte sie ihre Reisen auf ganz Europa aus und gewann so ein Bild der wirklichen Situation vor Ausbruch des Zweiten Weltkrieges. Ihre Beschreibung Berlins (1931)[4] ist so zutreffend wie fatal: sie stellt eine hochexplosive Mischung aus kultureller Beflissenheit, deutscher Gemütlichkeit und wirtschaftlichem Bankrott fest, sie beschreibt die »neuen Berliner, stark, wo sie früher wohlbeleibt waren ..., liebevoll zu erwachsenen Fremden, wie sie es früher nur zu ihren eigenen Kindern waren. Und alle überzeugt, daß ihr Land vor die Hunde geht.« Man tanzt auf dem Vulkan, zerstreut sich in Variétés, Theatern und Nachtclubs, während die Arbeitslosenziffer auf 7 Millionen steigt. (Die amerikanische Ziffer nach dem Oktober 1929 ist prozentual allerdings kaum geringer.) 1936 liefert sie ein Porträt vom »Führer«, das erstaunlich kenntnisreich und offen ist. Sie wußte ganz offensichtlich mehr und aus verläßlicheren Quellen als die meisten Deutschen zu dieser Zeit.[5] 1937 beobachtet sie die entschlossenen Kriegsvorbereitungen Deutschlands, den wirtschaftlichen Dirigismus, den schleichenden Vormarsch des »Ersatz« auf allen Lebensgebieten: »... was Deutschland nicht hat, wird auf glänzende Weise erfunden«. Deutschland habe Vorräte genug, meint sie, um eine Belagerung von zwei Jahren durchzustehen (falls die Russen über die Tschechoslowakei einmarschieren sollten!). Sie notiert die steigenden Goldreserven, die wichtige Importe erleichtern, und die Sackgasse, in die der Konflikt zwischen Staat und Kirche geraten ist. Sie findet die öffentliche Meinung – trotz der Versicherung des »Führers«, es werde keinen Krieg geben – in wachsendem Maße beunruhigt. Viele Deutsche sähen, daß ihre Anstrengungen und Hoffnungen dazu verwendet werden, eine Kriegsmaschinerie und -mentalität aufzubauen. »Der durchschnittliche Deutsche meint – nicht weil er den Nazismus für einen Fehlschlag hält, sondern gerade weil er an seinen Erfolg glaubt –, daß dieser sich nun auf seinen Lorbeeren ausruhen und auch den Bürgern Ruhe gönnen sollte.«[6] Einblicke, Einsichten, die zu diesem Zeitpunkt im Ausland keineswegs allgemein waren. »Das jüdische Problem, das Hitler geschaffen hat«, schreibt sie 1936, »ist von ungeheurer emotionaler Bedeutung – sowohl in Deutschland wie außerhalb. 1934 gab es weniger als 600000 Juden in Deutschland, die von zwölf Millionen Nazi-Parteigenossen angeklagt werden konnten, die fünfundsechzig Millionen deutscher Christen zu beherrschen. Heute gibt es immer noch etwas weniger als eine halbe Million Juden im Reich. Es ist nicht leicht für sie, ein Land zu verlassen, aus dem sie nur zehn Silbermark mitnehmen dürfen, um eine Reise anzutreten, die etwa die gleiche Tragweite hat wie einst der Durchzug durchs Rote Meer.«[7]

Sie ist 1938 beim »Anschluß« Österreichs – von dem auch hellhörige Auslandsreporter überrascht wurden – in Wien. Als sie das Schloß des in Sarajewo ermordeten österreichischen Thronfolgers besichtigt, denkt sie an den Kriegsbeginn von 1914. »Niemand scheint zu wissen, was den Ausbruch des nächsten großen Krieges provozieren wird. Diese Ahnungslosigkeit ist heute so ziemlich das einzige, was Zentraleuropa noch glücklich macht.«[8]

Ob sie über kulturelle oder sportliche Ereignisse berichtet – wie die Salzburger Festspiele, Richard Wagner in Bayreuth oder die Olympischen Spiele in Berlin – sie erkennt rasch das Politikum in allem.

Am 24. September 1939, also knapp drei Wochen nach Ausbruch des Zweiten Weltkrieges, gibt sie eine erstaunlich klare Auskunft über die verworrene Situation nach dem überraschenden Eintritt der Sowjetunion – dem Erzfeind der Nazis – in den Krieg auf Deutschlands Seite.[9] Und 1943 liefert sie eine minutiöse, auf stilistischen Glanz verzichtende Nacherzählung der abenteuerlichen Flucht einer Durchschnittsamerikanerin aus Paris nach New York und enthüllt an diesem vergleichsweise milden Beispiel die unerhörte innere und äußere Zerrüttung und Korruption Europas im vierten Kriegsjahr.[10]

Von diesen präzisen Kenntnissen und Erkenntnissen scheinen Djuna Barnes und ihre englischen Freunde weit entfernt; selbst ein Mann wie Peter (Sir Samuel) Hoare, der zur Ministerialbürokratie gehörte und dem Informationen eher zugänglich waren, scheint – jedenfalls im privaten Umgang – keinen Gebrauch davon gemacht zu haben. Peggy Guggenheim notiert in ihren Memoiren, daß sie 1938 große Angst vor dem Ausbruch eines Krieges gehabt habe, aber ein Jahr später, als er dann wirklich da war, ziemlich gelassen geblieben sei und auch nicht die leiseste Absicht gehabt habe, wie sehr viele ihrer Landsleute, schleunigst nach Amerika zurückzukehren. Sie war mit dem Aufbau ihrer eigenen Galerie in London beschäftigt. »Djuna Barnes schickte ich mit demselben Schiff nach drüben, mit dem auch Tanguy ausreiste. Sie war einem Zusammenbruch nahe, und ich bat Tanguy, sich um sie zu kümmern, was er natürlich nicht tat«, vermerkt sie.[11] (Ganz so war es wohl nicht. Djuna Barnes hatte einen Zusammenbruch, war in einer Klinik, erfuhr in diesem Zustand, daß Peggy nicht mehr bereit sei, für sie aufzukommen und sie nun »auf eigenen Füßen stehen müsse«, und wurde im letzten Augenblick von Emily Coleman herausgeholt und auf das Schiff gebracht.) Daß mit diesem »Weggeschicktwerden« ein Schicksal entschieden war, konnte Peggy Guggenheim bei ihrer rastlosen Aktivität in Kunst- und Liebesdingen kaum in den Sinn kommen.

Kurz vor Kriegsausbruch – Djuna Barnes ist nicht mehr in London – schreibt Silas Glossop ihr: »Der allherbstliche Kriegsschrecken ist wieder in vollem Gange, aber die Menschen sind viel weniger besorgt als im vergangenen Jahr, teils, weil sie das Gefühl haben, daß wir vorbereitet sind, und teils, weil sie so verzweifelt sind, daß es ihnen nicht mehr viel ausmacht; ich vermute, daß Kriege genauso anfangen: irgendein stinkiger Psychopath wie Hitler wird zu einem solchen gottverdammten Ärgernis, daß die Leute schließlich finden, es sei besser, alles hinter sich zu haben – und schon ist es passiert! Ich hoffe, es kommt nicht so weit, es wäre höchst ärgerlich.«

Eine sehr englische Untertreibung. Im nächsten Brief vom 3. September 1939 – Djuna Barnes ist bereits auf dem Schiff nach Amerika – schreibt er: »So ist er also endlich doch da; ich war ... auf dem Lande, und kaum waren die Radionachrichten zu Ende, da ging schon die Warnsirene los. Ich machte mich auf in mein Büro und dachte, als ich über den Gartenweg ging: ›Es kann kein Luftangriff sein – die Sonne scheint doch‹ – unlogisch, aber als psychologische Reaktion interessant. Ich mache mir Sorgen um dich und hoffe nur, daß du inzwischen sicher auf See bist ... Die deutsche Regierung scheint sich ungeheuerlich benommen zu haben; kaum zu glauben, daß jemand, der bei Verstand ist, sich unter den heutigen Bedingungen zu einem Krieg entschließt!«

Auch wenn Djuna Barnes sicherlich nicht im eigentlichen Sinne eine politisch interessierte Zeitgenossin war – so hatte sie doch eine extrem ausgebildete Sensibilität für den Zeitgeist. Ihre Entgeisterung über den Kriegsausbruch äußerte sich denn auch auf ihre Weise: Sie schickte Peter Hoare ein Buch über Mozart, ihren bevorzugten Komponisten – gewissermaßen als »Gegengift« zu dem, was sich nun in Deutschland abspielte. Und er schrieb ihr noch kurz vor ihrer Abreise aus Frankreich: »Vergiß nicht, auch wenn du krank bist und alles so düster aussieht, wie es zu sein scheint, daß du Djuna Barnes und mindestens so viel wert bist wie fünfzig gesunde Nullen.« Solche überzeugten und überzeugenden Äußerungen wird sie von ihren Freunden immer wieder hören. Jahre später schreibt ihr der alte Pariser Freund Bob McAlmon: »Es gibt noch so verdammt viel für dich zu tun und zu kennen ..., jedenfalls kann man nicht in sich selbst hineinfliehen und ebensowenig in ein Kloster gehen und allem, was geschieht, entsagen.«

Genau dies aber tut Djuna Barnes im Laufe der nächsten beiden Jahrzehnte: sie tritt die Flucht nach innen an und entzieht sich schrittweise dem, »was draußen geschieht«.

RÜCKKEHR NACH INNEN

Die so unerwünschte Rückkehr nach Amerika ist endgültig. Sie ist keine triumphale Heimkehr einer, die »drüben« Ruhm und Geld erworben hat – wie ihre Mutter es sich einmal in Djunas jüngeren Tagen ausgemalt hatte. Sie fand keine offenen Türen und noch weniger offene Arme vor. Sie kam zurück in wie eh und je verworrene Familienverhältnisse. Der Vater war 1934 gestorben, ihre Beziehung zur Mutter gespannt – ein Brief von ihr würfe sie zehn Jahre zurück, äußert sie einmal zu Emily Coleman –, die Brüder waren nur sehr zögernd bereit, etwas für sie zu tun, oder griffen gewaltsam in ihr Leben ein und zwangen sie, in ein Sanatorium zu gehen. Die halbherzige Beziehung zu Peter Negoe, dem Herausgeber der Anthologie *»Americans abroad«* von 1932, die dieser als eine Art »Europa-Nostalgie« auf ihrer Seite durchschaute, war von kurzer Dauer. Ein Aufenthalt bei ihrer Freundin Emily Coleman in Arizona, wo diese – einer ihrer abrupten Entschlüsse – einen Cowboy oder Kleinfarmer geheiratet hatte, brachte keine neue Vertrautheit, sondern eine Entfremdung der beiden Frauen. Ein weiterer Grund dafür war, daß Djuna Barnes den Essay Emily Colemans über *»Nightwood«*, den Charles H. Ford in seiner Zeitschrift »Blues« herausbringen wollte, ohne Einwilligung der Autorin durchgesehen und zusammengestrichen hatte. Das führte dazu, daß der Aufsatz nicht erschien, was Emily ihr nie verzieh.

Der Krieg hatte fast alle freundschaftlichen Verbindungen unterbrochen, und für kurze oder längere Zeit verloren alle einander aus den Augen. Am 2. Dezember 1940 schreibt T. S. Eliot an Djuna Barnes: »... so erleichtert ich war, als ich erfuhr, daß Du in New York angekommen bist, habe ich doch keinen einzigen Augenblick lang angenommen, daß Deine Schwierigkeiten damit ein Ende haben: Schwierigkeiten, glaube ich, gehören zu Deinem Schicksal, und *das* bedeutet, daß sie den Zweck haben, Dich direkt oder indirekt mit Stoff für ein neues Meisterwerk zu versorgen. Du hast ja in deinem Postscriptum ein neues Buch erwähnt; ich kann mir gut den gegenwärtigen Zustand mit Tausenden von Notizen vorstellen. Morley oder sonst jemand sollte Dich von Zeit zu Zeit tüchtig aufrütteln, damit Du etwas aus diesen Notizen machst.«

Djuna Barnes mit ihrem Bruder Saxon und ihrer Mutter

Die Rede ist dann noch von den amerikanischen Rechten für ihre Bücher, die er ihr überlassen will, wenn Faber and Faber die Erstrechte für alle Veröffentlichungen in England und Schottland behält. Er sei dauernd unterwegs, wohne bei Freunden, und an eine längere eigene Arbeit sei nicht zu denken. Der Brief ist unterzeichnet »Dein aufrichtiger Bewunderer – T. S. E.«. Ein anderer Brief – fast zwei Jahre später – ist schon an die Wohnung am Patchin Place gerichtet, die Djuna Barnes nach einigen tristen Provisorien in Greenwich Village gefunden hatte und wo sie bis zu ihrem Tod – einundvierzig Jahre später – blieb; trotz aller Versuche ihrer Brüder, sie aus ihrem »slum« in eine dieser modernen »Eierkästen« umzuquartieren, wie sie die Neubauten nennt. Eliot ist freundschaftlich besorgt um sie: »Ich hoffe, daß es Dir gut geht, daß Du ordentlich ißt, daß Du angenehm wohnst, daß Du Dein Buch vollendest und daß die richtigen Leute um Dich bemüht sind, die Dich dazu verdammen oder verführen, und daß Du nicht verzweifelt bist über alle und alles. Aber ich nehme nicht an, daß auch nur eine dieser Hoffnungen wirklich zutrifft.«

Die sehr freundschaftliche Korrespondenz mit Eliot dauerte über rund fünfundzwanzig Jahre, bis zu seinem Tod. Eliot kümmerte sich um ihre in London zurückgelassenen Sachen, vor allem um die Bilder, die sie inzwischen gemalt hatte und die dann 1944 in einer kleinen Ausstellung in Peggy Guggenheims neuentstandener New Yorker Galerie gezeigt wurden, allerdings mit wenig öffentlicher Resonanz.

Nach Kriegsende schickte sie, beunruhigt durch Eliots beiläufige Erwähnung der schwierigen Ernährungslage in England, Care-Pakete an ihn. Eliot, der ahnte, daß es ihr selbst an allem Möglichen fehlte, konnte sie nicht daran hindern. Das war wieder »so ganz Djuna«. Ihre Großherzigkeit kollidierte ständig mit ihren knappen Finanzmitteln und ihrer Abhängigkeit von den Zuwendungen ihrer reicheren Freunde. Peggy Guggenheim ließ sie zwar nie ganz im Stich, ersparte ihr aber auch nicht, daran zu erinnern, daß die Lebenshaltungskosten stiegen und der von ihr angewiesene Betrag zum Leben keineswegs ausreichte.

Den äußeren Lebensumständen nach hätte Djuna Barnes verzweifeln müssen. Der Gedanke, diesem Leben ein Ende zu setzen, kommt ihr immer wieder einmal. Wäre nicht die Faszination durch das Schreiben gewesen, an das sie hartnäckig glaubte, hätte sie sich diese Freiheit zweifellos genommen. Statt dessen erfindet sie ein neues, alltägliches

Patchin Place

Reglement für sich: sie raucht und trinkt kaum, was ihr Asthma nahelegt, sie konzentriert sich auf ihre Arbeit, sie wehrt mehr und mehr Störungen durch die Außenwelt ab. Sie kümmert sich um ihre bereits publizierten Arbeiten – Übersetzungen von *»Nightwood«*, zum Beispiel ins Italienische –, sie weist witzig-empört das Ansinnen eines französischen Literaturagenten ab, sie möge die letzten beiden Seiten von *»Nightwood«* weglassen – die Franzosen würden vom bloßen Gedanken, daß ein Mädchen und ein Hund sich derart in einer Kirche aufführen könnten, verletzt sein. Daß sie leicht verstimmbar oder auch mißtrauisch zu stimmen war, zeigt ein Brief von Eliot, in dem er ihren Verdacht aufzuheben versucht, Emily Coleman hätte beansprucht, *»Nightwood« eigentlich* selbst geschrieben zu haben. »Sie hat mir das Buch praktisch aufgezwungen; ich gebe zu, ich mochte es anfangs nicht sehr«, schreibt er, »und was die Herausgabe des Buches angeht – nun, auch Morley und ich haben eine Menge herausgeschnitten und nur zu seinem Besten, möchte ich sagen. Es ist eins dieser seltenen Bücher, wo das Ganze besser wird, wenn man eine Menge an sich ganz vorzüglichen Materials wegläßt. Was sie Dir über das mitgeteilt hat, was ich gesagt habe, ist vollkommen richtig, und ganz gewiß hält *sie* Dich für das größte lebende Genie, was auch ich keineswegs bestreiten will.«

Sehr glücklich zeigt sie sich über eine Neuauflage von *»Nightwood«* bei Faber and Faber, besonders darüber, daß es mit dem ursprünglichen Vorwort von Eliot und einem zusätzlichen kurzen erscheinen soll, das die seinerzeit darin geäußerte Meinung bekräftigt. »Ich weiß nicht, ob Du es weißt, aber Du und das Buch und dieses Vorwort waren die einzigen Dinge, die mir in diesen letzten zehn bis zwölf Jahren wohlgetan haben«, schreibt sie im Mai 1949 an ihn. Es bereite ihr ein gewisses Vergnügen, an dem neuen Theaterstück zu arbeiten, aber auch einigen Schrecken. »Ich weiß nicht, ob es klug ist, Notizen zu machen, oder ganz falsch. In der ersten Begeisterung hat man eine gewisse Vorstellung vom Gewicht und Wert eines Gedankens, nachdem man ihn dann zum vierhundertsten Mal gelesen hat, weiß man nicht einmal mehr sicher, ob es überhaupt ein eigener Gedanke ist ...« In diesem Brief deutet sie an, wie gern sie nach London und Paris käme – wenn es ihr gelänge, ihre kleine Wohnung für sechs Monate unterzuvermieten.

In einem nächsten Brief ist die Rede von dem Familienproblem: »Ich kann mir nicht vorstellen, daß Deine Familie Dir wohlgetan hat, das heißt, zumindest nicht, wenn sie so war wie meine. Allerdings kann ich mir keine andere so scheußlich vorstellen ...« Am Briefschluß freut sie sich über die Aufführung seines Stückes (*»Cocktailparty«*) und fügt hinzu: »Meins steht mir bis *hier*. Der ganze Fußboden voller Notizen und auch nicht die geringste Idee, was ich für die Handlung tun kann ..., *wie* bringt man Handlung in ein Theaterstück?«

Aus diesen Andeutungen läßt sich mit einiger Sicherheit ableiten, daß die Arbeit an ihrem nächsten großen Werk *»The Antiphon«* bereits begonnen hat. Sie wird sie über das nächste Jahrzehnt beschäftigen. Immerhin hat es 1954 eine erste Form erreicht und trägt auch schon den endgültigen Namen *»The Antiphon«*. Eliots Reaktion ist zögernd, wie sie bei *»Nightwood«* war. »Ich habe mit dem Schreiben gewartet, bis ich *»The Antiphon«* zu Ende gelesen hatte. Das habe ich ein erstes Mal getan, kann aber noch nicht sehr viel sagen. Du mußt Geduld mit mir haben, meine liebe Djuna, denn ich ringe damit, es zu verstehen, und ich finde es schwierig. Nachdem ich einen neuen Anlauf genommen habe, es zu lesen, werde ich versuchen, noch eine oder zwei Meinungen dazu einzuholen, aber mir erscheint es sehr, sehr dunkel. Du hörst zu gegebener Zeit wieder von mir.«

Anfang der fünfziger Jahre ist in Eliots Briefen auch die Rede von Peter Suhrkamps persönlichem und publizistischem Interesse an *»Nightwood«*. Er teilt ihr mit, daß der Vertrag, den er billige, ihr nächstens zugehen werde. Er empfiehlt ihr Suhrkamp, der seine eigenen Bücher verlegt, auf das Wärmste. Dann hört man lange nichts darüber. Der Briefwechsel mit Eliot konzentriert sich mehr und mehr auf das Stück *»The Antiphon«*. Im Dezember 1954 schreibt er ihr: »Ich kann keine Worte finden, um den Eindruck wiederzugeben, den ›Antiphon‹ gemacht hat. Das Stück ist nun von sechs Personen gelesen worden, nein, sieben haben ihm ihre volle Aufmerksamkeit gewidmet, und die Wirkung ging von schierer Begeisterung über begründete Begeisterung bis zu totaler Verblüffung. Ich weiß noch nicht genau, was ich selbst fühle oder denke. Die beiden ersten Akte bringen mich noch nicht weiter, der dritte Akt ist ungemein aktiv – eine Art Explosion durch Atomspaltung findet statt, wobei die Sprache in Elemente gewalttätiger Energie zerfällt. Was läßt sich da machen? Das weiß Gott allein – bisher jedenfalls.«

Zwischen den Briefen liegen ständige Überarbeitungen, die Djuna Barnes durchaus bereitwillig nach Eliots Hinweisen auf sich nimmt. Zu den hinzugezogenen kritischen Lesern gehört auch Edwin Muir, der ja ein großer Bewunderer von *»Nightwood«* war und ist und sie bei einem Aufenthalt in Amerika aufsuchen soll.

Zu einer neuen Version, die an Eliot abgegangen ist, merkt sie an, daß es wahrscheinlich noch einige »Atomexplosionen« in ihrem Stück geben werde. Ein halbes Jahr später, im Februar 1956, schickt sie ihm die bis dahin endgültige Fassung von *»The Antiphon«* und läßt sich in ihrem Brief mit großer Zufriedenheit über Edwin Muirs Besuch und seine Äußerungen aus. Seinen Einwand gegen den ersten Akt – er sei »auf eine statische Weise zu betriebsam« – notiert sie mit Vergnügen. Sie bittet Eliot, Nachsicht zu haben »mit einem Autor, der zwanzig Monate lang in der allergrausigsten Spannung gelebt« habe, er solle ihr den Daumen drücken. Höchst interessant ist der Brief Muirs an Eliot, was seinen Eindruck vom Stück wie von Djuna Barnes angeht. Sie ist nun vierundsechzig Jahre alt, und er schreibt, er habe sie nicht wiedererkannt, sie sei gesundheitlich schlecht dran, und ihre Wohnung und deren Umgebung würden ihn jedenfalls in eine tiefe Depression stürzen. Die Einwände zum Stück konzentrieren sich auf den ersten Akt, und es ist wieder wie bei *»Nightwood«*: es muß – seiner wie Eliots Meinung nach – an sich Interessantes und glänzend Geschriebenes herausgeschnitten werden, um ihn lesbar und erst recht spielbar zu machen. (Angeblich rechnete Djuna Barnes nicht damit, das Stück aufgeführt zu sehen.) Eine handschriftliche Randbemerkung der Autorin in der Kopie von Muirs Brief an Eliot vermerkt, daß beide ihre Meinung, was die Striche betrifft, revidiert haben. »Wenn man bedenkt«, fährt Muir fort, »wieviel Zeit sie auf dieses Stück gewendet hat und welche Genialität da eingeflossen ist, so denke ich, der zweite und dritte Akt sollten so bleiben, wie sie sind. Ich hatte das Gefühl, daß sie nahe daran war, das Ganze aus Verzweiflung aufzugeben ... Ich hoffe jedenfalls, daß ich ihr irgendwie habe nützen können, denn ich glaube, daß *»The Antiphon«* eines der großartigsten Werke ist, die in unserer Epoche geschrieben worden sind, und es wäre ein Unglück, wenn es für immer unbekannt bliebe.«[1]

Eliot nimmt Muirs Kritik auf, merkt aber außerdem noch an, daß die Grammatik- und Interpunktionsfehler und die ungewöhnlichen Wendungen und Satzkonstruktionen im ersten Akt mehr stören als später. »Ich glaube, der Grund dafür ist, daß, wenn die Temperatur des Stücks ansteigt und man sich in die Empfindung der Figuren einfühlt, einem die ungewöhnliche Diktion nicht mehr so viel ausmacht.«

Im Jahre 1956 verdichtet sich die Korrespondenz und kreist fast einzig um *»The Antiphon«*. Djuna Barnes' Briefe klingen erwartungsvoll. Es gibt Angebote für eine Lesung am »Poet's Theater« in Harvard und auch für die Publikation des Stückes in Amerika. »Wie köstlich, wenn Du, Muir, Giroux und Barnes alle dort zusammenkämen«, notiert sie. (Der Verleger Giroux war inzwischen von Harcourt, Brace & Co. zu Farrar, Straus & Co. übergewechselt.) Ihr nächster Brief ist schon einigermaßen desillusioniert. Die Direktorin des Theaters sei töricht, die geplante Besetzung grundfalsch. Miranda, die Tochter, eine der beiden Hauptrollen, müßte unbedingt mager sein – vielleicht »so etwas wie

Edith Sitwell im Damensattel auf einem Seepferd«. Die Rede ist auch davon, ob sie sich vom Suhrkamp Verlag lösen solle, der *»Nightwood«* seit 1952 unter Vertrag hat und offenbar keinen geeigneten Übersetzer dafür finden kann, und ob es richtig sei, S. Fischer, der nachgefragt hat, *»The Antiphon«* anzubieten.

Inzwischen geht – nach erheblichen Schnitten und Strichen – *»The Antiphon«* seiner Drucklegung bei Faber and Faber entgegen.

Eliots Haltung zu diesem für ihn wohl immer noch »dunklen« Werk drückt sich in seinem Entwurf zum Klappentext aus, der eher als Position eines Kritikers denn der des Verlegers verständlich ist. Er beginnt damit, daß er sich – für den Verlag – rühmt, 1936 sei wohl kein anderer Verleger bereit gewesen, *»Nightwood«* herauszubringen. »Für Leute mit konventioneller Moral war das Buch schockierend, für Leute mit konventionellem literarischen Geschmack war es langweilig und unverständlich.« Dennoch habe *»Nightwood«* zwar keine große öffentliche, aber eine Wirkung unter Kennern gehabt. »Nach langem Schweigen hat die Autorin uns jetzt *›The Antiphon‹* anvertraut. Den konventionell Gesonnenen wird es noch schockierender – und noch langweiliger als *›Nightwood‹* erscheinen, weil sie es nicht verstehen wollen.«

Und nun folgt der entscheidende Satz: »Man könnte von Miss Barnes, die unbestreitbar eine der originalen Schriftsteller unserer Epoche ist, sagen, daß sich noch nie so viel Genialität mit so wenig Talent verbunden hat.«

Dann wird auf ihre eigentliche Herkunft von den elisabethanischen und jakobinischen englischen Tragikern hingewiesen und zum Schluß Edwin Muirs entschiedene Ansicht zitiert: es sei eine der größten schriftstellerischen Leistungen der Epoche und es wäre ein Unglück, wenn es unbekannt bliebe.

Am 9. Januar antwortet Djuna Barnes auf den Klappentextentwurf – verständlicherweise – mit spürbarer Betroffenheit: »Warum – wenn du sagst, daß *›Nightwood‹* als ›Klassiker der Epoche‹ betrachtet wird – muß man unterstellen, daß ›kein anderer Verleger (außer Faber and Faber) sich dafür interessiert hätte‹?« (Was ja in der Tat – unbegreiflicherweise – so war.)

»Warum müssen die ›konventionell Gesonnenen‹ erwähnt und *›Nightwood‹* wie *›The Antiphon‹* mit Begriffen wie ›langweilig und unverständlich‹ abgefertigt werden? Du fährst fort: ›Ihre Art zu schreiben verwirrt die normale Struktur der englischen (oder der amerikanischen) Sprache.‹«

Als Gegenbeispiel zitiert sie aus Eliots Einführung zu *»Nightwood«:* »›Ich möchte hiermit den Leser auf große Stilvollendung vorbereitet haben, auf Schönheit des Ausdrucks, Brillanz und Geist in der Charakterisierung und den Geschmack von Grauen und Untergang, der elisabethanischen Tragödie nahe verwandt.‹ Kann man es auf zweierlei Art sagen?«

Und dann fügt sie nicht ohne Seitenhieb auf Eliot als PS hinzu, daß ihr Muirs – im Klappentext zitierte – Äußerung großes Vergnügen bereitet habe.

Eliot schrieb ein wenig kühl zurück und schickte ihr den sehr gekürzten Klappentext, in dem von zwei »Meisterwerken« – *»Nightwood«* und *»The Antiphon«* – die Rede ist, die von Djuna Barnes beanstandeten »grimmigen und grauenhaften« Stücke jakobinischer Tragödienschreiber aber stehen blieben und, besonders hervorgehoben, auch Edwin Muirs enthusiastische Zeilen.

Das ziemlich katastrophale Ergebnis der Lesung von *»The Antiphon«* in Harvard – die Schauspieler kannten das Stück nicht und waren ganz unvorbereitet – bewog Djuna Barnes immerhin noch zu einigen Kürzungen.

Im Januar 1958 erschien *»The Antiphon«* endlich bei Faber and Faber in England und hatte eine zwiespältige Resonanz. Eine Kritikerin in »The New Statesman« (Februar 1958) stellt vor allem die Bedeutung von Djuna Barnes' Gesamtwerk und ihren Beitrag zu der »erstaunlichen Umgestaltung« der Sprache in den zwanziger Jahren heraus, während sie an der sprachlichen »Überfülle« in *»The Antiphon«* Anstoß nimmt: dessen makabrer und aristokratischer Ton sei wohl nur noch in Amerika möglich.

Eine – anonyme – Kritik in »TLS« (Times Literary Supplement) vom April 1958 plaziert sie unter die besten englisch schreibenden Dichterinnen. Die Sprache wird in fast allen Kritiken lobend hervorgehoben – dramatische Struktur, Figuren und Verständlichkeit des Stükkes kommen weniger gut weg. Eine Rezensentin verweist auf Julie (in *»Ryder«*), Nora (in *»Nightwood«*) und Miranda (in *»The Antiphon«*) als ein und dieselbe Figur, die sich in Miranda zum tragischen Höhepunkt steigere.

Wohl in der Folge der überwiegend ratlosen Reaktion hat Djuna Barnes versucht, in ausführlichen (nicht veröffentlichten) Anmerkungen zu *»The Antiphon«* die Bedeutung des Stückes und seiner Figuren klarzustellen, was ihr durchaus gelingt, obgleich sie diese Notizen mit dem resignierten Satz beendet: »Bestenfalls kann eine skizzenhafte Umschreibung wie diese hier das Stück verfälschen.«

Wer nicht Englisch als Muttersprache spricht und dazu mit den sprachlichen Eigenheiten des 16. und 17. Jahrhunderts in England vertraut ist, mag Verständnisschwierigkeiten beim Lesen des Originaltextes haben und wird sich besser an die Übertragung von Christine Koschel und Inge von Weidenbaum halten, denen hier eine erstaunliche Eindeutschung gelungen ist. Es zeigt sich, daß dieses im Blankvers geschriebene, als »dunkel« verschrieene Stück zwar wie *»Nachtgewächs«* in seinen Sprachbildern ungewöhnlich und kühn und im einzelnen auch verschieden interpretierbar ist, sich aber in der tragischen Wucht seines – inneren – Geschehens klar mitteilt und sich, mit einigen behutsamen Strichen, die ja auch bei Klassikern üblich sind, durchaus für die Bühne eignet. Wer *»Ryder«* kennt, findet sich ohne Mühe in den Figuren und der Problematik zurecht. Es ist ja gerade das Erstaunliche, daß Djuna Barnes so dicht und so beharrlich am autobiographischen Stoff bleibt und ihn zugleich so sehr verschlüsselt und verfremdet, daß er zu einem auf schreckliche Weise allgemein gültigen Paradigma wird. Womit sie ihrer Überzeugung folgt, daß die persönliche Wahrheit nur in der Kunst ihren Ort hat.

Im Stück selbst findet sich übrigens die präzise Erläuterung seines Titels:

». . . Wo die hohen Saiten
Der Viola, angerissen, den Gegenton
In den nicht angerißnen Saiten drunter zeugen –
Da ist Antiphon.«[2]

Ein »Wechselgesang« also, in dem der Ton den Gegenton erzeugt, die Abhängigkeit der beiden Stimmen voneinander erkennbar wird.

»The Antiphon« ist ein Familiendrama, und insofern steht es ganz in der modernen Tradition: Ibsen und Strindberg wählen um die Jahrhundertwende diese bedrohte und bedrohliche privateste Welt, die lange als Bollwerk der Moral und Kultur gefeierte Familie, zur Szene für unheilbaren – gesellschaftlichen – Zwist und Untergang. Ivy Compton-Burnett kennt in ihren überaus scharfsichtigen Romanen gar keine andere. Und auch Virginia Woolf greift in ihrem vorletzten Roman *»The Years«* (»Die Jahre« 1937) auf die Familiengeschichte zurück, wenn sie sich darin auch weit vom realistischen »Generationenroman« in der Art von Galsworthy entfernt.

Daß sich in diesem engen Gehege, in dem Eltern und Kinder so gut wie unentrinnbar eingeschlossen sind, das Grundmuster für spätere Verhaltensweisen der »Angehörigen« herausbildet, war eine der Erkenntnisse Freuds.

Eugene O'Neill – der vor den zwanziger Jahren mit Djuna Barnes in New York bei den Provincetown Players zusammengetroffen war, sie hoch schätzte (was sie keineswegs erwiderte), ja, sie für den besseren Theaterautor hielt, hat 1933 sein Familiendrama *»Mourning becomes Electra«* (»Trauer muß Elektra tragen«) herausgebracht – eine psychologische Umdeutung der *»Orestie«* des Aischylos. Und genau zehn Jahre später nimmt Jean Paul Sartre das antike Vorbild in seinem existentialistischen Stück *»Les Mouches«* (»Die Fliegen«) noch einmal auf. Auch T. S. Eliot hält sich in *»The Family Reunion«* (»Der Familientag«) – ein Stück, das er 1939 veröffentlichte und das im gleichen Jahr in London uraufgeführt wurde – an das Orestie-Thema, das er im Sinne einer christlichen Sünde- und Sühne-Vorstellung ausdeutet.

Möglicherweise hat Djuna Barnes in der Turbulenz ihres Aufbruchs aus Europa Eliots Stück bei seinem Erscheinen nicht wahrgenommen, später aber – noch ehe sie ihre Arbeit an *»The Antiphon«* begann – ganz sicherlich. In der ausführlichen Korrespondenz mit Eliot während der langen Entstehungszeit von *»Antiphon«* wird es allerdings niemals erwähnt. Eliot aber muß sich, zumindest durch die Wahl des Themas, daran erinnert gefühlt und den enormen Unterschied gesehen haben.

Ein Familienzerwürfnis zum Gegenstand eines Theaterstückes zu machen, ist also keineswegs abseitig in den dreißiger und vierziger Jahren, in denen Djuna Barnes wohl die ersten Schritte auf *»The Antiphon«* zu tut. Wie bedrängend nah ihr das Thema ist, erfährt sie bei ihrer Rückkehr nach Amerika aufs neue in der Begegnung mit der Mutter und den Brüdern. Nichts anderes findet in *»The Antiphon«* statt: Die einzige Tochter der Familie, Miranda, eine Poetin und Träumerin, kehrt aus Europa heim, wo sie – die so wagemutig in die Welt hinausging – keineswegs den von ihrer Familie erwarteten strahlenden Ruhm und das noch lebhafter erhoffte große Geld erworben hat. Sie ist eine Mühselige und Beladene und mittellos, und sie sucht Ruhe auf dem alten Familiensitz – einem total verwahrlosten ehemaligen Chorherrenstift, das der sanfte Onkel Jonathan, ein Bruder ihrer Mutter, mehr schlecht als recht verwaltet hat. Sie kommt in Begleitung eines sich Jack Blow nennenden, scheinbar windigen Gesellen, den sie unterwegs kennengelernt und dem sie von ihrer Familie erzählt hat. Er spielt ein wenig die Narrenrolle des gewitzten, wissenden Kommentators, in Wahrheit ist er ihr jüngster und einst sehr geliebter Bruder Jeremy, den sie zunächst nicht erkennt. Er hat auch veranlaßt, daß die Mutter, die fast achtzigjährige Augusta, sich hier einfindet, und er weiß, daß seine beiden Brüder Dudley und Elisha sie nicht allein reisen lassen: er kennt ihre Geldgier und weiß, daß sie etwas zu erben hoffen.

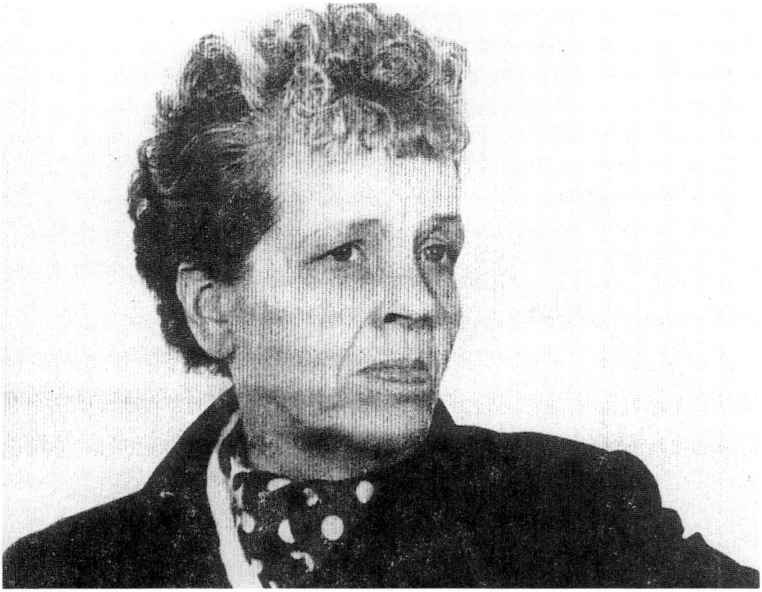

Djuna Barnes in den sechziger Jahren

In Wahrheit ist dieses Familientreffen ein Gerichtstag: der an ihrem Zerwürfnis, Zerfall und Unglück tatsächlich Schuldige soll gefunden werden, nicht der Hauptschuldige allerdings, denn der, Titus Burley, der Vater, ist tot.

Mutter und Tochter sind »starke Frauen«, »aristokratisch« in ihrem Verhalten. Die Mutter identifiziert sich mit der Tochter. »Sie scheint sie zu verachten, aber es ist augenfällig, daß sie sie einmal mochte, als sie noch dachte, ›daß aus ihr etwas werden könnte‹.« So Djuna Barnes in ihren unveröffentlichten Notizen zur Erläuterung von *»The Antiphon«*.

Augusta ist »voll von wildem Selbstmitleid, aber sie jammert nicht«. Und trotz allem, was Victoria, Titus' Mutter (die Sophia aus *»Ryder«*, die hier nur evoziert wird), ihr angetan hat, bewundert sie diese: sie ist die Freidenkerin und Suffragette, die Radikale und Wagemutige in der Familie, die sie mit ihren tolldreisten Bettelbriefen über Jahre erhalten hat. Die Söhne Dudley und Elisha sind »Händler« und kennen nichts als Geld. Sie geben sich unverschämt und vulgär, gleichgültig und höhnisch gegenüber Mutter und Schwester, und es wird deutlich, daß sie sich ihrer gern entledigen würden. »Ihre Mutter greifen sie an, weil sie alt und ihnen eine Last ist«, Miranda, die Schwester, weil »sie mehr Anzeichen von Überlegenheit besitzt als weltliche Güter ... Sie hassen alles, wofür sie steht.« Ausdrücklich gibt Djuna Barnes in ihren Notizen zu verstehen, daß »Miranda sich nicht degradiert« hat, indem sie zuließ, daß sie »verehelicht wurde ohne Ehe«: sie habe – »als Kind und abgeschirmt von der Welt – an ihren Vater geglaubt«, dessen kruder »Lebensphilosophie« diese »Initiation« entsprach. »Mirandas Tat war eine Rechtfertigung für den Vater, aber noch mehr für die Mutter, eben weil sie ein Opfer war ... Dies ist ein ganz wesentlicher Punkt in der ganzen Geschichte der beiden Frauen«, betont Djuna Barnes in ihren Erläuterungen, »wenn *hier* etwas falsch gemacht würde, könnte es den Sinn des Ganzen verfälschen.«

Im dritten Akt spitzt sich die Situation zu: die beiden Frauen sind allein. Die Mutter treibt die Identifikation mit der Tochter so weit, daß sie ihr Schuhe, Kleider und Ringe wegnimmt, sich mit ihr gleichsetzt im Alter und verlangt: »Laß uns so tun, als ob wir wieder Mädchen wären. Laß uns spielen.« »Sie versucht das Leben ihrer Tochter zu leben, ein Leben, von dem sie nur wenig weiß, von dem sie ›das Schlimmste‹ angenommen hat, das sie ihr aber doch neidet – und dies trotz ihrer immer wieder vorgegebenen puritanischen Moral«, auf die sie sich gern zurückzieht.

Die Wünsche von Mutter und Tochter sind einander genau entgegengesetzt. Während Augusta um ein paar Lebenstage mehr bangt, jung sein will auf Kosten der Tochter –

»Ich habe zu viel Leben in mir und du, Tochter,
Bist zu alt« –,[3]

bekennt Miranda sich zur Todesnähe:

»Gewiß bin ich stets dem Tod verpflichtet gewesen
Er ist das Maß in allem, was ich tue,
Er ist der Gegenstand, um den ich kreise,
Er ist die Nabe, die die erschütterte Spindel hält,
Bleilot, Sextant und Schwerkraft
des Steuermanns mit der behutsamen Hand:
Es gehört zur Menschenwürde, daß man stirbt.«[4]

Auf Augustas Frage:

»Was soll das?
Versuchst du mich zu schrecken?«

antwortet Miranda:

»Nein, ich versuch, uns aufs Vergessenwerden vorzubereiten.«[5]

In ihrer Verlassenheit und ihren Ängsten fordert Augusta, nachdem die beiden anderen Söhne lärmend verschwunden sind, nun Jeremy zurück, den sie nicht in Jack Blow erkannt hat. Sie wirft Miranda vor, sie habe ihn mit sich fortgezogen, als sie aus dem Hause ging.

> *»Du bist schuld, bist schuld, du, du bist schuld –*
> *Aus-aus-aus, aus – mein Sohn – mein Schrecken!«*[6]

Sie schlägt mit der schweren Vesperglocke – die wie alle Requisiten des Stückes gleich in der ersten Szene als Gegenstand aus dem Theaterfundus vorgezeigt wird – auf Miranda ein und tötet sie; beide stürzen, die Kulissen mit sich reißend, in die Tiefe.

Das Stück ist trotz dieses gewalttätigen Endes ohne äußere Handlung. Es ist, Vergangenes beschwörende, Sprache – dies vor allem – *und* Pantomime: eindringliche Gestik mit symbolischen Requisiten.

Was in der Shakespeareschen Tragödie – in *»Hamlet«* – decouvrierendes Spiel im Spiel ist, wird hier zum Objekt, zu einem kleinen Modell des alten Familienhauses, in dem alles, was hier zur Sprache kommt, wie unter einem Verkleinerungsglas exakt erscheint. Augusta wird gezwungen, sich zu erinnern, durch das Fenster des Spielzeughauses, das Jack Blow ihr vorhält, in eine Kammer zu blicken, in der die von ihr gebilligte Vergewaltigung der Tochter »durch einen durchreisenden Cockney, der dreimal so alt war wie sie« seinerzeit stattgefunden hat. Augusta wendet sich ab; sie habe damit nichts zu tun. Sie ist ständig damit beschäftigt, sich zu rechtfertigen, und stürzt immer wieder ab in die Wahrheit. Sie ist keineswegs eine eindeutige Figur. Ihr neidvoller Haß auf die Tochter schlägt um in Bewunderung, wie die durchschauende Verachtung Mirandas in eine Art verzweifelte letzte Liebe. Während Augusta sie bedrängt mit Vorwürfen, wehrt sie sich: *»Warte. Später will ich liebevoller sein.«*[7]

In der Vorbemerkung zum Stück, in der Djuna Barnes nach mannigfach erfahrenen und zum Teil verblüffenden Mißverständnissen einige Hinweise für die Inszenierung gibt, heißt es von den beiden Protagonistinnen: »... ihre Vertrautheit ist ihre Entfremdung, in diesem Abgrund findet ihr Zweikampf statt, und er sollte mit Stil geführt werden.«[8]

Im turbulenten dritten Akt von *»Antiphon«* fällt das Stichwort für die letzte Lebenszeit von Djuna Barnes. Miranda antwortet auf die Frage der Mutter, wie oder was sie sei: *»Trappistin – entsprungen – und zwar hart erkauftem Schweigen.«*[9]

12
1
2
3
4
5
6
7
8
9
10
11

Von ihrer »Trappistenzeit« hat Djuna Barnes in ihren letzten Jahrzehnten wiederholt gesprochen.
Kurz nach dem Erscheinen von *»The Antiphon«* stirbt Edwin Muir. Sein Tod trifft Djuna Barnes tief. »Ich liebte diesen Mann – und alle liebten ihn . . ., diese Art Mensch, der ungeschützt lebt und stirbt.«

In ihrem Brief an Eliot vom 26. Februar 1959 macht sie sich Sorgen um seine Frau und sein Kind, sie will wissen, was – wenn überhaupt – finanziell für sie geschehen ist. Sie fragt, ob sie irgend etwas tun könne. Wenn sie sich auf einen Menschen einläßt, sich befreundet, geht sie, die Reservierte und Abweisende, ganz aus sich heraus und über ihre realen Möglichkeiten hinaus.

Es klingt wie eine der Anekdoten, die der Barnes-Biograph Andrew Field so sehr schätzt, aber es trifft in diesem Fall zu, daß Edwin Muir kurz vor seinem Tod und nach dem Erscheinen von *»The Antiphon«* bei der Verleihung der Ehrendoktorwürde in Harvard zufällig mit Dag Hammarskjöld, zu der Zeit UN-Generalsekretär, zusammentraf und ihm begeistert von Djuna Barnes und ihrem neuen Stück erzählte. Hammarskjöld, ein leiser und belesener Mann, holte sofort *»Nightwood«* nach, las *»The Antiphon«* und war so fasziniert von beidem, daß er sich erbot, das Stück zusammen mit dem Direktor des Dramaten Theater in Stockholm, Carl Ragnar Gierow, für eine Aufführung dort zu übersetzen. Im Februar 1961 wurde *»The Antiphon«* in Stockholm uraufgeführt, Djuna Barnes konnte ihrer Gesundheit wegen nicht hinreisen. So schickte ihr Hammarskjöld am Tag der Uraufführung einen Strauß Rosen. Die Verehrung war gegenseitig.

Die Resonanz in Schweden war lebhaft und überwiegend interessiert und zustimmend. Die Aufführung hatte jedenfalls bewiesen, daß *»The Antiphon«* – so wie es jetzt vorlag – spielbar war. (Fields Anregung, das Stück aus dem weggelassenen Originaltext aufzufüllen, um es verständlicher zu machen, erscheint mir gefährlich und kaum im Sinne der Autorin: immerhin hatte sie sich mit den Strichen und Schnitten – vor allem den von Muir vorgeschlagenen – einverstanden erklärt. Was jetzt als zweite Version des Stückes vorliegt, kann als Ausgabe letzter Hand gelten. Interessant aber wäre es, einen Supplement-Band aus den von den Verlegern verworfenen Texten von *»Nightwood«* und *»The Antiphon«* herauszugeben – im letzteren Falle auch als »Inszenierungshilfe«.)

Das theatralische Ereignis *»Antiphon«* blieb auf Schweden begrenzt: die englischsprachige Presse nahm von der Aufführung kaum und abwertend Notiz.

Als Hammarskjöld kurz danach bei einer Friedensmission im Kongo mit dem Flugzeug tödlich verunglückte, war dies (nach Edwin Muirs Tod) der zweite große menschliche Verlust für Djuna Barnes in kurzer Zeit. Wenige Jahre später starb T. S. Eliot, (der überraschend – wie Silas Glossop – noch in höherem Alter eine sehr viel jüngere, lebenstüchtige Frau geheiratet hatte). Djuna Barnes verlor in Eliot einen nicht immer ermutigenden, aber ihr aufrichtig zugeneigten Gesprächspartner und unverbrüchlich treuen Freund.

In das Ende der fünfziger, den Beginn der sechziger Jahre fallen aber auch einige stimulierende Ereignisse: die deutsche Übersetzung von *»Nightwood«* erscheint 1959 im Verlag Günther Neske und ein Band »Selected Works« 1962 in Amerika bei Farrar, Straus and Giroux. Die Auswahl der neuaufgelegten Werke hat Djuna Barnes selbst mit großer Strenge getroffen. Nur wenige der Erzählungen wurden unter dem Titel der einen, *»Spillway«*, aufgenommen, von ihren Porträts, Interviews und den New York-Stücken nicht eines, auch *»Ladies Almanack«* und der Roman *»Ryder«* fehlen. Das radikale Urteil über ihre eigenen Arbeiten ist der Autorin gutes Recht. Es steht aber auch den Verlegern zu, für Kenner und Liebhaber unter ihren Lesern diese Auswahl – besonders im Hinblick auf die frühen Erzählungen und Porträts – zu erweitern. Das ist inzwischen posthum in deutschen Übersetzungen in fast größerem Umfang geschehen als in England und Amerika. Wobei *»Nachtgewächs«* und *»Antiphon«* unbestritten die großen Kernstücke ihres Œuvres bleiben.

Fast gleichzeitig mit den *»Selected Works«* erscheinen in England die Erzählungen (unter dem Titel *»Spillway«*) und *»Nightwood«* (als Paperback) bei Faber and Faber.

Fünfundzwanzig Jahre nach dem ersten Erscheinen von *»Nightwood«* hatte Djuna Barnes mit einer anderen Leserschaft und anderen Kritikern – mit einer neuen Generation – zu rechnen. Die Urteile sind gemischt. Ein so wichtiges Blatt wie das »Times Literary Supplement« (TLS) tut die Erzählungen als »hinter der Zeit« ab, ihre Figuren als démodés, ihre Welt als »irgendwo zwischen Ibsen und Babel, Isak Dinesen (Tania Blixen; K. St.) und Virginia Woolf« angesiedelt. »Es ist kaum die Art Prosa, die heute bevorzugt wird«, schreibt der ungenannte Kritiker[1], »aber sicherlich würde Miss Barnes es verabscheuen, ›populär‹ zu sein. ›*Spillway*‹ wird von einigen wenigen geschätzt werden, aber es wird die meisten von uns kaum von der ›fraglosen Genialität der Autorin‹ überzeugen können.« Der Rezensent von »Time and Tide« wiederum widmet den Erzählungen einen Dreispalter, in dem er zustimmend Eliots Äußerungen zitiert, daß eine ganz lebendige Prosa vom Leser etwas fordere, was der Durchschnittsleser zu geben nicht bereit sei. Unbeirrt von der Kritik, die ihr vorwerfe, nur »das Negative« gezeigt zu haben, sei die Autorin ihren Weg weitergegangen, obgleich sie lange auf die Veröffentlichungen ihrer Arbeiten habe warten müssen und auf die englischsprachige Aufführung ihres Stückes *»The Antiphon«* noch immer warte. »Für Künstler dieser Art kann es nur einen Trost geben – die Arbeit selbst.«[2] Und während die Kritikerin von »The Spectator« die Erzählungen als verstaubtes neunzehntes Jahrhundert abtut, kommt der Rezensent der »Sunday Times« – keineswegs als einziger – zu einem zwiespältigen Schluß: ihm fehlt es in den Erzählungen an realistischer Begründung für das Sosein der Figuren. »Aber der Stil ist zweifellos originell.« Philip Toynbee, der wichtigste Kritiker des englischen »Observer«, läßt sich (unter dem Titel »The Power and the Glory«/»Die Kraft und die Herrlichkeit« – ein Romantitel von Graham Greene) noch einmal ausführlich und zitatenreich auf *»Nightwood«* in der Paperback-Ausgabe ein und kommt zu dem Schluß: »... ›*Nightwood*‹ ist ein kleines Meisterwerk, das die allgemeine Aufmerksamkeit links liegen gelassen hat. Ich hoffe, daß diese Ausgabe es auf den Platz rückt, wo es hingehört – nämlich deutlich vor die Augen aller, die sich angelegentlich für die Literatur unseres Jahrhunderts interessieren.«[3]

In einer weniger bekannten amerikanischen Wochenzeitung erscheint eine verständnisvolle Würdigung des Gesamt-Œuvres von Djuna Barnes, das in die Nähe der »unruhigen Iren« oder der »großen Russen« gerückt wird. »Ob das neu belebte Interesse an Miss Barnes eine verspätete Schar von Schülern hervorbringen wird, läßt sich bezweifeln«, meint der Rezensent. »Sie zu imitieren oder gar sie fortzuführen, würde größere Fähigkeiten erfordern, als heutige Schriftsteller besitzen.«[4]

Ähnlich gespalten wird die Resonanz auf die deutsche Ausgabe von *»Nightwood«* sein: es gibt entweder entschiedenen Enthusiasmus oder ebenso entschiedene Ablehnung – diese meist mit der Begründung, der Text sei »unzeitgemäß«.

Im Januar 1959 beginnt Djuna Barnes mit Wolfgang Hildesheimer zu korrespondieren, der die Übersetzung von *»Nightwood«* übernommen hat. Sie zeigt sich sehr bereit, ihm wenn irgend möglich dabei zu helfen. Hildesheimer wiederum verhandelt mit dem Lektor von Faber und zeigt sich besorgt, daß die »Massigkeit« des Deutschen häufig zu Umschreibungen führen werde. Im März schreibt er an Djuna Barnes: »Ich habe jetzt etwa ein Drittel von ›*Nightwood*‹ übersetzt (das ich mehr und mehr für das größte fiktionale Werk unseres Jahrhunderts halte) ... Es wird eine Sensation im literarischen Deutschland hervorrufen, da viele von dem Buch wissen, aber es nie haben lesen können.«

Der Briefwechsel zwischen Djuna Barnes und Wolfgang Hildesheimer ist das Beispiel einer geglückten Kommunikation zweier adäquater Partner in einer Übersetzungsarbeit, obwohl die Autorin kaum Deutsch verstand. Außerdem aber enthüllt er – vor allem in den Mitteilungen von Djuna Barnes – ein ziemlich tristes Bild von den deutschen Verlagsverhältnissen, richtiger vom Verhalten einiger deutscher Verleger. Und es gibt ganz persönliche Töne in diesen Briefen: Winke zweier »Eingeweihter«, welche die erstickende Isolation und die schwärzeste Depression, den hohen Anspruch und die bitteren Enttäuschungen des unbequemen Schriftstellers kennen und beim andern sofort verstehen.

Die Sensation, die das Erscheinen von *»Nachtgewächs«* hervorrief, beschränkte sich in der Tat auf das *literarische* Deutschland. Dort allerdings war sie groß. Wolfgang Koeppen schrieb in seiner Rezension: »Gewiß, es ist ein Buch für den zu verführenden, für den anspruchsvollen Leser – aber welche Offenbarung für ihn! ... ›*Nachtgewächs*‹ ist ein Testament der Verwirrung und Verzweiflung, kein gottloses Buch, doch trägt Gott in ihm noch zur Verwirrung und Verzweiflung bei ... Mit ›*Nachtgewächs*‹ wurde eine Grenze irdischer Betrachtung erreicht; es ist ein Appell an die Ewigkeit.«[5]

Ähnlich wichtig nimmt Günter Blöcker die deutsche Neuerscheinung[6]: »Szene und kluge Weltbemerkung weichen vor der Vision der Nacht. Sie, die ›nuit effroyable‹, ist der eigentliche Schauplatz. Sie ist die Spalte, in welche die Verfasserin ihre Gestalten stürzt, um sie aus der Nichtigkeit ihrer Einzelexistenz zum Bewußtsein der ›universalen Krankheit‹ zu bringen, nämlich zu dem, was hier, unentrinnbar und furchtbar großartig, als völlige Seinsverfinsterung erscheint.« Während Koeppen zu Recht Wolfgang Hildesheimers Übertragung als »meisterliche Nachschöpfung« feiert, gesteht ihm Blöcker allenfalls den Versuch zu, »den sprachlyrischen Qualitäten« des Buches »mit großem Ehrgeiz gerecht zu werden«. Womit er Hildesheimer nicht gerecht wird. Fast alle Rezensenten erkennen in diesem Roman die große Lamentation – im Sinne des biblischen Hiob oder Jeremias –, deren beredter Stimmführer der mächtig-ohnmächtige Doktor O'Connor ist. Das religiöse Moment der Dichtung wird oft angedeutet, kaum je ausgesprochen. »Verdammung« aber (»damnation«, unter welchen Begriff Kannenstine das Gesamtoœuvre stellt) ist ein religiöser Begriff.

Kirchenfromm war Djuna Barnes sicherlich nicht. Aber ihr brennendes Interesse an dem was, »jenseits irdischer Betrachtung« liegt (wie Koeppen es formuliert), ist mehrfach – auch in persönlichen Äußerungen – bezeugt.

In *»Nachtgewächs«* heißt es: »›Eine religiöse Frau, dachte er bei sich‹, ohne die Freude oder Sicherheit des katholischen Glaubens, der im Notfall die Flecken an der Wand bedeckt, wenn die Familienbildnisse rutschen.‹«[7] Was der Doktor über Nora Flood denkt, läßt sich, ohne zu verfälschen, auf die Autorin übertragen. Sogar der »Realist« Franz Schonauer plädiert für »einen metaphysischen Aspekt«. »... Derart, daß hier in geradezu peinlicher Eindringlichkeit die menschliche Existenz als schlechthin unerlösbar, als verdammt hingestellt wird. Schließlich aber ist dieser Roman wie kaum ein zweiter der modernen Literatur Dichtung – also das Gegenteil philosophischer Spekulation ...«

Der Sprachgewalt dieser Prosa am nächsten kommt der Lyriker Jürgen Becker, der sich immer wieder zu Arbeiten von Djuna Barnes geäußert hat. *»›Nachtgewächs‹* ist eine ebenso strenge wie wuchernde Architektur der Sprache und der Phantasie. Beides steht in Gegnerschaft; Djuna Barnes' Intentionen verwirklichen sich gleichzeitig: die wilde Traumgeburt fesselt der Name, den die Sprache gibt. ... Die Schönheit dieser Sprache täuscht nicht darüber hinweg, daß sie dem Schweigen abgekämpft ist, das den Leiden vorangeht und sie beschließt... Nicht zuletzt versichert es (das Buch; K. St.) uns der Macht, welche die Sprache als mögliches Mittel wider den Untergang innehat.«[8]

Daß die »(Ost-)Berliner Welle«, die »westdeutsche Bücher kritisch betrachtet«, zu der Zeit (1960) in *»Nachtgewächs«* nur »eine Verleumdung des Lebens« sieht, erstaunt nicht so sehr. Daß aber eine sonst einfühlende Rezensentin wie Hedwig Rohde, die selbst Lyrikerin und gewiß keine »restaurative Realistin« ist, »Nachtgewächs« als überflüssigen »Spätling« abtut, ist überraschend: »So wird dieses ›Nachtgewächs‹ – der deutsche Titel trifft es genau – eine Kostbarkeit für Kenner bleiben müssen, die noch willens sind, ein für andere unzumutbares Opfer an Einfühlungskraft zu bringen«, befindet sie. Und es folgt das Verdikt: »Hildesheimers ungeheure Übersetzungsarbeit war zwar literarhistorisch, aber nicht zeitgenössisch wichtig.«[9]

Gerade das »Zeitgenössische« – das Zeitgemäße – ihres Œuvre (oder doch großer Teile davon) scheint nun wieder die nächste Generation – fünfzig Jahre nach dem Erscheinen von *»Nightwood«* – anzuziehen. Die Sensibilität für einen desperaten Weltzustand, den Weltkriege, Diktaturen und hemmungsloses Wachstum mit ihren unvermeidlichen Folgen herbeigeführt haben, hat zweifellos zugenommen. Das Bedürfnis nach einem tiefer eindringenden – metaphysischen – Weltverständnis auch. Wie groß der Kreis dieser präsumtiven Leser von Djuna Barnes ist, läßt sich schwer feststellen. Literarisch ehrgeizige Buchhändler haben die wichtigsten Arbeiten von Djuna Barnes heute am Lager, die Auflagen ihrer Werke steigen. Gerade die Veröffentlichung ihrer frühen erzählerischen Prosa und auch der journalistischen Arbeiten hat offenkundig auf ihr schwieriges Œuvre hingeführt.

Aber etwas anderes, fast so Schreckliches wie das Vergessensein droht der Autorin und ihrem Werk nun, nämlich: zur »Kultfigur« zu werden, die ein »Kultbuch« geschrieben hat. Eine Form der Isolierung durch Idolisierung, eine andere Art, nicht wahr-genommen zu werden.

Sie war in keinem Sinne eine Vorkämpferin. Außer Zweifel hat sie durch die Art, wie sie lebte, und durch das, was sie schrieb, an Tabus gerührt oder sie sogar verletzt. Es geschah kaum mit dem Vorsatz, die Gesellschaft zu verändern. Ihre Mittel sind nicht die der politischen Attacke oder der Psychoanalyse, deren Entdeckungen ihr nicht fremd waren. Sie äußert sich als Schriftstellerin. Sie teilt keine objektiven Sachverhalte mit, sie verschlüsselt und verdichtet subjektive Erfahrung.

(In welchem Maße die Legende der »berühmtesten Unbekannten« die Wirklichkeit ihres Lebens überwucherte, zeigt sich beiläufig in fast allen – und nicht nur den deutschen – Rezensionen. Die eine läßt Djuna Barnes einem »reichen New Yorker Haus« entstammen, die andere macht sie gar zur Bankierstochter. Eine untilgbare Stereotype ist ihre enge Zugehörigkeit zum Kreis um Gertrude Stein.)

Wie entschieden und hartnäckig sie sein konnte, wenn es um die Interpretation ihrer Arbeit und auch ihrer Person ging, zeigt sich in der Auseinandersetzung mit Kenneth Burke, einem Universitätslehrer und Schriftsteller, der sie seit längerem kannte. Er bittet sie um die Erlaubnis, in einem Essay über sie einige Stellen aus ihren Büchern zu zitieren. Es ist also mehr eine pro-forma-Anfrage, die freundschaftliche Zustimmung erwartet. Djuna Barnes lehnt ab, nachdem sie den Essay gelesen hat[10]. Nach einigem Hin und Her zwischen ihr und dem Verfasser schreibt sie an den Direktor der University of California Press (wo der Essayband erscheinen soll): »Ich habe den Essay jetzt gelesen und finde ihn töricht, irreführend, unkorrekt und alles in allem auf fahrlässige

Weise beleidigend und kränkend. Ich muß Sie bitten, ihn aus dem Buch herauszunehmen. Wenn er darin bleibt, werde ich zu meinem Bedauern entsprechende Schritte unternehmen müssen.« (Der Essay blieb in dem Band – ohne die ausführlichen Zitate aus *»Nightwood«*)

Einem amerikanischen Rezensenten[9], der das Erscheinen von »Selected Works« zum Anlaß für eine ausführliche Bewertung ihres Gesamtwerks genommen hatte, dankt sie (am 27. November 1962) dafür und stellt einige faktische Irrtümer richtig: daß sie selbst einige Schriftsteller »beeinflußt« habe, bestätigt sie und spricht sogar grimmig von Diebstahl, zumindest in einem Fall, ohne allerdings Namen zu nennen, was aufschlußreich gewesen wäre. Sie kann sich wiederum nicht erinnern, daß man ihr nachgesagt habe, von Wyndham Lewis, Oskar Wilde oder Walter Pater beeinflußt gewesen zu sein (»wo? ...«); »... von Eliot ja (so idiotisch das auch sein mag ...)«. Sie wisse den Artikel sehr wohl zu schätzen, fährt sie fort, »denn Sie sind bislang der einzige Kritiker, der so feinfühlig war, folgendes festzustellen: ›Den Gehalt dieses Buches zu erörtern oder seinen Geist leichthin erfassen zu wollen, ist vergeblich; es muß erfahren und nicht nur gelesen und diskutiert werden.‹ Und damit, meine ich, haben Sie deutlich auf den ganzen Wirbel um mein Werk, besonders um *›The Antiphon‹*, hingewiesen. Dem Dichterischen müßte viel mehr Aufmerksamkeit geschenkt werden, aber dafür hat heutzutage niemand Zeit und Sinn.«

Die zitierten Reaktionen auf ihre Arbeiten und die hier mitgeteilten Beobachtungen sind nicht mehr als Hinweise auf Djuna Barnes Wirkung während ihrer Lebenszeit. Eine umfassende Rezeptionsgeschichte der außerordentlichen Autorin steht noch aus. Sie könnte einiges über die geistigen Prozesse in den Epochen um die beiden großen europäischen Kriege zutage fördern.

In ihren Briefen aus den sechziger und siebziger Jahren mokiert sich Djuna Barnes milde über die »Hippies, Hoppies und Blumenkinder«, über den unhemmbaren Drang, in Demonstrationen oder über die »Medien« an die Öffentlichkeit zu gelangen. Hier äußert sich gewiß auch die natürliche Verhärtung des hohen Alters gegen den »Unfug« einer späteren und andersartigen Generation. Aber es ist zugleich auch eine ganz sachliche Kritik an einem Zeitphänomen: daran, daß die Werbung den – literarischen – Stil diktiere, daran, daß, wer nicht willfährig allen Aufforderungen zur »publicity« folge, eben in Vergessenheit gerate.

An die alte Freundin in Paris, Natalie Clifford Barney, mit der sie – nach langem Schweigen – die Korrespondenz wieder aufnimmt, schreibt sie im Mai 1963: »... Ich lebe das Leben einer Trappistin – mein Türschloß mußte aufgebrochen werden, als ich zum Ambulanzwagen abgeschleppt wurde! – und ich will weder Vorträge halten noch Lesungen veranstalten, noch Fragen beantworten, noch mich für Photos in Positur setzen, noch literarische Tees besuchen – ich will diesen ganzen Kram nicht, der dazugehört, wenn man in die Zeitungen kommen will. Dies ist die große Zeit der Werbung: außergewöhnlich gewöhnlich, katastrophal vulgär und sehr laut. Und was den gegenwärtigen Trend in Theaterstükken und Büchern angeht – sie schockieren sogar mich.« Ahnungsvoll spricht sie ein andermal davon, daß man nächstens einen Koitus auf offener Bühne vorgeführt bekommen werde ... Und zimperlich war sie ja wirklich nie.

Wie aus ihren Papieren hervorgeht, hat sie versucht, sich über die literarische Produktion der Gegenwart zu informieren. Mit ihrer Meinung über eine »gewisse neue Art« zu schreiben hat sie nicht zurückgehalten. Meist äußerte sie sich Freunden gegenüber, selten in der Öffentlichkeit. Einmal, kurz vor ihrem 79. Geburtstag, heißt es in einem – raren – Interview für die New York Times[11]: »... Miss Barnes hat wenig Verständnis für die drastische Art junger Autoren, Sex darzustellen. ›Sie haben jeden Sinn für Nuancen verloren‹, meint sie, ›man geht ins Bett, tut dies und das. Aber das ist ohne jede Bedeutung und hat mit Literatur schon gar nichts zu tun. Liebe und Einsamkeit sind etwas Hochdramatisches, aber davon verstehen sie nichts. Sie tun mir wirklich leid‹.«

Ihre gelegentlichen Beurteilungen von Buchmanuskripten für Verlage sind knapp und schonungslos. Im Falle eines Autors (L. Knapp) der sein Buch *»The Mania, called Love«* nennt, schreibt sie: »Der Titel geht von der allgemeinen Voraussetzung aus, daß, wenn man lange und entschlossen genug im Bett bleibt, man weder stehlen kann, da ja die Hände beschäftigt sind, noch – aus dem gleichen Grunde – sich betrinken kann und daß alle Schwierigkeiten sich schließlich in einem sauberen und anständigen, blumenumrankten Häuschen auf dem Lande von selbst regeln – vorausgesetzt, daß die ›Bettlägerigkeit‹ rundum in Schwangerschaft endet (die beinahe auch die Ehemänner einschließt). Mir scheint, Mr. Knapp sollte unter Aufsicht gestellt werden. Zu einem wirklich großen Wüstling hat er nicht das Zeug.« In einer anderen Buchbeurteilung (der Titel ist *»Forests of the Night«* von Richard L. McKelvey) stellt sie gleich zu Anfang einige grundsätzliche Fragen, die sie selbst beantwortet:

»Ist es ein Kunstwerk? Nein.
Ist es ein unbedeutendes Werk? Nein.
Ist es ganz schlecht? Nein.
Also ist es halb und halb?«

Zunächst einmal findet sie das Buch einfach zu dick: »Es sollte auf die Hälfte – oder noch weniger – zusammengestrichen werden. Ich weiß, das Publikum liebt solche Romane im Lexikonformat für Zwei Dollar fünfzig ... Weiß der Himmel, Proust wirkt immer noch nach (und die Hälfte seines Werks würde durch unbarmherzige Striche gewinnen), aber bei ihm mag man das, denn im Gegensatz zu Mr. McKelvey – und, wage ich zu behaupten, zu einer Million anderer Schriftsteller – steht er dahinter, ihm gelingt, was Mr. Walker (war es Mr. Walker?) von einem großen Schriftsteller fordert: Selbsterneuerung ... Schreiben, das nur an etwas erinnert, aber nichts erschafft, ist eine Vergeudung von Zeit und gutem Papier.«

Namen junger zeitgenössischer Autoren kommen in ihren Briefen aus diesen Jahren kaum vor. Um so auffälliger sind die wenigen, die sie nennt. Deutlich interessiert sie sich für das entschiedene Talent der unglücklichen jungen Dichterin Sylvia Plath (die manche von ihr beeinflußt finden). Vielleicht hätte sie sich mit der schwierigen und scheuen Carson McCullers verstanden, die mehrfach versucht hat, sie am Patchin Place aufzusuchen, sich dann in einem Brief für ihre »Taktlosigkeit« entschuldigt und ihr gleichzeitig zu verstehen gibt, wie sehr wichtig ihre Bücher für sie gewesen seien. »Ich mache mir nicht oft die Mühe, jemanden aufzusuchen«, schreibt sie. »Auch ich bin eine sehr verschlossene Person. Aber als ich hörte, daß Sie in New York sind, wollte ich Sie – mit merkwürdiger Beharrlichkeit – treffen und mit Ihnen sprechen.« Es kam nicht dazu.

Mit einer anderen, höchst eloquenten und kommunikationsfreudigen Adorantin hat Djuna Barnes wenig anfangen können: mit Anaïs Nin, der Freundin so vieler bedeutender Männer, darunter Henry Miller, dessen Bücher Djuna Barnes verabscheute. Die besessene Tagebuchschreiberin ist mit dieser »indiskreten« Form der persönlichen Mitteilung – die ihren wichtigsten literarischen Beitrag ausmacht – das genaue Gegenteil von Djuna Barnes. Den nach dem Erscheinen von *»Nightwood«* an sie gerichteten – vielleicht nicht abgeschickten, jedenfalls nicht beantworteten – Brief hat die Verfasserin in ihre Tagebücher (1934-1939)[12] aufgenommen. (Eine Kopie der Tagebuchstelle findet sich in den Papieren von Djuna Barnes.) Es ist eine Huldigung an die Dichterin, in der die Briefeschreiberin als Person kaum weniger deutlich zur Geltung kommt.

Sehr bezeichnend für die »Trappistin« scheint mir ein kurzes Schreiben an die amerikanische Schriftstellerin Susan Sontag zu sein, die ihr offenbar ihren Essay »Against Interpretation« (»Kunst und Antikunst«) zugeschickt hatte und ihr später noch einmal begegnete, ohne sie anzusprechen. »Liebe Miss Sontag«, heißt es da, »ich habe gehört, daß Sie, als Sie mich im Village getroffen haben, davon absahen, mich anzusprechen, weil irgend jemand Ihnen gesagt hat, ich sei eine Art Dämon, ziemlich gewalttätig und beschimpfe die Leute. Machen Sie mir bitte das Vergnügen, das nächste Mal mit mir zu reden?« Auch dazu kam es wohl nicht. (Als sie hörte, daß Susan Sontag schwer erkrankt sei, sorgte sie sich ernsthaft um sie und war dann, wie Hank O'Neal mitteilt, dringend interessiert, ihr Buch »Illness as Metaphor« (»Krankheit als Metapher«) zu lesen.)

Nein, eine handliche Zeitgenossin war Djuna Barnes auch im Alter nicht. Weder verstand sie sich als die eifrige Mentorin junger Talente noch als die »nice old lady«, die gern aus dem Nähkästchen der Vergangenheit plaudert, und auch nicht als die in Ehren ergraute Rebellin, die sich den revolutionär gesinnten Jungen warm empfiehlt.

Sie war immer schon eine – gelegentlich gesellige – Einzelgängerin gewesen, und sie wurde mit den Jahren eine »Klausnerin«, eine Einsame. Sie hatte diesen Zustand selbst herbeigeführt, und sie litt – wie könnte es anders sein – zu Zeiten unter ihm. Sicherlich habe auch sie einiges dazu beigetragen, die »berühmteste Unbekannte ihrer Zeit« zu werden, gestand sie Wolfgang Hildesheimer einmal in einem Brief.

Aber ganz sinnentleert oder nur verbittert waren diese langen Altersjahre nicht – trotz oft peinlicher Armut, trotz vieler physischer Plagen, böser persönlicher Erfahrungen und schlimmer menschlicher Verluste, die ihr zusetzten. Die Korrespondenz mit den ihr verbliebenen alten Freunden ist anteilnehmend, oft liebevoll, gelegentlich von schwarzem Humor. Zu einem Besuch Peter Hoares, der ihr sehr vertraut bleibt und mit dem sie lange Briefe wechselt, schreibt sie 1962 an Silas Glossop: »Ich hoffe, ihn zumindest noch einmal zu sehen, ehe er nach London abreist. Ich fürchte, es könnte seine letzte oder vorletzte Reise in die Staaten sein. Ich werde ihn vermissen, aber Dinge und Menschen zu vermissen oder durch den Tod zu verlieren, gehört zur Ordnung der Natur, die, wie man annimmt, alles wieder in die Reihe bringt – Hölle wie Hochwasser.«

Ein andermal stellt sie – wohl aus gegebenem Anlaß – in einem Brief an ihn fest: »... wir sind alle wahnsinnig, davon bin ich überzeugt ... Wir wollen Liebe, Anerkennung und Ruhm (und das Bargeld nicht zu vergessen, bitte!)«.

Immer wenn es um die Sache geht, wird sie streitbar. Und »die Sache« ist immer noch die Literatur, es sind jetzt vor allem Gedichte. Sie standen am Anfang ihres Schreibens, zu ihnen kehrt sie zurück. Von ihnen erhofft sie sich das reine Destillat eines exzessiven Lebens, dessen, was sie zu sagen hat. Die Arbeit an ihnen bestimmt ihr Leben. Manchmal gelingt ihr nicht mehr als eine Zeile am Tag. Oft kommt ihr der Verdacht, daß sie ihre einzige *raison d'être* sind, daß sie sich nicht von ihnen trennen mag, weil es sonst keinen Grund gäbe, diese mühselige Existenz fortzusetzen.

In einem Brief an Glossop (vom November 1967) schildert sie ihren Tagesablauf. (Sie ist fünfundsiebzig, schwer asthmatisch, ihr Rücken ist von mehreren Stürzen beschädigt, sie hat einige Operationen hinter sich.) Sie entschuldigt sich für ihre verspätete Antwort auf einen Brief: es sei nicht eigentlich eine »Sünde« (was sie am Schreiben gehindert habe), eher ein »tugendhafter Fehler«, d. h. »ihre Hingabe an das Wort«. »Ich stehe um fünf Uhr morgens auf, frühstücke und bin dann bald an meiner Schreibmaschine ... (abgesehen von kleinen Unterbrechungen, weil ich mich hinlegen muß, der Rücken meldet sich schon sehr bald). Dann zurück an meine Bücher, Papiere und Verse. Und schließlich bleibt mir keine Kraft mehr für etwas so Gewaltiges, wie mir einen Brief auszudenken ...«

Ein Jahr später notiert sie (an denselben Adressaten): »Ich bekomme keine Briefe, da ich nicht schreibe – da ich meine ganze Zeit darauf verwende, einige Gedichte zu machen und einen traurigen Tag nach dem andern hinter mich zu bringen.« Im selben Brief meldet sie die italienische Übersetzung von *»Nightwood«* und endlich – nach fast zehnjährigem Hin und Her – den Anfang der Übersetzung von *»The Antiphon«* ins Deutsche.

Im April notiert sie – wohl auf eine Frage von Silas Glossop: »Ich? – Eine alte Dame, die wie ein Idiot gegen die Zeit anarbeitet.« Sie legt ein Foto von sich mit siebenundsiebzig bei: »... Ich sehe aus wie der Erasmus von Holbein ... Wenn man sein wirkliches Alter wissen will, muß man seine letzte Photographie in aller Öffentlichkeit betrachten! Die Verborgenheit des eigenen Heims teilt einem gar nichts mit; man denkt dann immer noch, man fühle sich jung.«

Wenn sie schon für die Korrespondenz mit den Freunden kaum noch Zeit und Kraft findet, so läßt sich denken, wie ungemein lästig ihr die unerbetenen Briefe Fremder sind, die eine Antwort erwarten. Es schreiben ihr meist junge Leute, die ihren Master of Arts oder eine Dissertation vorbereiten, eine Zeitschrift gründen, Auskünfte zu ihrer Person und zu Zeitgenossen für ein Buch oder einen Artikel haben wollen. Ein Graphologe – aus Deutschland – bittet sie um eine Schriftprobe, die er wohl erhalten haben muß, denn er liefert sein graphologisches Gutachten – in Versen. Der jungen Herausgeberin einer Anthologie zu den amerikanischen »expatriates« der zwanziger Jahre in Paris schreibt sie auf deren Bitte um einen Beitrag und ein Interview: »Es tut mir leid, aber ich gebe niemals Interviews. Ich ›erinnere‹ mich nicht. Ich traue älteren Berichten nicht sehr. Soviel ich weiß, gab es niemals so etwas wie eine »expatriates«-Bewegung, noch waren wir eine ›verlorenere‹ Generation als jede andere. Das sind solche Etiketts, die man Leuten anheftet, meistens um sie für das Lesepublikum besser vereinnahmen zu können. Das ist auch leichter, als sie jeden einzeln unter die Lupe zu nehmen.« (»jeden einzeln« im Brief durchgestrichen; K. St.)

Es gibt auch Pläne und Vorschläge, die sie interessieren, zum Beispiel eine Bearbeitung von *»Nightwood«* für den Hörfunk, eine Dramatisierung, eine Verfilmung. Aber das Mißtrauen gegen die ihr unbekannten Fragesteller siegt. Sie hätte einer Verfilmung von *»Nightwood«* zugestimmt, notiert sie einmal, wenn jemand wie Fellini oder Ingmar Bergmann – der ihr sicherlich kongenialere – sie übernommen hätte. Aber dieser Vorschlag blieb aus.

NACHHALL

Darryl Pinckney, ein junger amerikanischer Autor, der in Djuna Barnes' letzten Jahren eine Zeitlang bei ihr als »Haushaltshilfe« arbeitete, hat seine – widersprüchlichen – Erfahrungen mit ihr geschildert: »Ihre Abgeschiedenheit war ebensosehr eine Form des Selbstschutzes wie eine Folge des Alters. Selbst wenn sie vom Temperament her imstande gewesen wäre, sich davonzumachen ..., es war zu spät. Wenn Djuna Barnes richtig in Fahrt kam, sich in eine ihrer grimmigen Tiraden hineinsteigerte, dann schien ihre winzige Gestalt sich auszudehnen. Die kraftvolle Stimme zwang mich in eine Ecke, die Worte kamen wie Pfeile. (...) Als bekannte Persönlichkeit, als Überlebende war sie ein Mensch geworden, der einen großen Teil seines Lebens gewissermaßen geräumt hatte, wobei sie sich der Spuren bewußt war, die sie den Detektiven achtlos hinterlassen hatte.«[1]

Sie war vielleicht weniger achtlos als zwiespältig ihrer eigenen Hinterlassenschaft gegenüber. Wichtige Spuren waren bereits zum großen Teil gesichert: Anfang der siebziger Jahre hatte Djuna Barnes nach längerem Bedenken ihre gesamten Papiere – Korrespondenzen, verschiedene Fassungen ihrer Arbeiten, auf Kalenderblättern und in Notizbüchern verstreute (durchweg schwer lesbare) Anmerkungen – der McKeldin Bibliothek der Universität Maryland übergeben. Der Erlös daraus machte den größeren Betrag der 100 000 Dollar aus, die sie in ihren letzten Lebensjahren, auf vier verschiedene Bankkonten verteilt, zur Verfügung hatte und von denen sie so gut wie keinen Gebrauch machte. »Sie war keineswegs mittellos«, schreibt Hank O'Neal in seinen Tagebuchaufzeichnungen und Erinnerungen an die Zeit von 1978 bis ins Jahr 1981[2], als er auf Vorschlag der Photographin Berenice Abbott (einer alten Freundin von Djuna Barnes, mit der er zusammenarbeitete) die Aufgabe eines Sekretärs honoris causa bei ihr übernahm.

War es Lebensangst, Altersgeiz oder die bloße Gewohnheit, mit wenig auszukommen, was sie davon abhielt? Noch in den fünfziger und sechziger Jahren wäre sie, wie in ihren Briefen zu lesen ist, gern für längere Zeit nach Europa zurückgekehrt, konnte es sich damals aber nicht leisten. Später, als es finanziell möglich gewesen wäre, erscheinen ihr weite Reisen mit zunehmenden physischen Leiden unzumutbar – vielleicht auch als zu große Herausforderung durch die eigene Vergangenheit. Immer wieder einmal äußert sie sich abfällig und mit unüberhörbarer Bitterkeit über ihre in der Welt herumreisenden Altersgenossinnen Margaret Anderson und Janet Flanner.

Ihre Ausgaben waren bescheiden. Die Miete für die Wohnung am Patchin Place betrug 100 Dollar. Sie lebte fast bedürfnislos von ihrer kleinen Sozialrente von 115 Dollar im Monat, den 300 Dollar, die ihr Peggy Guggenheim zuletzt regelmäßig zukommen ließ, und den gelegentlichen, sparsamen Zuwendungen ihrer Brüder zur Deckung von Extraausgaben wie einer Klimaanlage und eines Sauerstoffgeräts gegen ihr Asthma, für die sie sich wie für die jeweils fälligen Geburtstagsglückwünsche und -schecks mit stereotyper Freundlichkeit bedankt. Auch das Verhältnis zu dem jüngsten und einst geliebten Bruder Saxon, um den sie sich in früheren Jahren ständig sorgte, wird – will man diesen Kurzbriefen glauben – lau und erlischt schließlich.

Es mag ihren Stolz hart angekommen sein, in ihrer allerärmsten Zeit, nach der Rückkehr aus Europa, immer wieder um Geld bitten zu müssen. Wiederholt finden sich in ihren Briefen Äußerungen über »die Reichen«, die – wie die Multimillionärin Peggy Guggenheim – eingestandenermaßen nicht wüßten, was sie mit dem vielen Geld anfangen sollten. Der alten Freundin Natalie Barney schreibt sie einmal nach Empfang eines unerwarteten Schecks, sie, die immer reich gewesen sei und also Geldnot nie gekannt habe, könne sich wohl kaum vorstellen, welches Gefühl der Befreiung ein Scheck auslöse, der nicht nur für das Allernötigste gedacht sei.

»Djuna Barnes' Einzimmerwohnung liegt im zweiten Stock von Patchin Place Nr. 5. Sie enthält ein kleines Zimmer – etwa 4 m zu 4,60 m, ein winziges Badezimmer, eine noch kleinere Kochnische und einen großen begehbaren Schrank ... Die beiden Fenster gehen auf den engen Hof von Patchin Place hinaus, den ein Eisentor vor mutmaßlichen Eindringlingen schützt ... Zwischen den Fenstern steht ein massiver Tisch aus dunkelbraunem Holz, der bedeckt ist mit verstreuten Papieren, Schachteln voll Papier, alten Bleistiften, verschiedenem Krimskrams und von einem sehr alten, kaum noch funktionierenden Fernsehapparat ... Unter dem Tisch befinden sich Ordner mit Briefen, sie tragen laufende Nummern, geben aber kein Jahr an. Ihre leuchtend orangefarbenen Rücken sind so ziemlich das Farbigste im Zimmer. Dicht an diesen Tisch gerückt ist ein neuerer hellerer Tisch ..., der eigentliche Schreibplatz. Auch er ist mit ungeordneten Haufen von Papieren bedeckt: Abschriften von Gedichten, Einkaufslisten, alten Bankauszügen und Mengen von kleinen Zetteln, die alle aus irgendeinem bestimmten Grund aufgehoben werden. Mitten auf diesem Tisch thront eine alte

Reiseschreibmaschine, daneben Bleistiftstummel und hartgewordene Radiergummis, leere Kugelschreiberhülsen, ein kleines Messer, um noch ein weiteres Stück von den Bleistiften wegzuspitzen, und der Lebens-Vorrat an roten und schwarzen Farbbändern, neuen und schon abgenutzten. Unter dem Tisch befinden sich weitere Kästen, die von offensichtlich ungeordneten Papieren überquellen.«[3]

Der penibel genaue Beobachter vermerkt die eine Wand füllenden Regale voller seit Jahren nicht gelesener, dickverstaubter Bücher, den Kamin, der nur mit Papier geheizt wird, die vergilbten Fotos alter, längst verstorbener Freunde und die seltsamen Gegenstände auf dem Kaminsims, das schmale Bett, die zahllosen Medizinflaschen und Flakons mit Riechsalz, den Kakerlaken-Spray, die Sauerstofftanks für den Inhalationsapparat, den eleganten Spazierstock, der mit seinem schönen Griff am Bettpfosten hängt.

Endstation einer langen, mit beschriebenem und bedrucktem Papier befaßten Schriftstellerexistenz.

So bedrängt und bedrängend diese Behausung auf ihre wenigen Besucher gewirkt haben mag – es ist begreiflich, daß Djuna Barnes diesen eingewohnten Ort nicht gegen eine komfortablere Wohnung in einem Neubau eintauschen mochte. Um die Erhaltung des von neuen Bauvorhaben bedrohten Patchin Place hat sie mit Briefen an die verantwortlichen Stellen gekämpft: eine der wenigen öffentlichen Aktionen in ihrem Leben. Und vielleicht ist es mit ihr Verdienst, daß er heute noch, kaum verändert, existiert: ein Relikt des immer mehr verschwindenden Greenwich Village.

Der erstaunlich rasch von der Dichterin akzeptierte neue »Sekretär« versucht vorsichtig, das Papierchaos zu bändigen, ihre finanziellen Dinge besser zu regeln, ihre Verlagsverträge zu überprüfen, Neuauflagen ihrer Werke vorzubereiten. Er bemüht sich, ihre Arbeitslust anzuregen und – vor allem – ihr zuzuhören. Denn sie, die Misanthropin, die Mißtrauische und Schweigsame, scheint sich ihm mitgeteilt zu haben. Sie spricht viel und sehr offen, notiert er. Meist über ihre Zeit im Paris der zwanziger, dreißiger Jahre. Die Welt der Gegenwart scheine ihr fremd geworden zu sein. Er versucht behutsam, sie wieder für diese Gegenwart zu interessieren, läßt unauffällig neue Zeitschriften und Bücher zurück, was seine Wirkung tut, und bringt sie – was schwieriger ist und oft auch scheitert – mit jüngeren Freunden, meist Frauen, zusammen, die ihn vertreten, wenn seine berufliche Arbeit ihn hindert, nach ihr zu schauen. Er baut eine Art Telefondienst für sie auf und instruiert alle Beteiligten darüber, welche Themen strikt zu meiden sind. Dazu gehört unter anderen das der lesbischen Liebe.

Im Bedürfnis, nicht als Lesbierin mißdeutet zu werden, behauptet sie sogar gelegentlich, sie würde *»Nachtgewächs«* nie geschrieben haben, hätte sie geahnt, welches Mißverständnis daraus entstehen könnte. Ihr Verhältnis zu Frauen reicht von kritischem Interesse bis zu herablassender Aversion. So eignet sie sich denkbar schlecht zur Galionsfigur der neuen Frauenbewegung.

Wir werden O'Neal glauben dürfen, daß er Djuna Barnes aus dem zwar nicht täglichen, aber häufigen und intensiven Kontakt während ihrer letzten Jahre »besser gekannt« hat »als jeder oder jede andere«. Was er über sie schreibt, vervollständigt das Bild, das aus der späten Korrespondenz entsteht. Seine Reaktion auf ihre Aussprüche und Verhaltensweisen ist einfühlend, ist für einen um so vieles Jüngeren – er ist um die Vierzig, als er sich mit ihr bekanntmacht – überraschend verständnisvoll. Djuna Barnes erscheint in diesen Aufzeichnungen als äußerst schwierig, oft querulant und widerspruchsvoll, aber immer wieder faszinierend. Er ist beeindruckt von ihrer scharfen Intelligenz, ihrem sardonischen Witz, von der – bei allen Widersprüchen und Wiederholungen – originalen Kraft ihrer Äußerungen, der um allgemein geltende Fakten und Regeln unbekümmerten Eigenwilligkeit ihres Urteils. »... sie war allein, aus Neigung und durch die Umstände. Sie schätzte ihre Unabhängigkeit so hoch wie Cyrano seine weiße Feder ... Stolz, Unabhängigkeit, Einsamkeit und Zorn über eine Welt, die sie entweder nicht mehr verstand oder der sie nicht anzugehören wünschte – alles dies hielt sie zu Ende ihres Lebens in Gang. Sie selbst stellte das immer wieder auf höchst eloquente Weise fest.«[4]

Sein größter Ehrgeiz ist es, sie zur Vollendung der in zahllosen Fassungen vorhandenen Gedichte zu bringen. Immerhin wird die Gedichtfolge *»Creatures in an Alphabet«* abgeschlossen, eine Arbeit leichterer Natur, die sie Emily Coleman widmet und die bald nach ihrem Tod erscheint. Und es gelingt ihm, mit ihrem Einverständnis, aus einer weit größeren Anzahl von Gedichten siebenundvierzig in die engere Wahl zu ziehen und mit Titeln und Anfangszeilen in eine Liste aufzunehmen.[5]

Aber obgleich diese Gedichte, wie auch aus den Briefen hervorgeht, ihr eigentlicher Lebensinhalt sind und noch dazu die Angst zu erblinden sie antreibt, nimmt ihre Fähigkeit, konzentriert zu arbeiten, ab. Die physischen Übel beeinträchtigen sie auch psychisch. Nebensächliches wird zeitraubend. Sie spricht lieber und weicht so der größeren Anstrengung des Schreibens aus, merkt O'Neal ein wenig vorwurfsvoll an.

Mit gewissem Befremden notiert er den engen Themenkreis ihrer

Gedichte, ihres Schreibens überhaupt (und möchte ihn aufsprengen). Verfall und Vergängnis, Lebensqual und Tod sind von Anbeginn ihre zentralen Themen, häufig demonstriert an Erfahrungen in der Familie.

Daß ihr gebannter Blick in die Schrecklichkeit des Seins, in eine untergangsbedrohte Welt mehr ist als die modische Attitüde einer verspäteten Décadence, hat der – sonst oft fragwürdige – Kommentator ihrer frühen Äußerungen, Guido Bruno, in jenem Interview aus den frühen Village-Tagen richtig erkannt: das eine, ihre düstere Ansicht von der zurecht verdammten Welt, ist ihr so eigentümlich wie die Lust, sich über sie lustig zu machen. Sie hat offenbar bis zuletzt keinen Grund gesehen, diese radikalen Sehweisen zu einer gefälligeren Lebensanschauung zu verwischen. Djuna Barnes ist keinen Kompromiß eingegangen mit Tendenzen in der Literatur, die dem Tragischen – aus welchem Grund auch immer – ausweichen und den hintergründigen bis makabren Witz schlecht ertragen. Aber gerade diese kompromißlose Entschiedenheit mag ihre Attraktion für eine hellhörige jüngere Generation ausmachen. Karin Kersten, die ja Djuna Barnes in ihrer Übersetzungsarbeit auch als Person sehr nahe gekommen ist, hat diesen Anreiz präzise ausgedrückt: »... Man hat es zweifellos mit einer modernen Autorin zu tun, deren Werke beim Lesen eine schmerzhafte oder lustvolle Wachheit oder, um vieles zusammenzunehmen, einen komplexen Wachzustand zu produzieren vermögen ..., eine(r) Wachheit als Existenzform, die viel mit der persönlichen Würde des einzelnen, mit individueller Selbstverantwortung, mit Sehnsucht nach geistiger Zutätigkeit, wie man früher sagte, zu tun hat.«[6]

Zu den bis heute – mit wenigen Ausnahmen – nicht publizierten Gedichten, die immer noch auf eine kritische Gesamtedition warten, äußert sich Louis F. Kannenstine daher mit verständlicher Vorsicht in einem Postscriptum zu seiner 1977 erschienenen Monographie: »Wenn eine Handvoll später Gedichte einen gewissen Hinweis geben können auf das, was vielleicht noch zu erwarten ist, so ist es bemerkenswert, wie früh sich bei Djuna Barnes die Richtung anzeigt, in die ihre späte Dichtung gehen wird.«[7] Und einen solchen Hinweis findet er in der von der Verfasserin in die späte Sammlung *»Spillway«* aufgenommenen Erzählung »The Grande Malade«: Da erinnert sich die blutjunge Ich-Erzählerin plötzlich an ein Gedicht, das sie entzückt hat, weil es »verstümmelt ist wie eine griechische Statue und dennoch ein Ganzes wie ein Leben«.[8]

Das Paradox des Torso, des Fragments als pars pro toto erscheint Kannenstine als Chiffre für die späten Gedichte von Djuna Barnes, als Kennzeichen auch für einen großen Teil der modernen Lyrik.

In dem im »New Yorker« erschienenen Gedicht »Quarry« (»Steinbruch«)[9], das Djuna Barnes sich als Epitaph zugedacht hatte, begehrt sie noch einmal auf gegen die allmächtige Zeit, die sich ihr immer mehr entzieht: Sie will ihr Dauer entwinden, sich gegen das Verdikt der Vergängnis empören, dem rachedurstigen Alter widerstehen; sie schlägt »der Seele ins Gesicht, damit sie Atem hole«, so wie man ein Neugeborenes, das nicht schreien will, schlägt, damit es atemholend das Leben akzeptierte.

Der Tod war die immer neue Herausforderung ihres langen Lebens. Allerdings, in der Jugend kommt er anders daher als im Alter, ist er Provokation und Abenteuer, ein – gefährliches – Stimulans des Lebens. Im Alter erscheint er als gewohnter, oft abgewiesener, Begleiter, dessen endgültiges Erscheinen so unabsehbar wie erwartet ist. Oft läßt er, wie in ihrem Falle, lange auf sich warten. Zu lange, wie ihr scheinen mußte. Solchen Augenblicken, in denen auch die Kraft nicht ausreichte, ihn herbeizurufen, mag ihr tief pessimistischer Ausspruch entstammen: »Das Leben ist niederträchtig, qualvoll und kurz. In meinem Falle war es nur niederträchtig und qualvoll.«

Auch die Zeit verändert mit den Jahren ihre Qualität: sie wird knapper; was sie noch zuläßt, wird – fast – berechenbar, und sie ist immer weniger von außen bestimmt und gegliedert, undurchschaubar und amorph.

Djuna Barnes' letzte Jahre sind ein unnachgiebiger und ungleicher Kampf gegen *den* Tod, der dem medizinisch feststellbaren vorausgeht: den des Geistes, den der eigentlichen Person. Die Anstrengung zu überleben, zehrt immer mehr die Kraft auf, die sie für das braucht, um dessentwillen sie überlebt hat.

Djuna Barnes starb allein, kurz nach ihrem 90. Geburtstag. Ihr Tod erregte Verwunderung – viele glaubten sie längst nicht mehr am Leben. Fast wie sie es gewünscht hatte, wurde ihre Asche nahe von ihrem Geburtsort Cornwall-on-Hudson beigesetzt.

Ihr Epitaph könnte auch heißen: Sie war eine Passionierte im Doppelsinne der Passion – eine leidenschaftlich Liebende und Leidende.

Lebensdaten

Sie wird geboren am in Cornwall-on-Hudson.	12. Juni 1892
Sie wächst dort – ohne Schulbesuch – auf bis etwa In dieser Zeit Umzug der Familie nach Long Island.	1907/8
Sie geht nach New York und beginnt eine Ausbildung in Zeichnen und Malen an Pratt's Institute.	1911/12
Regelmäßige journalistische Mitarbeit an Tageszeitungen und kleinen Magazinen (Reportagen, Interviews, Illustrationen). Umzug aus der Bronx nach Greenwich Village.	ab 1912
Sie schreibt Gedichte, Einakter (die im avantgardistischen Provincetown Theater z. T. aufgeführt werden) und übernimmt auch Rollen.	
Erste größere Veröffentlichung: »*The Book of Repulsive Women*« in Guido Bruno's Chapbook.	1915
Sie heiratet Courtenay Lemon, einen Theaterkritiker, Lektor und Schriftsteller.	1916 (bis 1919)
Erster Paris-Aufenthalt. Sie lernt Natalie Barney und ihren lesbischen Kreis und James Joyce kennen (»*Ulysses*« erscheint in Paris) und begegnet der Bildhauerin Thelma Wood. Kurze Rückkehr nach New York.	1919/20-22
Zweiter Paris-Aufenthalt; Beginn der Liebesbeziehung zu Thelma Wood. »*A Book*« (Erzählungen, Gedichte, Kurzdramen, Zeichnungen) erscheint bei Boni & Liveright, New York.	1923

Sie setzt ihre journalistische Arbeit – häufiger unter Pseudonym (Lydia Steptoe) oder ungezeichnet – fort. 1923/24
Freundschaft mit Robert McAlmon, Aufenthalt in Berlin und Wien.

»Ladies Almanack« erscheint (satirische Texte und Zeichnungen); als Autorin zeichnet »A Lady of Fashion«. Privater Druck und Vertrieb. 1928
Der gleichfalls satirische Roman *»Ryder«* erscheint by Horace Liveright, New York, und gilt kurze Zeit als Bestseller.

Die Beziehung zu Thelma Wood findet ihr Ende. 1931
Die Arbeit an einem Roman, vorläufiger Titel »Bow down«, beginnt.

Freundschaftliches Verhältnis zu Charles Henri Ford. Gemeinsame Reise nach München, Wien und Budapest.
Längerer Aufenthalt in Hayford Hall, England 1932
(Sommersitz der Kunstsammlerin und Freundin Peggy Guggenheim). Fortsetzung der Arbeit an »Bow Down«, Reise nach Tanger, wo Charles H. Ford und der Romancier und Musiker Paul Bowles seit einiger Zeit leben.

Kurze Rückkehr nach Paris, erneuter Aufenthalt 1933
in Hayford Hall. Sie pendelt zwischen Devonshire und Paris. »Bow Down« – jetzt *»Nightwood«* – in erster Fassung abgeschlossen. Schiffsreise nach New York.

Deprimierende Begegnung mit Mutter und 1934
Brüdern in New York. Sie findet keinen Verleger für *»Nightwood«* in den USA; beendet ihre journalistische Arbeit. Rückkehr nach England. Sie siedelt sich in London an.

Freundschaft mit Emily Coleman, Peter Hoare 1936
und engere Beziehung zu Silas Glossop.
Sie freundet sich mit T. S. Eliot an, der *»Nightwood«* schließlich bei Faber and Faber in London herausbringt. Kritischer Erfolg.

»Nightwood« erscheint mit einer Einführung von T. S. Eliot bei Harcourt, Brace & Co. in New York. Auch hier günstige Kritik, kein Verkaufserfolg. 1937

Sie kehrt noch einmal nach Paris zurück, löst ihre Wohnung auf und verläßt Frankreich kurz vor der deutschen Okkupation. Von England aus endgültige Rückkehr nach New York. 1940

Sie bezieht, nach äußerst schwierigen Anfängen, die kleine Wohnung am Patchin Place 5 in Greenwich Village. 1941

Sie lebt äußerst zurückgezogen (»Trappistenzeit«). Wenige Freunde. Arbeit an einem Theaterstück (*»The Antiphon«*) ab etwa 1951

»The Antiphon« erscheint bei Faber and Faber in London. 1958
Zögernde Kritik.

»The Antiphon« erscheint bei Farrar, Straus and Cudahy in New York. 1959

»Nightwood«/Nachtgewächs erscheint in der deutschen Übersetzung von Wolfgang Hildesheimer bei Günther Neske in Pfullingen. Lebhafter kritischer Erfolg. 1959

»The Antiphon« wird in der schwedischen Übersetzung von Dag Hammarskjöld und Karl R. Gierow in Stockholm uraufgeführt. Zustimmende Kritik, vor allem in Schweden. 1961

»Eine Nacht mit den Pferden«/A Night among the Horses erscheint, in der Übersetzung von Joachim Uhlmann, bei Günther Neske in Pfullingen.

»Selected Works by Djuna Barnes« (Spillway/Erzählungen, The Antiphon, Nightwood) kommen bei Farrar, Straus and Giroux in New York heraus. 1962

Sie arbeitet nur noch an Gedichten, von denen zu ihren Lebzeiten nur drei erscheinen. Die deutsche Übersetzung des Stückes *»Antiphon«*, von Christine Koschel und Inge von Weidenbaum, erscheint im Suhrkamp Verlag. 1979

Sie stirbt – seit langem an Asthma und Lungeneuphesem leidend – sechs Tage nach ihrem 90. Geburtstag in New York. 1982
Ihre Asche wird in der Nähe von Cornwall-on-Hudson beigesetzt.

Djuna Barnes, 1971

Anmerkungen

Spiegelungen

1 Sylvia Beach, *Shakespeare and Company. Ein Buchladen in Paris,* Frankfurt/M. 1982, S. 129

2 Natalie Clifford Barney, *Aventures de l'esprit,* (1929), Paris 1982, S. 180

3 Ebd., S. 183f.

4 Zitiert nach Andrew Fried, *The Formidable Miss Barnes. A Biography of Anna Barnes,* London 1983, S. 119

Eine Jugend auf dem Lande

1 Unedierte Papiere, Djuna Barnes Nachlaß, McKeldin Library, University of Maryland

2 Dazu gehörten in den New Yorker und dann in den Pariser Jahren vor allem die Tageszeitungen Brooklyn »Daily Eagle«, New York »Press« (und New York »Press Magazine«), »New York World Magazine«, »New York Telegraph Sunday Magazine«. Unter den seit der Jahrhundertwende rasch entstehenden und vergehenden kleinen Zeitschriften: »Bruno's Weekly«, »Double Dealer«, »Vanity Fair«, »Charm«, »McCall's Magazine«, »Theatre Guild Magazine«, »New Yorker«, »Hearst's International Cosmopolitan«, »Harper's Weekly«, »All-Story Cavalier Weekly«, »The Trend«, »Playboy«, »The Dial«, »Shadowland«, »The Little Review«, »Smart Set«, »Transition«, »Transatlantic Review«, »This Quarter«, »Pearson's Magazine«. Vgl. William Troy, »The Story of the Little Magazines« in *The Bookman,* New York, Jan. 1930, und folgende Ausgaben.

3 Djuna Barnes, *Portraits,* Berlin 1985, S. 200

4 Andrew Field, a.a.O., S. 43

5 Vgl. Quentin Bell, *Virginia Woolf. Eine Biographie,* Frankfurt/M. 1977, S. 67ff. und Anmerkungen

6 Vgl. Anmerkung 2

Greenwich Village, wie es war

1 Djuna Barnes, *New York. Geschichten und Reportagen aus einer Metropole,* Berlin 1987, S. 10

2 Ebd., S. 20

3 Ebd., S. 60

4 Djuna Barnes, *Interviews*, Maryland 1985 und London 1987. Deutsch: *Portraits*, Berlin 1986

5 Common Law ist – im Gegensatz zum Civil oder Roman Law – eine Art Gewohnheitsrecht, das auf Gerichtsurteilen und Berichten über abgeschlossene Fälle beruht. Es entwickelte sich während des Mittelalters in England vor allem gegen das vom römischen Recht hergeleitete Kanonische Recht und wurde in allen britischen Kolonien übernommen. Es blieb auch in den USA – nach der Unabhängigkeitserklärung und bis heute – gültig. Immer wieder kam es in einzelnen Staaten zu Revisionen, wie zum Beispiel, auf das Eherecht bezogen, 1901 in New York: Das Common Law wurde durch ein neues Ehegesetz ersetzt, das dazu ermutigen sollte, den Eheschluß registrieren zu lassen. (Das »registry system« bestand schon vor 1901 neben der kirchlichen Trauung.) 1907 kehrte man zum Common Law zurück, nach dem eine länger andauernde Kohibitation einer registrierten oder kirchlich eingesegneten Ehe rechtlich gleichgestellt wurde. Allerdings nicht im gesellschaftlichen Ansehen – vor allem der bürgerlichen Oberschicht. In einigen Staaten galten – und gelten – nach dem Common Law geschlossene Verbindungen als ungesetzlich und sogar als »Unzucht«.

6 Margaret Anderson, *My Thirty Years War*, New York 1969, S. 181/182

7 Djuna Barnes, *Leidenschaft*. Neun Erzählungen, Berlin 1987, S. 9-21

8 Ebd., S. 23-35

9 Robert McAlmon/Kay Boyle, *Being Geniuses Together – 1920-1930*, Garden City 1968, S. 95 f.

10 Ebd., S. 97

11 Djuna Barnes, *Die Nacht in den Wäldern*. Short Stories, Berlin 1985, S. 153

12 Ebd., S. 19 ff.

13 Ebd., S. 156

14 Djuna Barnes, *Saturnalien*, Berlin 1987, S. 77

15 Djuna Barnes, *Leidenschaft*, a.a.O., S. 71 ff.

16 Louis F. Kannenstine, *The Art of Djuna Barnes. Duality and Damnation*, New York 1977, S. 57

17 Djuna Barnes, *Leidenschaft*, a.a.O., S. 37 ff. und S. 109 ff.

Eine Amerikanerin in Paris

1 Malcolm Cowley, *Exile's Return*, New York (1934) 1951, S. 67

2 Frederick J. Hoffmann, *The Twenties. American Writing in the Postwar Decade*, New York 1965, S. 14

3 J. Leonard Bates, *The United States 1898-1928. Progressivism and a Society in Transition*, New York 1971, S. 267

4 Mary Ellen Jordan Haight, *Spaziergänge in Gertrude Steins Paris*, Zürich 1989

5 Djuna Barnes, »Vagaries malicieuses«, in *Paris, Joyce, Paris*, Berlin 1988, S. 14

6 Ebd., S. 10

7 William Carlos Williams, in seinem Vorwort zu Robert E. Knoll, *Robert McAlmon. Expatriate Publisher and Writer*, Lincoln 1959, S. VII

8 Ders., »Yours, oh Yourth«, in *Selected Essays*, New York 1969, S. 35

9 Ders., im Vorwort zu Robert E. Knoll, a.a.O.

10 Robert McAlmon/Kay Boyle, *Being Geniuses Together*, a.a.O., S. 32f.

11 Sylvia Beach, *Shakespeare and Company. Ein Buchladen in Paris*, Frankfurt/M. 1982, S. 131

12 Havelock Ellis, *Sexual Inversion*. Zitiert nach Peter Gay, *Die zarte Leidenschaft*, München 1987, S. 241f.

13 Djuna Barnes, *Ladies Almanach*, Berlin 1985

14 Dies., *Paris, Joyce, Paris*, a.a.O., S. 50

15 Ebd., S. 73

16 Dies., *Ladies' Almanach*, a.a.O., S. 58

17 Dies., *Paris, Joyce, Paris*, a.a.O., S. 73

18 Ernest Hemingway, *Paris – ein Fest fürs Leben*, (1964); dt. (1971) Reinbek 1987, S. 20

19 Gertrude Stein, *Lectures in America*, (1935), London 1988, S. 135

20 Ezra Pound, »Small Magazines«, The English Journal, Vol XIX, Nr. 9 (Nov. 1930), S. 698-99; (vgl. Frederick J. Hoffmann, *The Little Magazine*, Princeton 1967)

21 Djuna Barnes, *Paris, Joyce, Paris*, a.a.O. S. 15

22 Erich Angermann, Die Geschichte der Vereinigten Staaten von Amerika, Bd. 7 der dtv Weltgeschichte des 20. Jahrhunderts, S. 123

23 Zitiert und übersetzt nach J. L. Bates, *The United States 1898-1928*, Illinois 1976, S. 306

24 Louis F.Kannenstine, a.a.O., S. 32

25 Djuna Barnes, *Ryder*. Roman, Frankfurt/M. 1986, S. 20

26 Ebd., S. 21

27 Ebd., S. 156f.

28 Ebd., S. 200

29 Ebd., S. 290

30 Ebd., S. 294

31 Djuna Barnes, *Ladies' Almanach*, a.a.O., S. 24

32 Ebd., S. 25

33 Ebd., S. 27
34 Ebd., S. 28
35 Ebd., S. 56
36 Shari Benstock, *Women of the Left Bank. Paris 1900-1940*, Austin 1986, S. 242
37 S. 246
38 Ebd., S. 398
39 Ebd., S. 399

Melancholie für Fortgeschrittene

1 Peggy Guggenheim, *Ich habe alles gelebt*, Bergisch-Gladbach 1985, S. 98 f.
2 Zitiert nach Andrew Field, *The Formidable Miss Barnes. A Biography of Djuna Barnes*, a.a.O., S. 202
3 Wolfgang Hildesheimer im Nachwort zu *Nachtgewächs*, Frankfurt/M. 1971, S. 191
4 Katharina Kaever, *Die Nachtwachen der Djuna Barnes*, Bremen 1985, S. 39
5 Djuna Barnes, *Nachtgewächs*, Frankfurt/M. 1984, S. 19
6 Ebd., S. 19
7 Ebd., S. 45 f.
8 Ebd., S. 46 f.
9 Ebd., S. 47
10 Ebd., S. 49
11 Ebd., S. 55
12 Ebd., S. 58
13 Ebd., S. 62
14 Ebd., S. 63
15 Ebd., S. 64 f.
16 Ebd., S. 64
17 Ebd., S. 66
18 Ebd., S. 64 f.
19 Ebd., S. 66
20 Ebd., S. 20
21 Ebd., S. 151
22 Ebd., S. 67 f.
23 Ebd., S. 74
24 Katharina Kaever, *Die Nachtwachen der Djuna Barnes*, a.a.O., S. 54
25 Djuna Barnes, *Nachtgewächs*, a.a.O., S. 96
26 Ebd., S. 98
27 Ebd., S. 108
28 Ebd., S. 151

29 Ebd., S. 182 f.
30 Ebd., S. 186
31 Djuna Barnes, *Nachtgewächs*, a.a.O., S. 65
32 Katharina Kaever, a.a.O., S. 50
33 Djuna Barnes, *Nachtgewächs*, a.a.O., S. 49
34 Katharina Kaever, a.a.O., S. 51
35 Djuna Barnes, *Nachtgewächs*, a.a.O., S. 173
36 Ebd., S. 161
37 Ebd., S. 158
38 Ebd., S. 157
39 Ebd., S. 164
40 Ebd., S. 164 f.
41 Ebd., S. 114
42 Marina Zwetajewa, *Mein weiblicher Bruder*, München 1985, S. 10
43 Djuna Barnes, *Nachtgewächs*, a.a.O., S. 159

Der lange Abschied von Europa

1 Edwin Muir in »The Listener«, 28. Oktober 1936
2 Djuna Barnes, *Paris, Joyce, Paris*, a.a.O.
3 Ebd., S. 82
4 *Janet Flanner's World: Uncollected Writings 1932-1975*, New York und London 1979, S. 1 ff.
5 Ebd., S. 6 ff.
6 Ebd., S. 37
7 Ebd., S. 19
8 Ebd.
9 Ebd., S. 47 f.
10 Ebd., S. 63 ff.
11 Peggy Guggenheim, *Ich habe alles gelebt*, a.a.O., S. 189

Rückkehr nach innen

1 Unedierte Korrespondenz; Vgl. den endgültigen Klappentext zur ersten Ausgabe von *The Antiphon*, 1958
2 *The Antiphon*, London 1958; dt. *Antiphon*, Frankfurt/M. 1985, zweite revidierte Auflage, S. 147
3 Ebd., S. 133
4 Ebd., S. 151

5 Ebd., S. 152
6 Ebd., S. 156
7 Ebd., S. 155
8 Ebd., Vorbemerkung
9 Ebd., S. 135

Trappistenzeit

1 *Times Literary Supplement* vom 25. Mai 1962
2 *Time and Tide* vom 24. Mai 1962, ungezeichnet
3 *Observer* vom 25. Dezember 1963
4 *The Chapel Hill Weekly* vom 9. September 1962
5 Wolfgang Koeppen in der *Zeit* vom 8. April 1959
6 Günther Blöcker in der *FAZ* vom 12. Dezember 1959
7 Djuna Barnes, *Nachtgewächs,* a.a.O., S. 73
8 Jürgen Becker, »Kritische Stimmen«, in *Neue deutsche Hefte* 74, 1960
9 *Bücherkommentare,* 15. März 1960
10 Kenneth Burke, *Version, Con-, Per- and In-, Thoughts on Djuna Barnes's Novel* »Nightwood«, Southern Review, 1966, S. 329-346. Diese erste Veröffentlichung des Essays enthielt umfangreiche Textstellen. Er ist eine manchmal etwas gewagte sprachanalytische Auseinandersetzung mit *Nightwood.* Die Empörung der Autorin ist – in diesem Maße – überraschend.
11 vom 24. Mai 1971
12 Die Tagebücher der Anais Nin, Bd. 2, München 1977, S. 226

Nachhall

1 Darryl Pinckney in *Freibeuter,* S. 10 und 11
2 Hank O'Neal in einem unveröffentlichten Typoskript über Djuna Barnes, S. 10
3 Ebd., S. 6
4 Ebd., S. 12
5 Ebd., S. 68 f.
6 Unveröffentlichte Rede bei der Verleihung des Helmut F. Braem-Übersetzerpreises 1986
7 Louis F. Kannenstine, The Art of Djuna Barnes, a.a.O., S. 161
8 Djuna Barnes, *Leidenschaft,* a.a.O., S. 38
9 *New Yorker,* vom 27. Dezember 1969

Bibliographie

Douglas Messerli, *Djuna Barnes: A Bibliography*, New York 1975

Werke von Djuna Barnes in englischen und amerikanischen Buchausgaben

The Book of Repulsive Women, Bruno's Chapbook Nr. 6, New York 1915
A Book, Boni and Liveright, New York 1923
Ryder, Horace Liveright, New York 1928; St. Martin's Press, New York 1979
Ladies Almanack, Paris 1928; facsimile reprint with a preface by the author, Harper & Row, New York 1972
A Night Among the Horses, Horace Liveright, New York 1929
Nightwood, Faber and Faber, London 1936; with an introduction by T. S. Eliot, Harcourt, Brace and Company, New York 1937
Neuauflagen: New Directions, New York 1949; Faber and Faber, London 1950; New Directions, Paperback Nr. 98, New York 1961; in *Selected Works* by Djuna Barnes, Farrar, Straus and Cudahy, New York 1962; New Directions, New York 1963; Faber and Faber, paperback edition, London 1963; New Directions, New York 1966; Faber and Faber, London 1967.
Übersetzungen: ins Schwedische 1956; ins Französische 1957; ins Deutsche 1959; ins Dänische 1964; ins Italienische 1968; ins Spanische 1969.
The Antiphon, Faber and Faber, London 1958; Farrar, Straus and Cudahy, New York 1958
Selected Works, Farrar, Straus and Cudahy, New York 1962
Spillway, Faber and Faber, London 1962; Harper & Row, New York 1972
Vagaries malicieux (sic), Frank Hallmann, New York 1974
Greenwich Village as it is, The Phoenix Book Shop, New York 1978
Smoke and Other Early Stories, with an introduction by Douglas Messerli, Sun & Moon Press, Maryland 1982; revised edition Los Angeles 1982
Creatures in an Alphabet, The Dial Press, New York 1982
Interviews, Sun & Moon Press, Maryland 1985; Virago Press, London 1987

Werke von Djuna Barnes in deutschen Buchausgaben

Nachtgewächs. Roman. Deutsch von Wolfgang Hildesheimer, Verlag Günther Neske, Pfullingen 1959; mit einem Nachwort von Wolfgang Hildesheimer, Suhrkamp Verlag, Frankfurt/M. 1971, 1984

Eine Nacht mit den Pferden. Erzählungen. Aus dem Amerikanischen von Joachim Uhlmann, Verlag Günther Neske, Pfullingen 1961. Neue deutsche Ausgabe: siehe *Leidenschaft*
Antiphon. Deutsch von Christine Koschel und Inge von Weidenbaum, Suhrkamp Verlag, Frankfurt/M. 1979
Die Nacht in den Wäldern. Short Stories. Aus dem Amerikanischen von Karin Kersten, Verlag Klaus Wagenbach, Berlin 1984
Portraits. Interviews. Aus dem Amerikanischen von Karin Kersten, Verlag Klaus Wagenbach, Berlin 1985
Ladies' Almanach. Verfaßt und illustriert von einer Lady of Fashion, mit einem Vorwort von Djuna Barnes. Aus dem Amerikanischen von Karin Kersten, Verlag Klaus Wagenbach, Berlin 1985
Ryder. Roman. Deutsch von Henriette Beese, Suhrkamp Verlag, Frankfurt/M. 1986
Leidenschaft. Neun Erzählungen. Aus dem Amerikanischen von Karin Kersten, Verlag Klaus Wagenbach, Berlin 1986
Saturnalien. Erzählungen. Aus dem Amerikanischen von Karin Kersten, Verlag Klaus Wagenbach, Berlin 1987
New York. Geschichten und Reportagen aus einer Metropole. Aus dem Amerikanischen von Karin Kersten, Verlag Klaus Wagenbach, Berlin 1987
Paris, Joyce, Paris. Essays. Aus dem Amerikanischen von Karin Kersten und mit einem Nachwort von Kyra Stromberg, Verlag Klaus Wagenbach, Berlin 1988

Zeitgenössische Autoren: Romane, Essays, Autobiographien, Erinnerungen

Margaret Anderson, *My Thirty Years' War* (1930), New York 1969
Dies., ed., *The Little Review. Anthology,* New York 1953
Natalie Clifford Barney, *Aventures de l'Esprit,* Paris 1982
Sylvia Beach, *Shakespeare and Company. Ein Buchladen in Paris.* Aus dem Amerikanischen von Lily v. Sauter, Frankfurt/M. 1982
Michelle Causse, *Berthe ou un demi siècle auprès de l'Amazone. Souvenirs de Berthe Cleyrergue,* Paris 1980
Harold Churman, *All People Are Famous (instead of an autobiography),* New York 1974
T. S. Eliot, *Werke,* 4 Bde., Frankfurt/M. 1988; Band 1: *Die Dramen.* Aus dem Englischen von Erich Fried, R. A. Schröder, Peter Suhrkamp, Nora Wydenbruck (1966), 2. Aufl. 1988; Band 2/3: *Essays I/II,* herausgegeben von Helmut Viebrock (1967), 2. Auflage 1988; Band 4: *Gesammelte Gedichte 1909-1962,* herausgegeben und mit einem Nachwort von Eva Hesse, zweisprachig (1972), 2. Auflage 1988

Janet Flanner, *An American in Paris, Profile of an Interlude between two Wars*, New York/London 1940
Sir Galahad, *Mütter und Amazonen. Ein Umriß weiblicher Reiche*, München 1932
Peggy Guggenheim, *Ich habe alles gelebt.* Aus dem Amerikanischen von Dieter Mulch, Bergisch-Gladbach 1986
Ernest Hemingway, *In einem anderen Land.* Aus dem Amerikanischen von Annemarie Horschitz-Horst, Hamburg 1957
Ders., *In unserer Zeit.* Aus dem Amerikanischen von Annemarie Horschitz-Horst, Hamburg 1958
Ders., *Paris – ein Fest fürs Leben.* Aus dem Amerikanischen von Annemarie Horschitz-Horst, Reinbek (1965), 1987
Matthew Josephson, *Life among the Surrealists. A Memoir*, New York 1962
James Joyce, *Ulysses.* Aus dem Englischen von Hans Wollenschläger, Frankfurt/M. 1979, 1984
Robert McAlmon, *Being Geniuses Together. 1920-1930*, London 1938. Revised with additional material by Kay Boyle, Garden City 1968
Anais Nin, *Die Tagebücher*, Bd. 2 (1934-39). Aus dem Amerikanischen von Herbert Zand, München (1972), 1977, mit einer Einleitung von Gunther Stuhlmann
Ezra Pound, *The Letters of Ezra Pound*, ed. by D. D. Paige, New York 1950
Gertrude Stein, *Die geographische Geschichte von Amerika oder Die Beziehung zwischen menschlicher Natur und dem Geist des Menschen.* Aus dem Amerikanischen von Marie Anne Stiebel, Frankfurt/M. 1988
Dies., *Kriege, die ich gesehen habe.* Aus dem Amerikanischen von Marie Anne Stiebel, Frankfurt/M. 1984
Dies., *Paris – Frankreich. Persönliche Erinnerungen.* Aus dem Amerikanischen von Marie Anne Stiebel, Frankfurt/M. 1968
Dies., *Autobiographie von Alice B. Toklas.* Aus dem Amerikanischen von Elisabeth v. Schnack, 2. Auflage, Zürich 1968
Dies., *The Making of Americans*, (Paris 1925), London 1968
Dies., *Lectures in America*, (New York 1935), New York 1985
Alice B. Toklas, *What is remembered*, New York 1963
Thornton Wilder, *Die Tagebücher 1939-1961.* Aus dem Amerikanischen von Joachim A. Frank, Frankfurt/M. 1988
William Carlos Williams, *Selected Essays*, New York 1969
Ders., *The Autobiography of W. C. Williams*, New York 1951
Ders., *Kore in der Hölle*, Frühe Schriften. Aus dem Amerikanischen von Joachim Sartorius, Walter Fritzsche, Jürg Laederach, München/Wien 1988
Ders., *White Mule. Erste Schritte in Amerika.* Aus dem Amerikanischen von Karin Graf, München/Wien 1987

Edmund Wilson, *The Twenties. From Notebooks and Diaries*, ed. by Leon Edel, New York 1975
Leonard Woolf, *Mein Leben mit Virginia.* Herausgegeben und aus dem Englischen von Friederike Groth, Frankfurt/M. 1988
Virginia Woolf, *Augenblicke. Skizzierte Erinnerungen.* Aus dem Englischen von Elizabeth Gilbert, mit einem Essay von Hilde Spiel, Stuttgart 1981
Marina Zwetajewa, *Mein weiblicher Bruder.* Aus dem Französischen und mit einem Nachwort von Ralph Dutli, München 1985
Dies., *Auf eigenen Wegen.* Aus dem Russischen und mit einem Nachwort von Marie Luise Bott, Frankfurt/M. 1987

Sekundärliteratur

Erich Angermann, *Die Vereinigten Staaten von Amerika seit 1917*, dtv-Weltgeschichte des 20. Jahrhunderts, München (1966), 1987
J. Leonard Bates, *The United States 1898-1928. Progressism and a Society in Transition*, New York 1971
Quentin Bell, *Virginia Woolf. Eine Biographie.* Aus dem Englischen von Arnold Fernberg, Frankfurt/M. 1977
Shari Benstock, *Women of the Left Bank. Paris 1900-1940*, Austin, Texas 1986
James E. Breslin, *William C. Williams – An American Author*, Oxford/New York 1970
Kenneth Burke, *Version, Con- Per- and In-: Thoughts on Djuna Barnes' Novel Nightwood*, Southern Review 2, 1966-67, p. 329-346
Robert Burton, *Die Anatomie der Melancholie.* Ausgewählt und übertragen von Werner von Koppenfels. Teil III, *Schwermut der Liebe.* Deutsch von Peter Gan, Mainz 1988
Malcolm Cowley, *Exile's Return. A literary Odyssey of the 1920's*, New York 1951
George P. Elliott, *Conversions. Literature and the Modernist Deviation*, New York 1971
Andrew Field, *The Formidable Miss Barnes. The Life of Djuna Barnes.* London 1983
Noel Riley Fitch, *Sylvia Beach – eine Biographie im literarischen Paris 1920-1940.* Aus dem Amerikanischen von Angelika Schleindl, Frankfurt/M. 1988
Janet Flanner's World. Uncollected Writings 1932-1975, New York 1979
Sigmund Freud, *Sexualleben*, Studienausgabe Bd. V, Frankfurt/M. 1972
Peter Gay, *Die Erziehung der Sinne – Sexualität im bürgerlichen Zeitalter.* Aus dem Amerikanischen von Holger Fließbach, München 1986
Ders., *Die zarte Leidenschaft – Liebe im bürgerlichen Zeitalter.* Aus dem Amerikanischen von Holger Fließbach, München 1987

Les Gazettes d'Adrienne Monnier 1925-1945. Paris 1953
Martin Green, *Children of the Sun: A Narrative of Decadence in England after 1918,* New York 1976
Barbara Guest, *Herself Defind. The Poet and her World,* Garden City/N. Y. 1984
Rudolf Haas, *Amerikanische Literaturgeschichte,* 2 Bde., Heidelberg 1972/1974
Mary Ellen Jordan Haight, Spaziergänge durch Getrude Steins Paris. Aus dem Amerikanischen von Bettina Blumenberg, Zürich 1989
Frederick J. Hoffmann, *The Twenties. American Writing in the Postwar Decade,* New York 1965
Samuel Hynes, *The Auden Generation – Literature and Politics in England in the 30's,* London 1976
Katharina Kaever, *Die Nachtwachen der Djuna Barnes,* Bremen 1985
Louis F. Kannenstine, *The Art of Djuna Barnes. Duality and Damnation,* New York 1977
Wolfgang Karrer/Eberhard Kreuzer, *Daten der englischen und amerikanischen Literatur von 1890 bis zur Gegenwart,* München 1973
Hugh Kenner, *A Homemade World,* New York 1975
Robert E. Knoll, *Robert McAlmon. Expatriate Publisher and Writer,* Lincoln/Nebraska 1959
Mary Lynn Broe (Ed.), *Silence and Power: Djuna Barnes, a Re-evaluation,* Champaign/Il. 1986
Brenda Maddox, *Nora – The Real Life of Molly Bloom,* Boston 1988
Harold McCarthy, *The Expatriate Perspective. American Novelists and the Idea of America,* Rutherford/N. Y. 1974
Sibylle Mulot-Deri, *Sir Galahad – Portrait einer Verschollenen,* Frankfurt/Main 1987
Gorham Munson, *The Awakening of the Twenties. A Memoir-History of a Literary Period,* Louisiana/London (1935), 1985
Darryl Pinckney, *Frische Abendbrise.* Aus dem Amerikanischen von Karin Kersten, in: *Freibeuter,* 24, 1985
Françoise Planiol, *La Coupole. 60 ans de Montparnasse,* Paris 1986
Bernard Poli, *Ford Madox Ford and the Transatlantic Review,* Syracuse/N. Y. 1984
Phyllis Rose, *A Woman of Letters. A Life of Virginia Woolf,* New York/Oxford 1978
Meryle Secrest, *Between Me and Life. A Biography of Romaine Brooks,* Garden City 1974
Brigitte Siebrasse, *Wer hat Angst vor Djuna Barnes?,* in: *Freibeuter,* 21, 1984
Studs Terkel, *Der große Krach. Die Geschichte der amerikanischen Depression.* Aus dem Amerikanischen und mit einer Einleitung von Dieter Hildebrandt, Frankfurt/M. 1972
William Wiser, *The Crazy Years – Paris in the Twenties,* New York 1985

Bildnachweis

Seite 13, 14, 16, 19, 22, 24, 26, 30, 32, 35, 37, 39, 45, 47, 52, 65, 67 mitte rechts, 83, 96, 99, 113, 120, 131, 134, Umschlaginnenseite hinten The Authors League Fund, New York. Umschlaginnenseite vorn, Seite 52, 56 zweites und drittes v. o., 67 oben links, 67 mitte links: Man Ray. Seite 12, 34, 41, 56 unten, 57 oben und zweites v. o., 67 oben mitte: Berenice Abbott. Seite 10: Bettmann Newsphotos, N. Y. Seite 28: B. C. Beresford. Seite 38 mitte: Selbstportrait. Seite 38 rechts: Süddeutscher Bilderdienst. Seite 50: Stiftung Deutsche Kinemathek, Berlin. Seite 56 oben: Diogenes Verlag. Seite 57 drittes v. o.: Princeton University Library. Seite 57 unten, 59, 67 oben links: Roger Viollet, Paris. Seite 63 links: Rowohlt Verlag. Seite 63 mitte: Hanser Verlag. Seite 63 rechts: McAlmon Family Collection. Seite 67 oben rechts: Collection Mme Berthe Cleyrergue. Seite 70: Harper's Row. Seite 73 links, 123: Bettmann Archive, N. Y. Seite 156: Jack Manning.

»In Zukunft wird man Djuna Barnes zu den ganz wenigen rechnen müssen, die die Welt mit Weltliteratur zu erhalten suchen.«
Peter Hamm

Djuna Barnes

Ladies Almanach

Aus dem Amerikanischen von Karin Kersten. Band 10337

Im Jahre 1928 machte in den Bohème-Kreisen von Paris ein »Almanach« Furore, verfaßt und illustriert von einer »Lady of Fashion«. Daß sich dahinter die Autorin Djuna Barnes verbarg und der Almanach eine Persiflage auf den berühmten lesbischen Zirkel der Amerikanerin Natalie Clifford Barney war, sprach sich schnell herum.

Leidenschaft

Neun Erzählungen

Aus dem Amerikanischen von Karin Kersten. Band 10338

Die neun Erzählungen dieser Sammlung, 1923 unter dem lapidaren Titel »A Book« erschienen, begründeten den Ruhm der amerikanischen Schriftstellerin. Es sind Portraits von Menschen, die nicht die allgemeine Kontaktunfähigkeit, sondern ihre Individualität voneinander trennt.

New York

Geschichten und Reportagen aus einer Metropole

Aus dem Amerikanischen von Karin Kersten. Band 10339

Reportagen und Geschichten der berühmten amerikanischen Autorin aus den zwanziger Jahren. Ein unentbehrlicher Führer für alle, die das heutige New York kennenlernen und verstehen wollen.

Saturnalien

Zwölf Erzählungen

Aus dem Amerikanischen von Karin Kersten. Band 10340

»Ich liebe die Kirchen, wenn gerade eine Braut hineingeht oder eine Leiche herauskommt.« Sätze wie diese charakterisieren den Gesprächston und die abgründige Atmosphäre zwischen den Figuren, die Djuna Barnes in den zwölf Erzählungen dieses Bandes vorführt.

Virginia Woolf
Gesammelte Werke
Herausgegeben von Klaus Reichert

»Um eine neue Bahn einzuschlagen, muß ein Romanautor nicht nur große Gaben besitzen, sondern auch eine große Unabhängigkeit des Geistes. Virginia Woolfs Stil ist von erstaunlicher Schönheit. Ihre Art zu beobachten setzt eine unermeßliche und angespannte Arbeit voraus. Sie erleuchtet nicht nur durch plötzliche Blitze, sondern verbreitet ein ruhiges und sanftes Licht.« *T.S. Eliot*

Zur Ausgabe

Virginia Woolf ist vielleicht die bedeutendste, gewiß ist sie die fruchtbarste Schriftstellerin dieses Jahrhunderts gewesen. Sie hat die Form des Romans von Grund auf erneuert, und ohne sie und James Joyce hätte die Entwicklung des Romans einen anderen Verlauf genommen. Sie hat die in England hochentwickelte Form des Essays auf neue, ungeahnte Höhen geführt, und sie hat mit ihrem großen Tagebuch ein Dokument der *condition humaine* geschaffen, das nur mit den großen Beispielen der Gattung – Pepys, John Evelyn, Saint-Simon – zu vergleichen ist. Nicht zuletzt ist Virginia Woolf eine der ersten Autorinnen, die sich konsequent um Geschichte und Zukunft weiblichen Schreibens in unserer Gesellschaft gekümmert haben. Durch diesen Aspekt ihres Werkes wurde sie zur zentralen, nicht unumstrittenen Figur der internationalen Frauenbewegung. Bisher war nur ein kleiner Teil des Werkes Virginia Woolfs zugänglich: die Romane bis auf einen, die kurze Erzählprosa etwa zu einem Drittel, von den über tausend Essays rund eine Handvoll, ein paar autobiographische Texte, nichts von dem ebenfalls opulenten Briefwerk. Mit der geplanten Ausgabe soll das Werk der Autorin in angemessener Vollständigkeit vor dem deutschen Publikum ausgebreitet werden.

fi 889/2 a

Editionsplan

Virginia Woolf
Gesammelte Werke

bereits erschienen	*Die Fahrt hinaus.* Roman *Das Mal an der Wand.* Gesammelte Kurzprosa *Tagebücher.* Band 1 (1915–1919) *Orlando.* Roman *Die Wellen.* Roman *Zum Leuchtturm.* Roman
in Vorbereitung	*Nacht und Tag.* Roman *Jakobs Zimmer.* Roman *Mrs. Dalloway.* Roman *Die Jahre.* Roman *Zwischen den Akten.* Roman
	Tagebücher 1915–1941 in fünf Bänden *Briefe 1888–1941* in drei Bänden *Gesammelte Essays* in vier Bänden
	Roger Fry. Biographie *Flush. Die Geschichte eines berühmten Hundes*

Neben der Edition der *Gesammelten Werke* erscheinen einige ausgewählte Titel als englische Broschur und werden zu einem späteren Zeitpunkt in die Ausgabe integriert:

bereits erschienen	*Der gewöhnliche Leser. Band 1* Essays *Der gewöhnliche Leser. Band 2* Essays *Frauen und Literatur* Essays
in Vorbereitung	*Tagebuch einer Schriftstellerin* *Ein eigenes Zimmer* *Drei Guineen*

S. Fischer

889/4 b

DJUNA BARNES

Solange es Frauen gibt, wie sollte da etwas vor die Hunde gehen?
Acht Portraits
»Neid! So wie Djuna Barnes sollte man Menschen beschreiben können«.
Tilman Jens, Marie Claire
SALTO. Rotes Leinen.
96 Seiten mit Fotos, DM 19.80

Die Nacht in den Wäldern
Short Stories
Quartheft 133. 160 Seiten. DM 19.80

Portraits
Interviews mit bekannten und unbekannten Zeitgenossen – von Coco Chanel bis James Joyce
Englische Broschur. 208 Seiten mit vielen Fotos. DM 29.80

New York
Geschichten und Reportagen aus einer Metropole
Englische Broschur. 192 Seiten mit vielen Fotos, Zeichnungen und einem Stadtplan. DM 29.80

Saturnalien
Erzählung
Quartheft 157. 112 Seiten. DM 17.80

Paris, Joyce, Paris
SALTO. Rotes Leinen. 96 Seiten mit vielen Fotos. DM 19.80

Paprika Johnson und andere Stories
Wagenbach: Taschenbuch 173.
160 Seiten mit Abbildungen. DM 16.50

KYRA STROMBERG
Djuna Barnes
Leben und Werk einer Extravaganten
Englische Broschur.
168 Seiten mit vielen Abbildungen, DM 32.–

Wagenbach